「쿠헉?!」

「무늉?!」

이상한 소리를 낸 무언가가 내 배 위에서 소파로 굴렀다.

「아버지!」

그 아이는 그렇게 외치며 날 껴안았다. 내 얼굴을 보자마자

아……역시나?

이세계는 스마트폰과 함께. 24

서커스단이 찾아왔다!!

브륀힐드에

머리는 엄마에게 물려받아 금발이었지만, 소년의 눈동자는 아버지에게 물려받아 검은색이었다. 하지만 지금 그 오른쪽 눈동자는 금색으로 변했다. 금색이긴 하지만 조금 녹색이 섞인 금색이었다.

『끼잉……』

「그래그래. 착한 아이구나. 미안하지만 좀 태워 줄 수 있을까? 사람이 사는 곳으로 가고 싶어.」

이세계는 스마트폰과 함께. 24

후유하라 파토라 illustration ■ 우사츠카 에이지

캐릭터 소개

모치즈키 토야

하느님의 실수로 이세계로 가게 된 고등학교 1학년(등장 당시). 기본적으로는 너무 소동을 피우지 않고 흐름에 몸을 내맡기는 스타일, 무의식적으로 분위기 파악을 하지 못한 채, 은근히 심한 짓을 한다.
무한한 마력, 모든 속성 마법을 가지고 있으며, 무속성 마법을 마음대로 사용하는 등, 하느님 효과로 여러 방면에서 초월적. 브륀힐드 공국 국왕.

유미나 에르네아 벨파스트

벨파스트의 왕녀, 열두 살(등장 당시). 오른쪽이 파란색, 왼쪽이 녹색인 오드아이, 사람의 본질을 꿰뚫어 보는 마안의 소유자. 바람, 흙, 어둠이라는 세 속성을 지녔다. 활이 특기. 토야에게 한눈에 반해, 무턱대고 강하게 다가갔다. 토야의 신부.

에르제 실레스카

토야가 구해 준 쌍둥이 자매의 언니, 양손에 건틀릿을 장비하고 주먹으로 싸우는 투투사. 직설적인 성격으로 소탈하다. 신체를 강화하는 무속성 마법 【부스트】를 사용할 줄 안다. 매운 음식을 좋아한다. 토야의 신부.

린제 실레스카

쌍둥이 자매의 여동생. 불, 물, 빛이라는 세 속성을 지닌 마법사. 빛 속성은 그다지 특기가 아니다. 굳이 따지자면 낯을 가리는 성격으로, 말이 서툴지만 가끔 대담해진다. 단 음식을 좋아한다. 토야의 신부.

코코노에 야에

일본과 비슷한 먼 동쪽의 나라, 이센에서 온 무사 소녀. 존댓말을 사용하며 남들보다 훨씬 많이 먹는다. 진지한 성격이지만 어딘가 어긋나 있는 면도, 본가는 검술 도장으로 유파를 코코노에 진명류(眞鳴流)라고 한다. 겉으로는 잘 모르지만 의외로 거유. 토야의 신부.

루시아 레아 레귤루스

애칭은 루. 레귤루스 제국의 제3황녀, 유미나와 같은 나이. 제국 반란 사건 때 자신을 도와준 토야에게 한눈에 반했다. 쌍검을 사용한다. 유미나와 사이가 좋다. 요리 재능이 있다. 토야의 신부.

스우시에 에르네아 오르트린데

애칭은 스우, 열 살(등장 당시). 자객에게 습격당하고 있을 때 토야가 구해 주었다. 벨파스트 국왕의 조카, 유미나의 사촌. 천진난만하고 호기심이 왕성하다. 토야의 신부.

미나스 레스티아 힐데가르드

애칭은 힐다. 레스티아 기사 왕국의 제1 왕녀, 검술에 능하며 '기사 공주' 라고 불린다. 프레이즈에 습격당할 때 토야에게 도움을 받고 한눈에 반했다. 긴장하면 말을 더듬는 습관이 있다. 야에와 사이가 좋다. 토야의 신부.

린

전(前) 요정족 족장. 현재는 브륀힐드의 궁정마술사(장정). 어려 보이지만 매우 오랜 세월을 살았다. 자칭 612세. 마법의 천재, 사람을 놀리기를 좋아한다. 어둠 속성 마법 이외의 여섯 가지 속성을 지녔다. 토야의 신부.

사쿠라

토야가 이센에서 주운 소녀. 기억을 잃었었지만 되찾았다. 본명은 파르네제 포르네우스, 마왕국 제노아스의 마왕의 딸이다. 머리에 자유롭게 뺄낼 수 있는 뿔이 나 있다. 감정을 겉으로 잘 드러내지 않지만, 노래를 잘하고 음악을 매우 좋아한다. 토야의 신부.

폴라

린이 【프로그램】으로 만들어 낸 곰 인형으로, 마치 살아 있는 것처럼 움직인다. 200년 동안 계속 움직이고 있으며, 그사이에도 개량을 거듭하고 있다. 그 움직임은 상당한 연기파 배우 수준.
폴라…… 무서운 아이!!

코하쿠

토야의 첫 번째 소환수. 백제라고 불리는 서쪽과 큰길의 수호자로, 짐승의 왕, 신수(神獸). 보통은 새끼 호랑이 크기로 다니며 최대한 눈에 띄지 않으려 한다.

산고&코쿠요

토야의 두 번째 소환수. 두 마리가 한 세트, 현제라고 불리는 신수, 비늘의 왕, 물을 조종할 수 있다. 산고가 거북이, 코쿠요가 뱀.

코교쿠

토야의 세 번째 소환수. 염제라고 불리는 신수, 새의 왕. 침착한 성격이지만, 외모는 화려하다. 불꽃을 조종한다.

루리

토야의 네 번째 소환수. 창제라고 불리는 신수. 푸른 용으로, 용의 왕. 비꼬기를 잘하며, 코하쿠와는 사이가 나쁘다. 모든 용을 복종시킬 수 있다.

모치즈키카렌

정체는 연애의 신. 토야의 누나를 자처하는 중. 천계에서 도망친 종속신을 포획하는 대의명분으로, 브륀힐드에 눌러앉아있다. 느긋한 말투. 꽤 게으르다.

모치즈키모로하

정체는 검의 신. 토야의 두 번째 누나를 자처한다. 브륀힐드 기사단의 검술 교관에 취임. 늠름한 성격이지만 조금 천연스럽다. 검을 쥐면 대적할 상대가 없다.

프란체스카

바빌론의 유산 '정원'의 관리인. 애칭은 세스카, 메이드복을 착용. 기체 넘버 23. 입만 열면 야한 농담을 한다.

하이로제타

바빌론의 유산, '공방'의 관리인. 애칭은 로제타, 작업복을 착용. 기체 넘버 27. 바빌론 개발 청부인.

벨플로라

바빌론의 유산 '연금동'의 관리인. 애칭은 플로라, 간호사복을 착용. 기체 넘버 21. 목유 간호사.

프레드모니카

바빌론의 유산 '격납고'의 관리인. 애칭은 모니카, 위장복을 착용. 기체 넘버 28. 입이 거친 꼬마.

프레리오라

바빌론의 유산 '성벽'의 관리인. 애칭은 리오라, 블레이저를 착용. 기체 넘버 20. 바빌론 넘버즈 중 가장 연상. 바빌론 박사의 밤 시중도 담당했다. 남성은 미경험.

파메라노엘

바빌론의 유산, '탑'의 관리인. 애칭은 노엘, 체육복을 착용. 기체 넘버 25. 계속 잔다. 먹고 자기만 한다. 기본적으로 게으르고 뭐든 귀찮아하는 성격.

이리스팜므

바빌론의 유산, '도서관'의 관리인. 애칭은 팜므 세일러복을 착용. 기체 넘버 24. 활자 중독자. 독서를 방해하면 싫어한다.

리루루파르셰

바빌론의 유산, '창고'의 관리인. 애칭은 파르셰, 무녀 복장을 착용. 기체 넘버 26. 덜렁이. 게다라 자각이 없다. 깜빡하고 저지르는 실수가 잦다. 잘 넘어진다.

아틀란티카

바빌론의 유산, '연구소'의 관리인. 애칭은 티카. 흰옷을 착용. 기체 넘버 22. 바빌론 박사 및 넘버즈의 유지보수를 담당하고 있다. 극심한 어린 여자아이 취향.

레지나바빌론박사

고대의 천재 박사이자 변태. 공중 요새 '바빌론'를 비롯한 다양한 아티팩트를 만들어 냈다. 모든 속성을 지녔다. 기체 넘버 29번의 몸에 뇌를 이식해, 5000년의 세월을 넘어 부활했다.

지금까지의 줄거리

　하느님이 특별히 마련해 준 스마트폰을 들고 이세계에 오게 된 소년, 모치즈키 토야. 두 세계가 휘말렸던 사신과의 싸움은 막을 내렸다. 토야는 세계신에게 그 공적을 인정받아 하나가 된 두 세계의 관리자가 되었다. 언뜻 보기엔 평화가 찾아온 것처럼 보이는 세계. 하지만 세계에는 아직도 혼란의 씨앗이 남아 있었으며, 세계의 관리자가 된 토야는 거듭 말려드는데…….

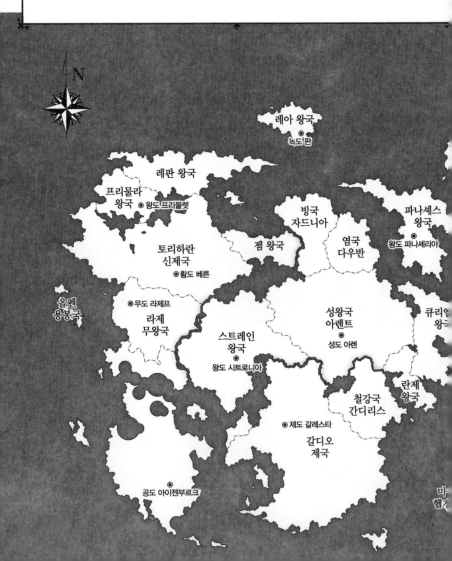

이세계는 스마트폰과 함께.
세 계 지 도

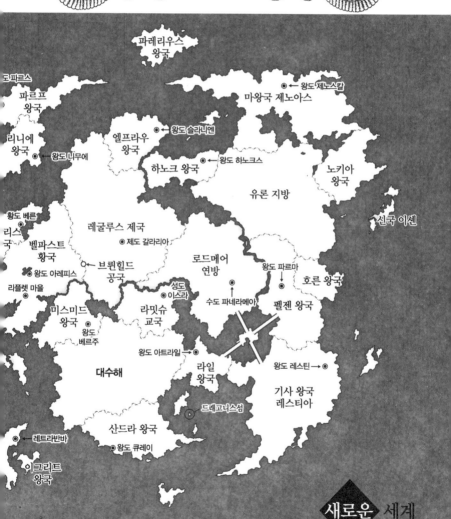

파레리우스
왕국

로파르스

파르프
왕국

리니에
왕국

◀ 왕도 니무에

엘프라우
왕국

◀ 왕도 슬라니엔

◀ 왕도 제노스칼

마왕국 제노아스

하노크 왕국

◀ 왕도 하노크스

노키아
왕국

유론 지방

선국 이센

황도 베른

리스
국

벨파스트
황국

레굴루스 제국

◎ 제도 갈라리아

로드메어
연방

◈ 왕도 아레피스

브륀힐드
공국

성도
◎ 이스라

라밋슈
교국

◀ 왕도 파르마

호른 왕국

리플렛 마을

미스미드
왕국

◎
왕도
베르주

대수해

◎
수도 파네라메아

펠젠 왕국

왕도 아트라일 ▶ ◎

라일
왕국

왕도 레스틴 ◎

기사 왕국
레스티아

◎ 드래고닉스섬

산드라 왕국

◎ 왕도 큐레이

◀ 레트라반바

이그리트
왕국

새로운 세계

표지 · 본문 일러스트
우사츠카 에이지

"그런데 아시아의 무속성 마법은 뭐야?"

아시아가 온 다음 날, 시장에 데려가 달라고 조르는 아시아를 데리고 아침에 시장을 걸으면서 내가 문득 그렇게 물었다.

"저 말인가요? 저는【서치】와【어포트】예요. 효과 범위는 넓지 않아서 전투에는 활용하기 힘들지만, 음식 재료를 찾는 일에 활용하고 있답니다."

"아아, 그렇게 쓰는구나……."

실제【서치】는 산에서 먹을 만한 음식을 찾는 데 편리하다. 그리고【어포트】를 사용하면 굳이 나무에 올라가지 않아도 과일을 수확할 수 있다. 쓸 만하다면 쓸 만하지만…….

"독이 있는 음식 재료가 뭔지도 알 수 있고요. 썩은 재료도 구별할 수 있어요."

그렇구나. 나도 독을【서치】로 발견한 적이 있긴 하니까. 듣고 보니 요리사에겐 편리한 마법 같기도 하다.

"아버지! 사과가 있어요! 애플파이를 만들고 싶으니 사서 돌아가요!"

"아시아는 과자도 만들 줄 알아?"

"굳이 따지자면 과자를 더 잘 만들어요. 아버지는 과자를 많이 드시지 않지만, 남매들 모두에겐 평판이 좋거든요."

과자를 싫어하진 않는다. 몇 개씩 많이 먹지 못할 뿐.

케이크는 두 개 정도 먹으면 한계고. 양이 문제라기보다는 혀가 항복한다고 표현하면 될까. 여자아이들은 어쩌면 그렇게 많이 먹을 수 있는 걸까…….

야에는 홀케이크를 홀떡 먹어버릴 정도니까. 아니지. 그건 야에라서 가능한 걸지도 모르지만.

아시아가 사과를 노려보면서 선별했다. 나도 아이들을 위해 뭐라도 사 가는 게 좋으려나……?

그런 생각을 하며 시장의 상품을 물색하는데, 주변 사람들이 갑자기 술렁이기 시작했다. 무슨 일이지?

"저게 뭐야? 이상한 게 날고 있어!!"

"모르겠어. 또 폐하의 새로운 마도구가 아닐까?"

시장 사람들의 목소리를 듣고 하늘을 올려다보니, 정말로 콩알 같은 뭔가가 하늘에 떠 있었다. 느리지만 움직이고 있네?

"【롱센스】."

시야를 확장해 수수께끼의 비행 물체를 확인했다. 저건…… 비행선인가?!

럭비공 같은 기낭과 그 아래의 프로펠러가 달린 커다란 날개, 그리고 연한 쥐색으로 빛나는 선체가 보였다. 선체에는 기다란 팔처럼 보이는 부품도 달려 있었다.

저건 마도구가 아니다. 서방 대륙(옛 뒤쪽 세계)의 물건인
가. 고렘 마차 같은 고렘 비행선일까?

뭐 하러 왔지? 연락도 없이 함부로 오면 곤란한데. 여기에는
영공 침범 같은 개념이 없으니.

서방 대륙에서는 고렘 비행선이 좀처럼 발굴되지 않는 듯,
대부분은 나라가 소유하고 있거나 부자가 소유할 만큼 매우
희소하다고 들었다. 다시 말해 이것도 나라, 또는 대귀족 등
이 소유한 기체일 가능성이 컸다.

비행 거리는 별로 길지 않다고 들었는데, 어디서 왔지?

이건 가만히 보고 있을 수만은 없다. 설마 그럴 리는 없겠지
만, 우리를 공격할 가능성도 제로는 아니니까.

"아시아. 이리 와."

사과를 고르던 아시아의 손을 잡고 같이 북쪽의 대훈련장으
로 【텔레포트】를 이용해 이동했다.

그리고 우리는 【스토리지】에서 레긴레이브를 불러내 콕핏
에 올라탔다.

레긴레이브는 원래 1인승이지만 아시아 정도의 어린이라
면 간신히 태울 수 있는 공간은 있었다. 혼자 놔두기도 뭐하니
까. 그런데 왜 무릎 위에 앉아? 모니터를 보기 힘든데요?

레긴레이브를 기동시키고 공중으로 날아올랐다. 순식간에
비행선 정면에 도착해 기체를 공중에 세우고 나는 무속성 마

법【스피커】를 펼쳤다.

〈앞을 나는 비행선에게 고한다. 이 앞은 브륀힐드 공국의 영공이다. 즉시 하선하여 입국한 이유를 밝혀라. 10분 기다리겠다. 대답이 없다면 강제로 영공 밖으로 전이시키겠다.〉

일단은 경고했다. 내 말을 듣고 적대 행위에 나설지, 아니면 진로를 바꿀지. 다른 나라에 가 버려도 일이 귀찮게 되지만, 그런 점은 특별히 결정해 두지 않았네. 다음에 세계회의가 열리면 그때 제안을 해 볼까.

지상에서 저 기낭 부근에 【파이어볼】을 날리면 단번에 추락할 듯한데. 아니면 배리어를 펼쳐 뒀나?

"아버지. 배가 하강하고 있어요."

"오. 얘기가 통한 건가?"

비행선의 하강에 맞춰 나도 레긴레이브를 하강시켰다.

선체 하부에서 길고 가느다란 다리처럼 생긴 강착 장치가 나오더니, 비행선은 조용히 언덕에 착지했다.

나도 레긴레이브를 착지시킨 뒤, 아시아는 콕핏에 남겨 둔 채 혼자서 지상으로 내려갔다.

비행선의 해치가 열리고 안에서 몇 명인가 사람이 내려왔다. 어? 드워프로 보이는 사람도 몇 명인가 있네? 비행선의 메카닉맨인가?

응? 으응? 뭔가…… 날 향해 곰처럼 생긴 수염 아저씨가 전속력으로 달려오잖아?! 눈을 반짝이며 알아듣기 힘들게 절규

하고 있었다. 헉! 무, 무서워!!

"【실드】!"

"크헉?!"

보이지 않는 벽에 부딪혀 뒤로 쓰러지는 아저씨. 수염투성이인 얼굴이 코피로 물들었다. 아저씨, 대체 얼마나 빨리 돌진했으면 그래요?

"이 바보! 갑자기 뛰쳐나가면 어떡해?! 상대가 놀랐잖아?"

뒤쫓아온 30대를 넘은 미인 여성이 쓰러진 곰 같은 아저씨를 발로 걷어찼다. 우오오.

"미안해. 놀랐지? 그 고렘을 보고 흥분한 이 바보가 폭주한 거야."

"네에…… 그런가요……?"

고렘이라면 레긴레이브를 말하는 건가. 씨익 웃으면서도 발밑의 아저씨를 차는 여성. 우오.

갈색 머리카락을 위로 올려 묶고 회색 점프수트 작업복을 대충 걸친 모습이다. 허리에는 타월, 손에는 가죽장갑. 차림을 보면 딱 기술자다.

다시 보니 수염 아저씨도 같은 복장이었다. 두 사람 모두 고렘 기사인가?

"소문대로 굉장한 고렘인걸? 멀리 간디리스에서 온 보람이 있어."

"간디리스? 여러분은 간디리스에서 오신 사절단인가요?"

철강국 간디리스는 성왕국 아렌트의 남쪽, 갈디오 제국의 동쪽에 있는 나라로 산에 둘러싸인 광산국이다.

풍부한 지하자원을 지닌 간디리스는 고렘 제작에 필요한 광석을 많이 수출한다고 들었다.

"아니. 우린 간디리스에서 왔을 뿐 나라와는 관계없어. 우리는 탐색기사단^{시커스}이라는 기술자 집단이야."

탐색기사단^{시커스}……? 어디서 들어본 듯한데…….

아! 에르카 기사나 마공국의 그 폭주 할아버지랑 같은 5대 고렘 기사 마이스터……!

"우리는 기술자 집단이라서, 그런 호칭은 특정한 누구의 것이라기보단 우리 집단 전체에게 붙은 거야. 일단 여기 있는 바보가 길드 마스터인 마리오 팔랑크스. 나, 리플 팔랑크스의 남편이지."

"어? 부부셨어요?!"

마구 발로 찼는데요?! 아내에게 완벽히 잡혀 사는 사람일까? 수염 아저씨가 아주 조금 가엾게 느껴졌다.

그건 그렇고 수염 아저씨인데 이름이 마리오라. 어쩌면 딱 알맞은 이름 같기도 하다.

"어? 그렇다면 혹시 팔렐 씨의 부모님이신가요?"

내가 묻자 리플 씨는 놀라서 눈을 크게 떴다.

"딸을 알아?"

"네에. 간디리스의 여왕님과 함께 한 번 만난 적 있습니다."

리프리스에서 열린 맞선 파티. 거기서 일어난 유사 인간형 고렘의 바꿔치기 소동. 그 흑막은 간디리스의 제2 왕녀, 코델리아를 따르던 메이드 팔렐 씨였다.

그렇다면 그 유사 인간형 고렘은 이 두 사람이 만든 건가? 정확하게는 파내서 재생^{리스토어}했다고 하지만.

"그런데 당신은……."

"소개가 늦었습니다. 저는 모치즈키 토야. 이곳 브륀힐드 공국의 국왕입니다."

"헉?! 당신이 임금님이야?!"

내가 소개하자 두 사람은 눈을 휘둥그렇게 뜨며 놀랐다. 이미 익숙한 광경이라 나는 놀라지 않았다. 언제가 되면 관록이 붙을지 참. 수염이라도 기를까?

"그, 그게~. 우리 남편이 공왕 폐하께 무례한 짓을……."

"아뇨. 평범하게 말씀하셔도 돼요. 원래 모험자 출신이라 신경 안 씁니다."

"그래? 그럼 좋지. 우리 애들은 품위가 뭔지 잘 모르거든. 그래서 팔렐을 공주님한테 맡긴 거야."

가슴을 쓸어내리며 리플 씨가 대답했다. 이 정도로 남편을 체포하거나 하진 않아요.

"그런데 왜 브륀힐드에 오셨나요?"

"먼저 이 커다란 고렘을 보고 싶었던 게 이유 중 하나. 그다음은 에르카 아가씨가 이 나라에 있다고 들어서. 만날 수 있을까?"

에르카 기사를? 같은 5대 마이스터의 한 명으로 '재생 여왕'^(리스토어 퀸)이라고 불리는 사람. 이 두 사람과 아는 사이라고 해도 이상하진 않지만 무슨 일일까?

"아차. 그전에 뒤에서 몸이 근질거려 참지 못하는 저 사람들을 불러도 될까? 가까이에서 보고 싶어서 그래."

리플 씨가 가리킨 뒤를 보니, 아까 돌진해 온 마리오 아저씨처럼 눈을 반짝이는 사람들이 대기하고 있었다. 우오오. 엄청난 열기!

"네……. 보기만 한다면요."

"괜찮대! 어서 와!"

⟨우오오오오오오오오오오―――!!⟩

우르르르르! 땅을 울리며 남자들이 단숨에 레긴레이브로 몰려들었다.

"이 소재는 뭐지?! 미스릴도 오레이칼코스도 아냐!"

"이봐! 이걸 봐. 평범한 장갑이 아니야! 마술 각인이 가득해……!"

"이 무게를 어떻게 이 가느다란 다리로 지탱하는 거지?!"

아저씨들이 레긴레이브 발밑에 달라붙어서는 확대경으로 보이는 물건을 들고 조사했다. 기술 영역에 속한 사람은 전부 저런가?

"꺅!! 아버지! 무서워요!"

"앗, 안 되지."

콕핏에 남아 있던 아시아가 몰려든 남자들을 보고 공포를 느낀 모양이었다. 단순히 강한 정도만 따지면 아시아도 금은 클래스의 모험자이니 질 리가 없지만.

그런 실력과는 별개로 오싹한 분위기에 압도된 거겠지.

【플라이】를 사용해 아시아를 데리고 내려오자 아저씨들이 레긴레이브로 올라가려고 했다. 이보세요들. 보기만 하라고 했잖아요.

나는 곧장 레긴레이브를 【스토리지】에 넣고, 대신이라고 하기는 뭐하지만 중기사^{슈발리에}를 불러냈다. 레긴레이브를 망가뜨리면 안 되니까.

"다른 기체도 있었어?!"

이번엔 중기사^{슈발리에}에 몰려드는 아저씨들. 어느새 코피를 쏟으며 쓰러졌던 마리오 아저씨도 일어나 중기사^{슈발리에}에 들러붙었다.

"방금 그거하곤 다른 기체야? 대체 몇 대나 가지고 있지?"

"글쎄요? 1000기는 넘지 않을 듯하지만요."

"천……?!"

리플 씨가 얼어붙었다. 사신을 퇴치한 이후로는 프레임 기어의 양산을 중지했으니 그 정도가 아닐까 한다.

이젠 자주 출현하게 된 거수를 퇴치하거나 재해 구조에 주로 활용하는 정도다.

재해 구조를 위한 기체는 서방과 동방의 기술자가 손을 잡으면 조악한 프레임 기어라 불리는 철기병보다 뛰어난 기체를 만들 수 있지 않을까 하는데.

이 사람들은 그보다도 별난 기계를 만들어 낼 것 같긴 하다.

생각해 봐야 소용없다. 일단 에르카 기사를 부를까.

◇　◇　◇

"이건 뭐야?!"

"이걸 뭐라고 하면 될지……."

에르카 기사와 함께 바빌론에서 내려온 박사가 중기사에 몰
려든 아저씨들을 보고 중얼거렸다.

"진귀한 마공 기계를 보고 흥분한 거야. 어린이처럼. 그냥
내버려 두면 돼."

"피해가 된다면 얌전하게 만들까?"

에르카 기사의 말을 듣고 리플 씨가 손에 든 렌치로 어깨를
툭툭 두드렸다. 잠깐만요! 얌전하게 만든다니, 물리적으로?!
역시 그렇게까지 할 필요는 없는데요.

"우와아아아아……! 이, 이건 매우 진귀한 고렘 비행선……!
소재는 미스릴? 아니, 일부에는 하이미스릴도 사용한 건가? 이
건 옆에서 충격을……."

나는 중기사에 몰려든 아저씨들 같은 눈으로 탐색기사단이

타고 온 고렘 비행선에 달려든 소녀를 안타까운 눈으로 바라보았다.

　응. 우리 딸 쿤이지만. 탐색기사단(시커스) 이야기를 했더니 박사와 함께 내려왔다.

　"여전하네요. 쿤 언니……."

　아시아가 정말 어이없다는 듯이 언니를 바라보았다. 쿤!! 언니의 위엄이 깎이고 있어!!

　그런 우리를 무시한 채 에르카 기사가 리플 씨에게 말을 걸었다.

　"그래서? 일부러 브륀힐드까지 온 이유는? 설마 정말로 내 얼굴을 보러 온 건 아니잖아?"

　"어? 보러 오면 안 돼? 물론 단지 그 이유만은 아니지만. 잠깐 네가 봐줬으면 하는 물건이 있어서."

　리플 씨는 점프슈트 작업복의 가슴주머니에서 여러 장의 종이를 꺼냈다. 사진인가?

　"이건……."

　"최근에 간디리스에서 발견된 새 유적에 있던 거야. 그게 뭔지 알겠어?"

　"배처럼 보이는데……. 이렇게 거대한 배라니?!"

　뭔지 궁금해서 에르카 기사의 어깨 너머로 사진을 들여다보았다. 사진을 보니 지하로 보이는 곳에 설치된 선착장에 상당히 큰 배로 보이는 물건이 자리 잡고 있었다. 서 있는 작은 사람과 비교해 보면 바빌론의 절반 정도 크기일까.

배라기보다는…… 어쩐지 우주선처럼 보인다.

"고대 문명의 배……! 어?! 잠깐만. 이 문장(紋章)은……!"

에르카 기사가 사진을 넘겨 보다가 손을 멈췄다. 아무래도 선체의 일부인 모양인데, 그곳에 그려져 있는 문장…… 아니, 마크는 나도 본 적이 있었다.

"【왕관】……! 설마 이건……!"

"맞아. 이 배를 만든 사람은 고대의 천재 고렘 기사 크롬 란셰스일 거야. 【왕관】 시리즈를 만들어 낸 그 사람 말이야."

크롬 란셰스. 【왕관】 시리즈를 만든 천재 고렘 기사이자, 【검은색】과 【하얀색】 왕관을 사용해 오래전, 뒤쪽 세계에서 앞쪽 세계로 세계의 결계를 넘었던 남자.

또한 그 사람이 의도하진 않았지만 5000년 전, 프레이즈의 대침공을 막은 주역이라고도 할 수 있었다. 단, 그때는 【하얀색】의 폭주로 인해 기억을 전부 잃었다는 모양이지만…….

"설마 이 배 자체가 【왕관】은 아니겠죠?!"

"글쎄. 지금은 뭐라 말하기 힘들어. 배 안에는 전혀 들어갈 수가 없었거든. 그래서 같은 【왕관】이라면 뭔가 알고 있지 않을까 해서. 여기에는 【검은색】과 【하얀색】, 거기에 더해 【빨간색】도 있잖아?"

아하. 탐색기사단 사람들은 【왕관】을 만나러 왔구나. 실은 하나 더, 【보라색】도 여기에 있지만. 그런데 걔는 언어 기능에 문제가 있었던가?

"【파란색】과 【녹색】은 왕가 소유라서. 괜한 의심을 받아선 귀찮기도 하고."

"저기요. 【하얀색】도 일단은 우리 왕가 소유인데요⋯⋯."

【하얀색】 왕관, '일루미나티 아르부스'는 '잠정'이긴 해도 유미나가 마스터다. 즉, 브륀힐드 왕가의 소유다.

"여긴 계약한 지 아직 1년도 안 지났잖아? 【파란색】과 【녹색】은 수백 년 동안 왕가가 보유했었으니까, 왕관을 만나려고 하면 생고생을 해야 하고, 큰 나라에 알려지면 성가셔. 자기들 이익을 챙기려고 하거든."

무슨 말인지는 안다. 이 배는 고렘 기사들에겐 엄청난 발견인데, 그걸 보면 어떤 나라든 거기에 사용된 기술을 자기 나라가 소유하고 싶다고 생각할 테니까.

그런 점에서 우리는 크게 흥미가 없다. 굳이 상관할 생각도 없다. '격납고' 안에 비슷한 물건이 있기도 하니까.

아르부스에게 얘기를 듣기만 한다면 크게 문제는⋯⋯.

그런 생각을 하는데 내 소매를 쭉쭉 잡아당기는 사람이 있었다.

"아버지, 아버지! 고대 고렘 문명의 유산이에요! 그것도 ^{크라운}왕관 시리즈의 유산! 이, 이건 정말 엄청난 발견이에요!"

아~~~. 네가 있었구나.

어느새 이곳으로 왔는지, 쿤이 눈을 반짝이며 사진을 들여다보았다.

"재미있어 보이네. 나도 좀 흥미가 있어."

박사까지 그런 소릴 하기 시작했다.

크윽. 이렇게 된 이상 이 문제에 개입하지 않기는 어렵겠다.

어쩔 수 없지. 일단 유미나와 아르부스를 부를까.

◇ ◇ ◇

〈배……? 크롬 란셰스가 만든 물건……? '방주^{아크}' 가능성 큼.〉

" '방주^{아크}' ?"

유미나가 데리고 온 '하얀색' 왕관인 일루미나티 아르부스
가 그렇게 대답했다.

〈 '방주^{아크}' . 크롬이 만든 이동형 공장^{팩토리}. 나도 다른 '왕관' 도 거
기서 만들어졌다.〉

"만들어져……? 그러니까, '왕관' 을 제조하는 공장이라는
말이야?"

우리 '바빌론' 의 '공방' 이나 마찬가지란 건가. 아르부스의
얘기에 따르면 크롬 란셰스는 상당한 괴짜로 어느 나라에도
소속되지 않은 채 자유롭게 여행을 다녔다고 한다. 그 이동 수
단이 '방주^{아크}' , 다시 말해 이동 공장선이었다는 건가.

우리네 박사도 그렇지만 괴짜 마공학자는 다들 경향이 비슷한가?

　"설마 '방주^{아크}'도 아홉 개는 아니겠지……?"

　〈……? 내가 아는 한, 1척이다.〉

　다행이다. 뭐, 당연한 일인가.

　이야기를 듣고 있던 탐색기사단^{시커스}의 리플 씨가 아르부스에게 말을 걸었다.

　"그 '방주^{아크}'에 들어가는 방법은 알고 있어?"

　〈'왕관'이 열쇠다. 우리가 있으면 문제없다.〉

　그렇구나. '왕관' 그 자체가 배에 타기 위한 열쇠였어. 그럼 아무나 들어갈 수 있다는 말이구나.

　"임금님. 미안한데, 이 '하얀색'을 빌려주면 안 될까? 배에 들어가려면 꼭 왕관의 힘이 필요해."

　"그렇게 말씀을 하셔도……."

　탐색기사단^{시커스}의 단장인 마리오 아저씨가 부탁했지만, 선뜻 빌려줄 수 있는 물건이 아니었다.

　"아버지, 아버지! 이번엔 제가 아르부스와 함께 브륀힐드를 대표해서 '방주^{아크}'에 가면 어떨까요……?!"

　"안 돼. 넌 진귀한 마도선을 보고 싶을 뿐이잖아? 얌전히 있으렴."

　"어머니, 심술궂어!"

　쿤이 나에게 귀엣말을 했지만 그런 쿤을 린이 떼어 놓았다.

그런 말이 나오지 않을까 싶었지만.

솔직히 말해 '방주(아크)'에는 나도 흥미가 있다. '왕관' 시리즈를 만든 희대의 고렘 기사가 남긴 유산이다. 역사적, 기술적인 가치가 있는 물건이겠지.

하지만 그 이상으로 '방주(아크)'에 어떤 힘이 있는지는 아직 모른다. 세계의 벽을 넘은 기술자의 거성이니까. 가능하면 방치해선 안 된다. 일단 확인할 필요는 있다.

"크롬 란셰스의 공방⋯⋯! 보고 싶어! '왕관'의 비밀이 밝혀질지도 몰라!"

"나도 관심이 있어. 아직 보지 못한 기술이 묻혀 있는데 안 갈순 없지. 안 그래, 토야?"

에르카 기사와 바빌론 박사는 이미 가기로 마음먹은 모습이다. 보세요! 보세요! 옆에서 쿤이 꼭 쥔 주먹을 휘두르며 말했다. ⋯⋯안 간다고 말하기 어려운 분위기다.

간디리스에는 한번 가 보고 싶다고 생각하기도 했었으니 겸사겸사 가 볼까. 그곳의 공주님⋯⋯ 제2왕녀, 코델리아 공주의 이야기에 따르면 간디리스의 국왕은 대범하고 온화한 인물이라니까.

"좋아. 아르부스를 데리고 그 유적에 가 보자. 유미나, 괜찮지?"

"네. 괜찮아요."

아르부스는 브륀힐드 소속이지만 계약자(마스터)는 유미나다. 아직

(잠정)이긴 하지만. 일단 허가는 받아야지.

"네! 아버지, 저도 갈게요! 간다고 하면 갈 거예요!"

"치사해요, 쿤 언니! 아버지, 저도 갈래요!"

"너희도 참……."

경쟁하듯이 손을 든 쿤과 아시아를 보니 골치가 아팠다. 놀러 가는 게 아닌데 참.

◇ ◇ ◇

"우오오오오오오오오오?! 빠르다! 빨라!!!"

창문 밖의 경치를 바라보면서 마리오 아저씨가 어린이처럼 환성을 질렀다. 아니, 환성을 지른 사람은 마리오 아저씨 혼자가 아니었다. '탐색기사단_{시 커 스}' 아저씨들 모두 마찬가지였다.

여긴 바빌론 박사가 만든 대형 고속 비행선 '발몽' 안이다.

간디리스까지 '탐색기사단_{시 커 스}'의 비행선을 타고 가려면 몇 주가 걸린다고 한다.

그런데 나는 가 본 적이 없어 간디리스로 가는 【게이트】를 열 수 없었다. 그래서 바빌론의 '격납고'에 있던 이걸 꺼내게 되었다.

원래 프레임 기어를 수송하기 위해 5000년 전에 만들어진 비행선이다. 내가 【게이트】를 사용할 수 있어 지금까지는 햇빛을 보지 못했지만 이렇게 많은 인원이 이동하게 되면 도움이 된다.

덧붙이자면 '탐색기사단(시커스)'의 비행선은 내 【스토리지】 안에 있다.

탑승자는 '탐색기사단(시커스)'의 멤버 외에, 나, 유미나, 린, 쿤, 루, 아시아, 바빌론 박사, 에르카 기사. 그에 더해 폴라, 아르부스, 에르카 기사의 펜릴도 함께였다.

"정말 놀랐어……. 이런 비행선이 있다니. 이 대륙에선 이런 물건이 흔해?"

"그럴 리가. 브륀힐드뿐이야. 그 나라만 이상한 점이 많아. 똑같이 취급해선 안 돼. 상식이 무너져."

아무래도 리플 씨와 에르카 기사가 실례되는 대화를 하는 모양인데 누가 정정 좀 해줘. 이상한 사람은 박사 혼자니까.

유미나에게 그런 소릴 했더니 '토야 오빠는 사물을 더 객관적으로 보아야 해요.'라는 말을 들었다. 그게 무슨 뜻이야?

"이런 속도라면 1시간이면 간디리스에 도착하겠어."

박사가 스마트폰의 시계를 보면서 말했다. '발몽'은 자동조종이라 우리가 잠을 자는 동안에도 알아서 목적지에 도착한다.

솔직히 말하자면 내가 【플라이】로 목적지에 날아간 다음, 거기서 【게이트】를 여는 게 더 빠를 것이다. 일단 제안은 해 봤지만 '발뭉'에 타고 싶어 하는 사람들의 의견에 압도당했다. 물론 쿤을 포함해서.

어차피 며칠씩 시간 차이가 나지는 않으니, 나도 양보하고 편안하게 가기로 했다.

가는 길에 박사와 에르카 기사는 마리오 아저씨, 리플 씨와 함께 어려운 이야기를 계속했고, 쿤은 그걸 흥미롭다는 듯이 들었다.

아르부스도 펜릴과 작게 얘기를 나눴는데, 그 둘은 즐겁게 대화를 나누는 것처럼 보이진 않았다. 아무래도 뭔가를 확인하는 눈치였다. 폴라는 그 주변을 어슬렁거렸다.

루와 아시아는 아까부터 발뭉 안의 부엌에서 만든 요리를 경쟁하듯이 나에게 가져다주었다. 이렇게 많이는 다 못 먹어! 두 사람에게는 미안하지만 '탐색기사단(시커스)' 아저씨들에게 나눠 줬다. 불만스럽게 입을 삐죽이는 모녀가 똑같은 모습이라 웃음이 절로 나왔다.

"이제 도착하려나."

"음. 저건 피스트 산맥이군. 이제 곧 간디리스 영역 내에 도착하겠어."

박사의 중얼거리는 목소리를 듣고 창문에서 보이는 산을 확인한 마리오 아저씨가 그렇게 말했다. 이러니저러니 해도 눈 깜빡할 사이였어.

우리는 함교로 가서 정면 아래를 내려다보았다.

많은 산이 늘어선 그 경치는 그야말로 산악 국가라 할 만한 모습이었다.

군데군데 분지가 있는데, 그곳에는 마을이 펼쳐져 있었다. 그 마을을 연결하듯이 가느다란 산길이 몇 개나 뻗어 있었다.

"저건 터널인가?"

"저건 아주 먼 옛날, 드워프들이 판 길이야. 굴착용 고렘으로 판 곳도 있지만."

리플 씨가 내 의문에 대답해 주었다. 드워프라. 주로 광산에 사는 드워프들에게 그 정도는 식은 죽 먹기인가. 나는 '탐색기사단^{시 커 스}'에도 있는 드워프 몇 명을 슬쩍 보면서 그렇게 생각했다.

"오, 보인다. ……저건 뭐지??"

마리오 아저씨가 정면에 보이는 산을 뚫어지게 응시했다.

산기슭 부근에서 연기로 보이는 뭔가가 피어오르고 있었다.

"저기가 유적의 입구야?"

"그래. 간디리스의 기사대와 우리 '탐색기사단'의 젊은 멤버가 주둔하고 있는데……. 저 연기는 뭐지?"

"불이 났나……?"

박사도 마리오 아저씨가 가리킨 방향을 바라보았다. 나도 봐 볼까.

"【롱센스】."

시력을 확장해 마리오 아저씨가 가리킨 방향을 바라보았다.

분명히 연기가 피어오르고 있었다. 설치된 텐트가 불타는 중이다. 그리고 산산조각이 난 고렘의 잔해도 있었다. 저건 간디리스의 기사 고렘인가?

"아직은 확실치 않지만, 무언가에 습격을 당했나 봐. 간디리스의 고렘으로 보이는 잔해가 뒹굴고 있어."

"뭐라고?!"

내 말을 듣고 리플 씨가 거칠게 소리쳤다. 박사가 발뭉의 조종석에 앉아 비행선의 속도를 올렸다.

이윽고 모두가 눈으로 확인할 수 있는 거리까지 가 보니 그 참상을 똑똑히 확인할 수 있었다.

야영지에선 불길이 치솟았고 쓰러진 사람과 망가진 고렘의 잔해가 여기저기에 굴러다녔다. 틀림없이 누군가의 습격을 받은 상황이었다.

발뭉이 착륙하자 곧장 '탐색기사단' 사람들이 앞다퉈 뛰어내렸다.

주변에는 적이 없었다. 이미 철수한 건가? 아니면 유적 안으로 돌입했다든가……?

유적의 입구는 매우 컸고 지하로 이어지는 형태였다. 골렘 몇 대 정도는 쉽게 들어갈 수 있을 듯했다.

"이봐! 괜찮나?! 정신 차려!!"

부상자를 안아 올린 아저씨의 목소리를 듣고 정신이 퍼뜩 들었다.

이크, 안 되지. 생각은 나중에 하자. 일단 부상자를 구해야 해.

"【빛이여 오너라, 평등한 치유, 에어리어 힐】."

타깃으로 지정된 사람들 전체에 회복 마법이 발동되었다. 다행스럽게도 사망자는 없었다. 조금 전까지 중상이었던 사람이 멍한 표정을 짓더니 자신의 몸을 확인하며 일어섰다.

"이, 이건…… 회복 마법인가? 당신 정말 대단한걸……!"

마법을 본 마리오 아저씨와 리플 씨가 넋이 나간 모습을 보고 쓴웃음을 지으면서, 나는 근처에 있던 간디리스 기사로 보이는 청년에게 말을 걸었다.

"대체 무슨 일이 있었던 거죠?"

"응? 아……. 갑자기 이상한 집단의 습격을 받았어. 가느다란 팔 네 개가 달린 고렘을 몇십 대나 끌고 왔는데, 이상한 가면을 쓰고 있더라고."

"이상한 가면?"

"얼굴, 아니군. 머리 전체를 뒤덮는 철가면처럼 생긴 가면이야. 까마귀 같은 부리가 있었어……."

까마귀 같은 가면? 지구의 흑사병 의사가 쓴 새 부리 마스크 같은 건가? 듣고 보니 이상한 사람들이다.

문득 보니 대파된 고렘의 잔해 중에는 간디리스의 기사 고렘으로 보이는 기체 외에, 팔다리가 가늘고 팔이 네 개인 고렘의 잔해도 뒹굴고 있었다.

머리는 둥글고 망토 같은 옷을 걸친 모습이었다. 마치 허수

아비 같았다.

"그 집단은 어디로 갔나요?"

"유적 안으로 간 모양이야……."

"목표는 크롬 란세스의 배인가?! 큭, 어디서 정보가 새어 나 갔지?!"

마리오 아저씨가 굴러다니던 나무 상자를 두드렸다. '왕관' 제작자의 유산이라 할 수 있는 배다. 다른 나라로서는 몹시 탐이 날 만큼 매력적인 물건일 게 당연하다. 단순히 도적단일 가능성도 있지만, 다른 나라의 부대일 가능성도 컸다.

"그런데 배에 들어가려면 열쇠가 있어야 하잖아? '왕관'이 없으면 못 들어간다며?"

"어머니. 굳이 정면으로 들어갈 필요는 없어요. 조금 파손을 해도 괜찮다면 억지로 외벽을 파괴해 내부로 들어가는 방법도 있으니까요."

린의 의문을 듣고 쿤이 대답했다. 물론 그런 방법도 있긴 하지만, 그건 도굴꾼이 하는 짓이다. 이 상황을 보면 그런 놈들일지도 모르지만.

그렇지만 그 '왕관'의 제작자가 보안이 쉽게 뚫릴 만한 물건을 만들었을 리는 없다고 생각하고 싶었다.

"그 배를 파괴한다고?! 그런 짓을?! 잃어버린 기술이 가득 들어찬 보물 창고야! 이봐, 너희! 뒤쫓아 가자!"

마리오 아저씨가 외치자 '탐색기사단'뿐만 아니라 간디리스의 기사들도 주먹을 들어 올렸다. 괜찮을까? 기사 고렘들은 여전히 부서진 상태인데.

"흠. 배가 조금 파손되는 정도라면 상관없지만, 안에 기록된 데이터까지 사라져선 큰 손해야. 우리도 가 보는 게 좋겠어."

"그건 그렇겠네."

박사의 말대로 한 번 망가지면 다시는 돌아오지 않는 물건도 있다. 그런 폭거는 막아야만 한다.

우리도 유적으로 돌입하는 마리오 아저씨를 뒤쫓기로 했다. 이 유적은 지하 7층까지 있는데, 문제의 배는 지하 최하층 선착장에 있다는 모양이었다. 상당히 복잡한 구조인 듯, 리플 씨가 지도를 펼쳤다.

"여기서부터 여기……. 그리고 여기서부터 내려가야 빠르겠어. 그 사람들이 길을 잃고 헤맸으면 좋겠는데……."

펼쳐진 지도를 보니 지하철 역내처럼 뻗어 있는 통로가 복잡한 형태를 그리고 있었다. 길을 잃기 쉬워 보이는 구조였다.

〈마스터. 진언 허가를.〉

"어? 무슨 일인가요, 아르부스?"

유미나가 아르부스에게 말을 걸었다. 그러자 아르부스는 리플 씨에게서 지도를 건네받고는 1층에 있는 어떤 장소를 가리켰다. 응? 거기엔 아무것도 없는데…….

〈이 장소에 승강기 있다. 최하층으로 가는 직통.〉

"어?! 어떻게 알고 있는 건가요?!"

〈이 시설은 크롬 란셰스의 비밀 기지. 나도 와 본 적이 있다.〉

그래. 여기를 크롬 란셰스가 만들었다면 '왕관'인 아르부스가 알고 있어도 이상하지 않다.

그렇다면 왜 지금까지 이 배가 있는 장소를 알려주지 않은 걸까?

〈제작자 권한으로 인해 기지의 장소는 비밀이다. 다른 '왕관'도 마찬가지.〉

하이마스터

"그랬던 건가. 크롬 란셰스라는 녀석은 아무래도 비밀주의자인가 보네."

"뛰어난 기술을 지닌 자는 자칫하면 그 시대의 권력자나 동업자의 표적이 될 수도 있거든. 숨기고 싶은 그 마음은 잘 알겠어. 내가 바빌론을 만든 것처럼."

박사가 동의하듯이 깊게 고개를 끄덕였다. 그런가? 바빌론 박사도 어떤 나라의 국왕에게 바빌론과 셰스카를 비롯한 바빌론 넘버즈를 넘기라는 말을 들었다고 했던가? 5000년 전에.

"아무튼 그곳으로 서둘러 가자."

우리는 아르부스가 가리킨 장소로 갔다. 그곳은 얼핏 보면 그냥 벽일 뿐이었다.

그런데 작게 위장된 마석에 마력을 흘리자 소리도 없이 벽이 양쪽으로 갈라지고 상자 모양의 텅 빈 공간이 나타났다.

아무래도 모두 다 타기는 어려워 보여서, 일단 우리와 마리오 아저씨, 리플 씨, 간디리스 기사단 몇 명만 올라타 단숨에 최하층으로 내려가 보기로 했다.

문이 닫히자 상자가 내려가기 시작했다. 아무것도 없는데도 무심코 문 위를 바라보게 되는데, 이건 지구의 엘리베이터를 알고 있기에 나오는 습관인 걸까.

철컥, 하고 금속이 울리는 소리가 들리더니 문이 열렸다. 문이 열리자 어둑한 통로 몇 미터 앞에 있던 가느다란 팔 네 개짜리 고렘 몇 대가 빙글하고 돌아서는 우리를 바라보았다.

"앗, 저것들입니다! 우리를 습격한 놈들!!"

같이 엘리베이터에 타고 있던 간디리스의 기사가 외쳤다.

〈키! 끼, 긱!〉

원숭이처럼 껑충껑충 뛰면서 팔 네 개짜리 고렘이 우리를 습격했다. 나는 허리에서 브륀힐드를 빼내 주저하지 않고 고렘의 가슴을 마구 쏘았다.

총성과 굉음이 울리더니, 팔 네 개짜리 고렘의 가슴에 구멍이 뚫렸다. 총알에 부여된【스파이럴 랜스】효과 덕분이다.

"애들아. 사양할 거 없다! 때려 부숴라!"

"오오!"

마리오 아저씨의 외침에 '탐색기사단' 멤버들이 엘리베이터에서 뛰쳐나갔다. 멤버들은 기술자인 동시에 탐색자이기도 했다. 싸움에도 익숙한 거겠지. 스패너, 해머를 휘두르며 멤버들이 팔 네 개짜리 고렘을 향해 달려갔다.

지지 않겠다는 듯이 간디리스의 기사들도 앞으로 나섰다.

〈키긱!〉

곧장 난전이 시작되어 나는 브륀힐드를 건 모드에서 블레이드 모드로 전환했다. 자칫 아군을 쏠 수도 있고, 이렇게 좁은 곳에선 총알이 튕길 염려도 있으니까.

그런 나와는 반대로 쿤은 소매에서 마법총^{스펠캐스터}을 꺼내더니 번개를 날렸다. 그거 참 좋네. 나도 하나 만들까?

"크악!"

"크윽……!"

팔 네 개짜리 고렘에게 맞아 몇 명인가가 휙 날아갔다. 이 자식, 몸은 가느다랗지만 힘은 좋은데?

"성가셔. 【슬립】."

〈긱?!〉

팔 네 개짜리 고렘들이 통로 위에서 쓰러졌다. 그 고렘들을 '탐색기사단'^{시커스} 아저씨들이 커다란 해머로 일제히 두들기자 우릴 습격했던 고렘들은 곧 기능이 정지되었다.

"이놈들은 어디 제품이지? 고대 기체^{레거시}는 아닌 모양인데."

"보디는 아이젠가르드에 가까워."

"근데, 이 팔과 다리는 갈디오에서 본 적이 있어."

'탐색기사단'^{시커스} 아저씨들은 멈춰 버린 팔 네 개짜리 고렘을 쿡쿡 찔러보면서 서로 의견을 나눴다. 그런 얘긴 나중에 해 주면 안 될까요?

〈이 앞의 오른쪽. 약 100미터 앞 계단을 내려가면 선착장에

도착한다.〉

"알았어. 가자."

아저씨들 일부를 남기고 우리는 아르부스의 말에 따라 길을 서둘렀다.

모퉁이를 오른쪽으로 돌아 작은 램프만이 빛나는 어둑어둑하고 긴 통로를 나아가다 계단이 나와 내려가니, 지하 호수로 보이는 곳에 그 배가 있었다.

가까이에서 보니 정말 크네. 겉보기에는 배라기보다는 우주선 같았다. 돛도 없고, 선체 좌우에는 엔진처럼 보이는 장치가 설치되어 있기도 하고.

"혹시 이건 날아?"

〈아니다. '방주^{아크}'는 못 난다. 잠수 가능.〉

잠수였냐. 잠수함이었구나. 듣고 보니 그런 모양처럼 보이기도 한다. 아무리 그래도 너무 크지만.

"흥. 초대받지 않은 손님이 왔나. 간디리스도 생각보단 끈질기군."

멍하니 '방주^{아크}'를 보던 우리에게 누군가가 말을 걸었다.

시선을 돌리니 우리 정면에서 '방주^{아크}'로 가는 길을 막듯이 사람 한 명이 서 있었다.

선글라스 같은 검고 둥근 고글을 쓰고, 철못을 박은 까마귀 같은 모양의 금속 새 부리 마스크를 쓴 사람. 후드가 달린 검은 코트를 둘렀는데, 왼쪽 허리에는 스프레이 캔으로 보이는 뭔가를 찰캉거리며 달고 있었고, 오른쪽 허리에는 메탈릭레드인 레이피어를 차고 있었다.

또 등에는 이상한 사각 모양 배낭 같은 걸 멨고, 다이얼이 달린 벨트도 차고 있었다.

얼핏 보면 복고풍 스팀펑크 코스프레를 한 사람처럼 보였지만 뭔가…… 묘한 기척이 느껴졌다.

나는 까마귀 마스크를 쓴 놈에게 물었다.

"넌 유적의 물건을 훔치려는 도적이냐? 아니면 다른 나라의 첩보원?"

"아니다. 굳이 말하자면 '사신의 사도' 다."

"……뭐?"

미간을 찌푸린 나를 무시하고 까마귀 마스크를 쓴 남자는 허리에서 빼낸 스프레이 캔으로 보이는 물건을 우리에게 내던졌다.

순식간에 캔에서 뿜어져 나온 색이 강렬한 연기가 주변으로 퍼져나갔다. 큰일이야! 독가스인가?!

"【프리즌】!"

순간적으로 【프리즌】을 펼쳐 모두가 독가스를 들이마시지 못하게 막았다. 선명한 녹색 연기가 순식간에 시야를 뒤덮었고, 까마귀 마스크를 쓴 남자가 시야에서 점차 사라져 갔다.

"잘들 있거라."

까마귀 마스크를 쓴 남자가 등 뒤의 사각 배낭에서 날개로 보이는 뭔가를 빼내더니, 마치 로켓이나 제트기처럼 하늘로 날아올랐다. 저건 또 뭐야……?!

까마귀 마스크를 쓴 남자는 지하 호수 위를 날아 '방주'의 갑판 위에 내려섰다. 그쯤에서 시야가 완전히 연기에 가려져 아무것도 보이지 않게 되었다. 젠장!

"【바람이여 소용돌이쳐라, 폭풍의 선풍, 사이클론 스톰】!"

린이 날린 소용돌이가 주변의 독가스를 날려버렸다. 독가스를 내뿜던 스프레이 캔도 같이 날아가 지하 호수에 떨어졌다.

시야가 회복된 우리 눈앞에는 조용히 지하를 가득 채운 지하 호수만이 보일 뿐이었다.

순식간에 우리의 눈앞에서 홀연히 '방주'가 사라졌다.

◇ ◇ ◇

"배가…… 없어?!"

조금 전까지 눈앞에 있었던 커다란 배가 홀연히 모습을 감췄다. 이런 때에 적절치 않을지도 모르지만, 나는 마술사가 트레일러를 사라지게 하는 마술쇼를 떠올렸다. 마음은 그런 느낌이었다.

"지하 호수로 잠수한 걸까요……?"

"아니. 순식간에 잠수하긴 힘들어. 그리고 봐. 호수 수면에 큰 물결은 전혀 일지 않았잖아."

나는 유미나의 발언을 부정했다.

전이 마법이 아닐까 한다. 환영 마법으로 모습을 감추지 않았다면.

일단 선착장으로 달려가 아무것도 없다는 점을 확인했다.

"검색. '방주^{아크}'."

〈검색 중…………. 해당 사항 없음.〉

【서치】에 걸리지 않는다. 결계를 펼친 건가?

더욱 신기(神氣)를 모아 【서치】를 발동했지만 신기는 마소(魔素)와는 달리 대기 중에는 없어서 내가 직접 발산해야만 한다. 역시 전 세계를 검색하기는 힘들다. 적어도 이 근처에는 없었다.

"그 이상한 마스크를 쓴 남자……. 남자라 생각하는데, 신경 쓰이는 말을 했었지?"

"'사신의 사도' 라."

린의 말을 듣고 나도 같은 의문을 내비쳤다. 놈은 분명히 그렇게 말했다. 사신……. 우리가 해치운 그 니트 사신일까. 아니면 다른 사신?

사신은 지상의 신기(神器)에서 태어난다. 사람들의 악한 마음을 흡수한 신기가 의지를 지니면 신의 힘을 지닌 사신이 된다.

현재 이 지상에 남은 신기는 내 스마트폰뿐일 텐데. 엔데가 다른 세계에서 가져온 쌍신검(雙神劍)은 【스토리지】에 계속 넣어두고 있으니까. 나는 품에서 세계신님이 만든 스마트폰을 꺼냈다. ……분명 나한테 있는데.

"'사신의 사도'……. 토키에 할머니의 말씀이 맞았네요. 역시 우웁?!"

"쉿!"

어? 돌아보니 쿤이 등 뒤에서 아시아의 입을 막고 있었다.

방금 그냥 흘려들을 수 없는 말을 들은 듯한데…….

내가 쿤을 지그시 바라보자 쿤은 시선을 살그머니 반대로 돌렸다. 얘가. 그 수상한 태도는 뭐야?! 일부러 휘파람 불지 마.

"……쿤. 혹시 뭔가 알고 있어?"

"아니요, 아버지. 아무것도 몰라요."

물어봐도 생긋 웃으며 대답하는 우리 딸. 엄마가 엄마라 그런지 시치미 떼기도 고수다. 얄미워.

"말 안 하면 바빌론 출입을 금지시키겠어."

"알고 있어요, 아버지! 부디 그것만큼은 철회해 주세요!"

쉽다. 겨우 얘를 어떻게 다루면 될지 알겠어. 잠깐만, 린. 그런 눈으로 날 보지 마.

"으으……. 여기서 말하긴 뭐하니 돌아가서 말씀드려도 될까요?"

"좋아. 그리고 이제 아시아를 놓아주면 어떨까?"

"푸핫!"

입이 막혀 있던 아시아가 호흡을 가다듬었다.

'탐색기사단' 사람들도 있고, 토키에 할머니의 허가가 필요할지도 모르니까, 일단 그 얘긴 돌아가서 듣자.

"잘 이해는 안 되지만…… 결국 배를 도둑맞은 건가?"

"그런 듯하네요. 아무래도 전이 마법으로 전이시킨 모양이에요."

마리오 아저씨에게는 그렇게 대답할 수밖에 없었다. 아저씨는 내 말을 듣고 어깨를 추욱 늘어뜨렸다.

마찬가지로 간디리스의 기사들도 분하다는 듯이 고개를 숙였다. 그럴 수밖에. 고대의 천재 마공 기사가 남긴 유산을 놓쳐 버렸으니 나라로서도 큰 손실이 아닐까 한다.

"대체 놈들은 정체가 뭐지? 팔 네 개짜리 고렘은 본 적이 없어."

"그야 그렇겠지. 그건 다양한 부품을 그러모아 만든 이른바 혼성 기체니까. 보통이라면 멀쩡히 움직이기도 힘든 물건이야. 놈들의 배후에는 엄청난 기술자가 있어. 그놈들에게 '방주'를 빼앗기다니…… 쳇, 불길한 예감이 들끓는군."

기사가 중얼거린 소리를 듣고 마리오 아저씨가 그렇게 대답했다. 그 팔 네 개짜리 고렘인가. 정말로 그럭저럭 강했다.

그건 부품을 그러모아 만든 고렘이었구나. 그런데도 그런 완성도…… 어딘가에서 훔쳐 온 게 아니라면, 놈들의 동료

중엔 뛰어난 제작자(마이스터)가 있을 가능성이 크다.

유미나가 아르부스를 돌아보았다.

"아르부스. '방주(아크)'에는 어떤 기능이 있나요?"

〈'방주(아크)'는, 크롬 란셰스의 개인 공장(팩토리). 자재만 있으면 고렘을 양산할 수 있다.〉

"양산이라면 설마 '왕관'을?!"

아르부스의 대답을 듣고 나는 놀라서 거칠게 소리치고 말았다. 만약 '왕관'이 양산된다면 엄청난 일이 벌어진다.

〈아니다. '왕관'은 양산 불가능.〉

"사람 놀라게 하지 마……."

그런 일이 가능했다면, 크롬 란셰스도 '왕관'을 더 양산하지 않았을까. 그렇다면 역시 개인적인 고렘 공장(팩토리)이란 말인가?

"그래도 천재라 불린 고렘 기사의 공장(팩토리)이야. 평범한 공장(팩토리)하고는 차원이 다를걸? 그 외에 다른 기능이 얼마든지 있을 수도 있어."

에르카 기사의 말대로 이상한 놈들의 손에 넘어가면 엄청난 일이 벌어질지도 모른다.

그런데 나는 그쯤에서 '사신의 사도'라는 말을 떠올리고, 이미 '이상한 놈들'의 손에 넘어갔다는 사실을 깨달았다.

〈'방주(아크)'의 기능은 '왕관'에 의해 기동된다. '왕관'은 '방주(아크)'의 열쇠.〉

"그래? 그렇다면 다음으로는 '왕관' 고렘을 노릴지도 모른다는 거구나…….”

　놈들이 ‘방주[아크]’의 힘을 원한다면 그럴 가능성은 있다. 다행히 브륀힐드에는 ‘왕관’이 네 대다. 그중 루나의 ‘보라색’은 능력을 잃었으니 실질적으로는 세 대지만. 다른 ‘왕관’에도 주의를 환기해 둬야 하나…….

　〈아니다. 습격자는 이미 ‘왕관’을 손에 넣은 것으로 보인다.〉

　“…………뭐?”

　‘파란색’을 보유한 로베르나 ‘녹색’을 보유한 레아 왕국에 연락을 할까 했던 나는 아르부스의 말을 듣고 또 놀랐다.

　이미 ‘왕관’을 입수했다고? 어떻게 그걸 알 수 있는지 물어보니, 아르부스는 우리가 지나온 통로를 가리켰다.

　〈저 통로의 문은 ‘왕관’이 없으면 열리지 않는다. 따라서 도둑은 ‘왕관’을 데리고 왔을 가능성이 크다.〉

　“자, 잠깐만. 새삼스럽지만 ‘왕관’은 대체 몇 대야?”

　〈‘빨간색’, ‘파란색’, ‘녹색’, ‘보라색’, ‘검은색’, ‘하얀색’. 이렇게 여섯 대다.〉

　아르부스가 대답한 여섯 대 중 네 대는 브륀힐드에 있다. 그럼 브륀힐드에 없는 ‘파란색’이나 ‘녹색’이 놈들의 손에 들어간 건가?

　〈아니다. 크롬 란셰스가 세계를 건넌 뒤에 제작한 미완성 기체가 있다. ‘금색’, 그리고 ‘은색’.〉

　“‘금색’이랑 ‘은색’? 그건 또 화려한 색상이네…….”

크롬 란세스는 '하얀색'과 '검은색' 고렘 스킬을 사용해 세계의 결계를 뛰어넘어 뒤쪽 세계에서 앞쪽 세계로 왔다.

뛰어넘어 온 곳에서 프레이즈의 대침공을 보고 대가 없이 원래의 세계로 돌아가기 위해 새로운 '왕관' 개발에 착수했지만 결국 완성은 못 했다는 말을 예전에 아르부스에게 들은 적이 있다.

미완성인 '금색'과 '은색'은 아무래도 그때 만들던 기체인 듯했다.

다시 말해, 그 도적들은 어딘가에서 그 '금색'이나 '은색'을 입수해 이 유적으로 침입해 들어왔다는 건가.

………좀 묘한걸? 뭐라고 말하면 좋을까. 너무 용의주도하다는 생각이 든다.

'방주'를 노리려고 미리 '왕관'을 입수한 걸까? 아니면 '왕관'이 있었기에 '방주'를 노린 걸까.

그리고 '방주' 관련 정보도 쉽게 손에 넣을 수는 없을 텐데?

"아무튼 간디리스 국왕 폐하에게 이 일을 알려야겠어. 미안하지만 공왕 폐하도 같이 가 줄 수 있을까? 전이 마법인가 뭔가를 어떻게 설명하면 될지 모르겠어서."

"좋습니다. 간디리스에 온 이상 인사도 없이 돌아가선 문제가 있기도 하고요."

나도 간디리스 국왕 폐하를 만나고 싶었던 참이라 마침 딱 좋았다.

지상으로 나와 간디리스의 기사 대부분을 주둔지에 남겨 두고, 또 다른 사람들은 '탐색기사단(시커스)'의 비행선에 태우고, 우리는 '발뭉'에 올라탔다.

여기서 간디리스의 왕도까지는 그다지 멀지 않다.

'탐색기사단(시커스)'이 앞장서면 우리가 천천히 그 뒤를 따라서 가기로 했다. '발뭉'을 보고 소동이 벌어지기라도 하면 곤란하니까.

그래서 지금 '발뭉'엔 우리 나라 사람들밖에 없었다.

"자, 말을 들어볼까. '사신의 사도'가 대체 뭐야?"

테이블 맞은편에 앉은 아시아와 쿤을 노려보며 물었다.

……그게 효과를 발휘할지 어떨지는 모르겠지만.

"저희도 자세히는 모르지만요……. '사신의 사도'란 아버지가 쓰러뜨렸던 사신의 잔재라나 봐요."

"응? 잔재라니…… 그게 무슨 말이야?"

"즉, 찌꺼기라는 말이에요. 콩으로 두부를 만드는 과정에서 두유를 짜내면 나오는 비지 같은 거예요."

아시아가 요리에 비유해 줬지만, 알기 쉬운 듯도 하고 알기 어려운 듯도 하고. 니트 신의 찌꺼기? 기분 나빠…….

"그럼 뭐야. 그 자식은 미처 사신이 되지 못한 그런 존재란 말이야?"

"그 자식은 아니고, 몇 명인가 있다는 모양이니 '그 자식들'이지만요."

쿤이 쓴웃음을 지으며 대답했다.

"토키에 할머니는 거기까지만 알려주셔서 자세히는 몰라요. 단지 저희의 방해물이 된다고만 하셨어요. 아무 일도 없으면 저희는 무사히 미래로 돌아갈 수 있지만 '사신의 사도'가 얽히면 신의 힘에 의한 불확정 요소가 생겨 귀환이 어려워진다고 하시면서요……."

"'사신의 사도'가 눈을 뜰 가능성은 작았다고 해요. 어디까지나 조금 주의할 필요가 있다면서 알려주신 거예요. 이 일은 아버지와 어머니들에게는 비밀로 하라고 말씀하셨던 일이라……."

그럼 뭐야? 그 '사신의 사도'를 처리 안 하면 아이들은 미래로 무사히 돌아가지 못한다는 거야?

'사신의 사도'가 나타나 다른 미래의 지류가 만들어지고 있다……. 그런 말일까?

"자세히는 몰라도, 성가신 자들이 나타났다는 건 알겠어."

한숨을 내쉬면서 린이 중얼거렸다.

"그런데 찌꺼기잖아? 별로 심각하게 생각할 필요 없지 않을까?"

"쉽게 생각하시면 안 돼요, 아버지. 비지도 어떻게 사용하느냐에 따라선 훌륭한 1급품 요리도 되는걸요. 모두 원래는 콩으로 만든 음식. 음식 재료에 높고 낮음은 없어요."

아시아가 의기양양하게 말했지만, 아까부터 뭔가 요점에서

벗어난 이야기를 하는 것 같은데.

방심하면 안 된다는 말을 하고 싶은 거겠지만.

가짜라도 일단은 신 나부랭이다. 권속을 만들 정도는 됐었단 건가. 그 까마귀 마스크를 쓴 남자도 원래는 인간이었을까? 사신에게 힘을 받아 사도가 된 거야?

"그 자식들의 목적은 뭐지? 복수? 사신의 부활?"

"글쎄요. 거기까지는……. 나쁜 짓을 꾸미고 있다는 거야 확실하지만요."

사신의 부활. 그건 아무래도 불가능할 것이다. 영혼까지 부서져 흩어졌으니까. 적어도 그 니트 신이 부활할 가능성은 없다.

단, '새로운 사신'이 태어날 가능성은 있다. 그러려면 신기(神器)처럼 신의 힘이 내포된 물건이 필요할 텐데…….

만약 니트 신이 그런 신기를 남겼다면……. 아냐, 그럴 리가.

〈왕도에 도착했나 봐.〉

함교에서 박사의 목소리가 들렸다. 우리는 창문 밖의 경치를 내려다보았다.

도시는 높게 솟은 산으로 둘러싸여 있었다. 산에서 흐르는 강이 도시를 남북으로 분단하고 있었고, 그 북쪽으로는 튼튼하게 만들어진 성이 보였다.

그 성의 동쪽에는 넓게 트인 공간이 있었는데, 그곳에는 다른 비행선이 정박해 있었다. 간디리스의 비행선인 듯했다.

그 옆으로 '탐색기사단^{시 커 스}'의 비행선이 내려섰다. 여기서 내리라는 건가?

그런데 공교롭게도 '발뭉'이 내려설 공간이 부족했다.

"미안해. 박사랑 에르카 기사는 상공에서 기다려 줄 수 있을까?"

⟨좋아. 우리는 저 고렘을 분해하며 기다릴 테니 무슨 일 있으면 연락해.⟩

저 고렘이란, 유적에서 주운 '사신의 사도'의 팔 네 개짜리 고렘인 모양이었다. 바로 분해해 보기냐. 그 말을 들은 쿤이 눈을 반짝이며 나를 바라보았다.

"아버지!"

"그래그래. 쿤도 남아 있어도 돼."

"역시! 말이 통하는걸요?!"

쿤이 작게 뛰어올랐다. 이 패턴에도 익숙해졌으니까. 머리를 감싸지 마, 린. 나도 같은 심정이니까.

"아시아는……."

"저도 남겠어요. 밥을 준비해 둘 테니, 회식은 거절해 주세요. 앗, 아버지. 음식 재료를 꺼내주세요."

어? 잠깐만. 올 때도 너희의 요리를 먹었잖아.

그렇지만 안 먹을 거니 필요 없다고는 말할 수 없었다. 나는 음식 재료를 아시아에게 건네주면서 최대한 배를 비워 놓자고 생각했다.

'탐색기사단(시커스)' 비행선에서 마리오 아저씨와 리플 씨가 내리는 순간에 맞춰 우리도 【텔레포트】를 이용해 지상으로 내려 갔다. 내려온 멤버는 나, 유미나, 루, 린. 이렇게 네 명이다.

"간디리스에 오신 걸 환영합니다. 왕이 계신 곳으로 안내하 겠습니다."

주둔지에 있던 기사와 이야기를 한 문관으로 보이는 청년이 말을 걸었다.

안내를 따라 성안으로 들어가니 얼마 안 있어 어떤 방 앞에 도착했다.

들어가 보니 안은 특별히 꾸미지 않았지만 중후한 집무실 로, 세 명의 인물이 우리를 맞이해 주었다.

한 사람은 코델리아 테라 간디리스. 간디리스 왕국의 제2 왕 녀다. 그리고 그 뒤에서 대기하고 있는 안경 쓴 메이드는 팔렐 씨. 같이 온 '탐색기사단'의 마리오 아저씨와 리플 씨의 딸이 다.

이 두 사람은 리프리스의 맞선 파티 사건 이후에 만났으니 구면이다. 오랜만에 재회해 우리는 가볍게 인사를 나누었다.

그리고 또 한 사람. 집무실 책상 앞에서 일어선 노년의 인물. 흰머리를 기른 몸이 튼실한 남성이었다.

"간디리스에 온 걸 환영하네. 브륀힐드 공왕 폐하. 내가 국 왕인 갤리반 지라 간디리스라네."

"황송하게도 이렇게 들르게 되었습니다. 브륀힐드 공국의 공왕, 모치즈키 토야입니다. 이쪽은 유미나, 루시아, 린. 저의 아내들입니다."

"오오, 왕비님들이신가. 편히 앉으시게."

간디리스 국왕 폐하의 권유에 따라 우리는 의자에 앉았다. 인사도 대충 나누고 마리오 아저씨가 이번 일의 전말을 이야기하기 시작했다.

"임금님, 정말 미안해. 배를 통째로 도둑맞았어."

"아니야. 우리의 경비가 허술해서 그런 거지. 자네 탓이 아니야. 크롬 란셰스의 기술을 얻지 못해 아쉽지만, 사망자가 한 명도 없다는 점을 기뻐해야지."

간디리스 국왕이 머리를 숙인 마리오 아저씨를 보고 미소 지었다. 정말로, 듣던 대로 온화한 임금님이다.

"브륀힐드 공왕. 그자들은 어디로 도망갔다고 생각하나?"

"모릅니다. 전이 마법을 사용해 도망쳤을 뿐만 아니라 은폐까지 사용한 모양이라서요. 제 탐색 마법으로도 찾을 수 없었습니다. 매우 신중한 자들인 듯합니다."

"흠……. 그렇다면 이번엔 어떻게 해 볼 도리가 없다는 건가……."

팔짱을 끼고는 아쉽다는 듯이 숨을 내쉬는 간디리스 국왕.

그 옆에서 아까부터 계속 힐끔힐끔 우리를 엿보는 코델리아 공주의 모습이 눈에 들어왔다. ……왜 저러지?

"이, 있잖아요! 그렇다면 무슨 일이 있었을 때 연락을 해 주시면 저희도 큰 도움이 되리라 생각합니다!"

"네. 그야 물론입니다."

"그러니까, 그러니까 말이죠……."

무슨 말을 하고 싶은 걸까? 꼼지락거려서 잘 모르겠다. 옆에 있던 유미나와 시선을 교환했지만, 유미나도 작게 고개를 갸웃하기만 했다.

그러자 팔렐 씨가 작게 한숨을 내쉬더니 시원스럽게 말했다.

"공주님은 몰지각하게도 공왕 폐하에게 '스마트폰'을 받아 사랑하는 갈디오 황제 폐하와 밤마다 달콤한 대화를 나누기를 바라고 계십니다."

"말투가!"

코델리아 공주가 눈물을 글썽이며 소리쳤다. 팔렐 씨는 우리 셰스카랑 비슷한 성격이야……. 아니지. 셰스카는 마조히스트고, 팔렐 씨는 사디스트 같은 면이 있지만. 둘 다 메이드이기도 하고, 공통점이 너무 많은 것 같아.

"그 작은 만능 통신기 말이지? 갈디오 황제도 아렌트 성왕도 가지고 있더군. 그걸 우리도 쓸 수 있을까?"

어차피 나중에 건네주려고 했으니 상관은 없지만.

나는 【스토리지】에서 양산형 스마트폰과 설명서 세트를 꺼내 테이블 위에 내려놓았다.

간디리스 국왕 폐하와 코델리아 공주에게 사용법을 알려주는데, 마리오 아저씨와 리플 씨, 그리고 팔렐 씨까지 부모님과 딸이 모두 탐이 난다는 듯 우리를 바라보았다.

유미나의 마안 덕분에 나쁜 사람이 아니라는 거야 알고 있으니 건네줘도 상관은 없지만⋯⋯.

"절대 분해하면 안 됩니다? 절대 고칠 수도 없을 테고, 다시는 주지 않을 거니까요. 알겠죠?"

특히 마리오 아저씨에게는 더욱 다짐을 받아 두었다. 양산형 스마트폰은 【프로텍션】이나 【실드】가 부여되어 있어 쉽게 부서지진 않지만 분해하려고 하면 못 할 것도 없다. 하지만 그 순간에 우리의 신용은 땅에 떨어지니 이해해 줬으면 한다.

곧장 코델리아 공주는 갈디오 황제 폐하의 번호를 물었다. 하지만 남의 번호를 함부로 알려주기는 뭐해서, 일단 메시지로 황제 폐하에게 번호를 알려줘도 되는지를 물었다.

곧장 괜찮다는 연락이 왔다. 빨라.

그런데 기껏 번호를 알았는데도 코델리아 공주는 좀처럼 전화를 걸려고 하지 않았다. 다들 걱정돼서 지켜보고 있는데.

"이렇게 주목을 받는데 어떻게 걸어요!"

맞는 말씀이십니다.

ᴨᴨ 제2장 가희(歌姬)의 딸

　회담은 부드러운 분위기에서 진행되었고, 간디리스 국왕은 다음 양쪽 세계 합동 세계회의에 참가하기로 했다.

　프레이즈나 변이종이 사라진 지금도 이러한 정상회담은 필요하다. 특히 지금은 서방 대륙과 동방 대륙의 문화 교류가 필요한 시기이기도 하니까.

　동방 나라들은 고렘을 국민에게 인지시켜야 하고, 서방 나라들은 마법을 친근하게 인식할 필요가 있다. 그러려면 먼저 나라의 정상이 서로를 알아야 한다.

　그러기 위한 노력의 일환으로 간디리스 국왕과 코넬리아 공주가 어떤 마법 적성이 있는지 조사해 보니, 둘 다 흙 속성이 적성이었다. 광산의 나라라서 그런가?

　린이 조금 지도하자 두 사람 모두 곧장 초보적인 마법인 【스톤불릿】을 쓸 수 있게 되었다. 흙 마법은 화려하진 않지만 벽을 만들고 구멍을 뚫을 수 있으니, 광산 등에서는 매우 도움이 되는 마법이라고 생각한다.

　마법 초급 교본도 건네는 등, 첫 간디리스 내방은 성공리에 마무리되었다. 항상 이러면 참 좋을 텐데.

매번 이상한 사건에 말려드니……. 아니지. 이번에도 말려든 건가.

'사신의 사도'……. 무슨 짓을 꾸미고 있는지는 모르지만 겨우 평화로워진 세계를 뒤흔들려 한다면 용서치 않겠다.

간디리스 사람들의 배웅을 받으면서 우리는 브륀힐드로 돌아가기 위해 거대 비행선 '발뭉'으로 전이했다.

【게이트】로 돌아갈 수도 있지만 아시아가 요리를 만들고 있는 모양이니…….

"자자자! 아버지, 한번 드셔 보세요!"

"아, 알았어. 먹을게!"

'발뭉'의 거실 공간에는 요리가 가득 놓여 있었다. 이건 너무 많잖아……. 만한전석도 아니고……. 오는 동안에도 먹었으니 도저히 다 먹긴 불가능해. 야에를 데리고 올 걸 그랬어.

"어머나, 맛있어. 아시아, 이건 뭘까?"

"그건 사과랑 치즈를 생햄으로 두른 요리예요, 린 어머니. 햄은 불도저보어를 사용했어요."

불도저보어라면 그건가? 설국(雪國)에 사는 희고 거대한 멧돼지. 그게 이렇게 맛있었어?

루도 딸의 요리를 한 입 먹어 보았다.

"좋네요……. 사과의 달콤새콤한 맛과 생햄의 짠맛. ……맛있어요."

"어머. 어머니한테 칭찬을 받다니. 놀라워요."

아시아 씨, 그 '이겼다!' 라고 말을 하는 듯한 우쭐한 표정은 짓지 마. 이 아빠, 엄청 민망하거든…….

"저라면 이 위에 검은 후추와 레몬즙으로 맛을 강조했을 거예요. 마무리가 조금 아쉽네요."

"크으윽! 그, 그 정도는 저도 생각했었어요!"

이것 봐. 반격당했지. 루도 '우후후' 라고 하며 우쭐한 표정 짓지 말고. 너희 정말 닮은 모녀구나…….

그런데 정말 너무 많다. 전부 맛있기는 하지만……. 아무래도 한계가 찾아오기 시작한 나는 의문스럽게 생각한 일을 아시아에게 물어보았다.

"그런데 쿤이랑 박사랑 에르카 기사는?"

"격납고에서 주운 그 고렘을 아직 분해하고 있어요. 아까 식사하시라고 불렀는데, 건성으로 대답만 하고……."

또야. 걔네는 뭔가에 집중하면 다른 일은 거들떠보지도 않는다. 마음을 딱딱 전환할 순 없는 건가?

참나……. 양이 너무 많아서 우리가 다 먹긴 힘든데.

불러오자. ……음식에서 도망치려고 해도 그렇게는 안 될걸?

빵빵하게 가득 찬 배를 움켜쥐고 내가 격납고로 가 보니, 여러 부품으로 분해한 팔 네 개짜리 고렘을 바빌론 박사, 에르카 기사, 쿤이 바닥에 빙 둘러앉아 바라보며 복잡한 표정을 짓고 있었다.

세 사람의 뒤에서 들여다보니, 중심에는 야구공 크기의 빨간 정팔면체가 있었다.

"이게 뭐야?"

"이건 이 고렘의 G큐브라 할 수 있는 물건이야. 이 고렘은 이걸 원동력으로 움직이고 있겠지만, 고렘의 G큐브와는 명백하게 달라."

"고렘이 아니야?"

"다른 부품은 고렘이 맞아. Q크리스탈도 군기병^{솔 다 토}과 같은 걸 사용했어."

박사와 에르카 기사가 설명했지만 잘 모르겠다. 불법 개조 고렘이란 말인가?

"고렘이지만 고렘이 아닌…… 이질적인 존재예요."

"그리고 이건 뭐지? G큐브와 똑같은 역할인 건 맞는데, 이 물건 자체가 수수께끼야. 내 【애널라이즈】로도 알 수가 없어."

박사가 정팔면체를 들어 올려 빛에 비춰 보았다. 빨간 피 같은 색깔인 투명감이 있는 물건이었다.

분석 마법인 【애널라이즈】로도 몰라? 그건 혹시…….

나는 그걸 신안(神眼)으로 확인했다. ……흠, 역시나.

"그건 웬만하면 자꾸 만지지 마. 그 물건에선 조금이지만 사신의 신기(神氣)가 떠돌고 있거든. 그 정도라면 큰일은 벌어지지 않지만 속이 안 좋아질걸?"

내 말을 듣고 박사가 바로 손을 펼쳤다. 그러자 빨간 정팔면체는 격납고 바닥에 투둑, 하고 소리를 내며 떨어졌다.

"사신? 이 고렘과 사신이 관련 있는 거야? 그런데 사신은 토야가 해치웠잖아?"

"'비지' 같은 게 남아 있나 봐."

""'비지'?""

바빌론 박사와 에르카 기사가 미간을 찡그리며 무슨 의미? 라는 것처럼 물었다.

나도 잘 몰라서 아시아가 해 준 설명을 그대로 두 사람에게 해 주었다. 즉, 찌꺼기라는 말을.

"아하. 그래서 '비지'구나. 재치 있는 표현인걸?"

"찌꺼기이긴 하지만 콩의 성분도 틀림없이 가지고 있다는 말인가? 방심할 수 없겠는데?"

니트 신이 남겼다고는 하지만 신의 힘은 신의 힘이다. 평범한 사람은 대적할 수 없다. 게다가 이 세계는 이미 하느님의 손을 떠났으니, 우리의 힘으로 어떻게든 해결할 수밖에 없다.

아, 아닌가. 하느님의 손을 떠났다기보다는 내 손으로 넘어왔지만…….

새삼스럽지만 세계의 관리라는 건 어떻게 하면 되는 걸까?

하느님 컴퍼니에 이제 막 입사한 신입으로서는 의지할 만한 선배가 있었으면 좋겠는데.

카렌 누나나 모로하 누나는 도움이 안 되겠고……. 무엇보다 그 사람(신)들은 세계를 관리하는 일을 하지 않으니까.

그렇다면 상급신⋯⋯. 세계신님이나 시공신인 토키에 할머니인가. 토키에 할머니는 요즘 매우 바쁘신지 이곳으로는 거의 오지 않으시니.

차원진(次元震)이나 우리 딸들 때문에 바쁘신 거라면 조금 물어보기가 껄끄럽다.

역시 세계신님한테 물어보는 게 제일이려나?

나중에 오랜만에 찾아가 볼까.

"이게 사신과 관련 있다는 건 그렇다 치고, 이 부품을 그러모아 고렘을 만든 기술자는 누구일까?"

"5대 마이스터급이라면 불가능하진 않겠지만⋯⋯. '교수'^{프로페서}는 파나세스에 있다고 하고, '지휘자'^{마에스트로}는 사람을 싫어하니 다른 사람을 따르고 있으리라고는 생각하기 힘든데⋯⋯."

5대 마이스터라. 나머지는 에르카 기사와 마리오 아저씨가 속한 '탐색기사단'^{시 커 스}. 그리고 한 명은 죽은 마공왕 할아버지다.

"'사신의 사도'는 집단이라고 들었어요. 다시 말해 '사교 집단'이라고 할 수 있죠. 그중에 고렘 지식이 뛰어난 자가 있다고 해도 이상하지 않아요."

우와, 싫다 싫어. 쿤의 말을 듣고 나는 무심코 얼굴을 찌푸렸다. 그런 니트 신을 숭배하는 사람들이라니⋯⋯. 무언가에 정신을 지배당하고 있어서 그런 거 아닐까?

그럴 가능성도 없진 않나. 사신의 신기(神器)⋯⋯. 사신기가 여러 개라면 그것에 조종당하고 있을 가능성도⋯⋯.

"정보가 적으니 생각해 봐야 의미가 없나. 뭐가 됐든 나쁜 계획을 꾸미고 있다면 없애 버릴 수밖에."

"후후후, 역시 아버지세요."

"자, 이 이야기는 여기까지. 너희도 밥 먹어. 아시아가 기다려."

나는 세 사람을 일으켜 세워 식당으로 떠밀었다. 나는 바닥에 떨어진 빨간 정팔면체를 들고는 【프리즌】으로 감싸 봉인한 다음 【스토리지】에 넣어 두었다.

"우~~! 그런 재미있는 일이 있을 줄 알았으면 나도 갈걸~!"

양손으로 탁탁 테이블을 두드리는 프레이. 그만해. 예의 없게.

"'사신의 사도'는 강할까? 싸워 보고 싶어!"

"나, 나는 안 싸워도 돼……."

린네는 적극적으로 나서는 성격이었지만 에르나는 얌전하고 소극적이었다. 하지만 이번엔 에르나의 태도가 올바른 모습이라 생각한다.

"너희도 함부로 행동하면 안 된다? 이럴 때는 부모님한테 맡겨두면 돼.”

에르제가 쉽게 폭주하는 성격인 린네와 프레이를 노려보았다. 프레이는 순순히 받아들인 모양이지만, 린네는 누가 봐도 불만스러운 표정이었다.

“이 일은 일시적으로 보류할 거야. 에르제의 말대로 함부로 움직이려고 해선 안 된다?”

“네~~.”

린네가 마지못해서는 대답했다. 쿤, 프레이, 아시아, 에르나도 작게 고개를 끄덕였다.

“여러분. 목욕하고 잘 준비하죠. 어서 가요~.”

“““““네~.”””””

유미나가 인솔하는 선생님처럼 아이들을 욕실로 우르르 데리고 갔다. 우리 집 대욕탕은 크니 모두 충분히 들어갈 수 있다. 린제가 말하길 린네가 수영하곤 해서 곤란하다고는 하지만.

아이들이 없는 틈에 나는 신계에 가 보려고 자리에서 일어섰다. 앗, 선물을 깜빡하면 안 되지.

세계신님은 화과자를 좋아하니, 도라야키랑 양갱을 가지고 가자.

【게이트】를 열자 평소처럼 운해가 펼쳐진 곳이 나왔다. 다다미 네 장 반짜리인 공간에 세계신님과 다른 또 하나의 신, 하필이면 파괴신이 밥상 앞에 앉아 있었다.

"오오. 오랜만이구먼."

"여어. 잘 지내는 모양이군."

두 사람이 인사를 했지만 나는 왜 파괴신이 여기에 왔지? 같은 의문으로 머릿속이 가득 찼다. 물론 신이니까 있다고 해도 이상하진 않지만.

"이크. 오랜만입니다. 이건 선물이에요. 도라야키랑 양갱."

"그런가. 고맙구먼. 바로 먹어 볼까."

"뭐야. 술은 없나?"

없어. 당신 전에 지상에 내려와서 술을 잔뜩 마시고 갔겠지? 무슨 짓을 저지르지나 않을까 나는 조마조마했다고.

"오늘은 무슨 일인가?"

"사실은요……."

나는 세계신님에게 현재 우리 세계에서 벌어지고 있는 일을 간추려서 설명했다. 사신을 해치워 나는 그 세계의 관리자가 되었다. 전혀 자각은 없지만.

그 세계 사람들이 날 어떻게 생각하는지야 제쳐 두고, 아직 부족하지만 한 세계의 '신'이 되었다. ……수습생이지만.

그렇다면 그 '신'은 이럴 때 어떻게 해야 하는가?

"굳이 뭘 할 필요는 없다고……. 그렇게 말하고 싶으나, 사신이 엮였다면 그렇게 말할 수는 없겠구먼. 대략 두 가지 방법이 있네."

"두 가지 방법이요?"

"하나는 새로운 신기를 누군가에게 전달해 사신의 사도를 토벌하는 용사로 각성시키는 걸세. 맡겨두는 거지. 자네는 그냥 보기만 하면 돼. 원래는 이 방법을 사용하지. 그런데 자네는 그 세계의 관리자인 동시에 그 세계에서 사는 사람이기도 하니까, 스스로 처리하는 것도 하나의 방법이네. 사신이라면 몰라도 그 심부름꾼이라면 별문제 없을 테지."

사신이라면 몰라도? 사신이면 무슨 문제가 있는 걸까?

"하나 더 방법이 있지 않나. 전부 한꺼번에 세계를 다……."

"거절하겠어요."

"아직 아무 말도 안 했다만?"

파괴신이 무슨 말을 할지는 안 들어도 안다. 전 세계를 통째로 파괴하란 말이잖아? 걸레로 더러운 곳을 닦는 감각으로 세계를 파괴하지 말았으면 한다.

"그 세계는 이미 자네의 관리하에 놓였네. 마음대로 하면 돼. 어이구, 마음대로 하라고는 했지만 세계 정복은 하지 말게. 그래서야 공사를 혼동하는 짓이지. 그 세계는 자네의 관리하에 놓였지만 자네 개인의 소유는 아니야. 그 세계 사람들의 소유일세. 원래라면 세계가 이상한 방향으로 가지 않게 지켜보는 것이 자네의 일이니까."

안 해요. 세계 정복이라니. 귀찮게.

원래 신들은 세계를 지켜보는 존재로 가끔 '이건 좀 문제 아냐?'라는 생각이 들 때만 기적이란 방법으로 지상의 사람들을 도와준다. 성검이나 신검을 내려 주거나, 신탁을 내려 주거나, 때로는 심부름꾼을 보내거나 해서.

나는 나 자신이 지상에 있어 까다로운 면이 있지만.

"사신의 권속이야, 지금의 자네라면 별문제 없겠지. 번거로울지는 모르지만 말일세. 다만, 뿌리째 뽑아내지 않으면 권속의 권속이 나오기도 하니 조심하게."

"우에엑."

뭡니까, 그 잡초 같은 성질은. 뽑아도 뽑아도 계속 자란다는 거예요?

"그런데 지상에 있는 신들에겐 이번 일을 말하지 않아도 되나요?"

우리 세계는 내가 관리하는 세계인 동시에 신들의 휴양지라는 특성도 있었다.

카렌 누나 등과는 달리 날 보조해 주는 신이 아닌 신들. 그러니까, 무도(舞蹈)신, 강력(剛力)신, 공예(工藝)신, 안경신, 연극신, 인형신, 방랑신, 꽃신, 보석신 등의 아홉 신에게 말을 안 해도 되는가 하는 질문이었다.

"상관없겠지. 그 신들은 지금 신은 신이지만 인간으로서 살고 있기도 하고, 무엇보다도 휴가 중이 아닌가. 굳이 말려들게 할 필요는 없네."

그래야 나도 성가신 일이 벌어지지 않아 좋지만. 아이들만 해도 벅찬데, 신들까지 신경 쓸 틈이 없다.

"너무 신경 쓸 필요는 없잖아. 사신과 관련이 있다지만 잔재에 불과하고, 뒤처리가 성가신 거야 어디든 마찬가지니까. 이 몸도 세계를 파괴하기보다는 그 뒤의 쓰레기를 처리하는 일이 더 성가시더군."

그거랑 이거랑 똑같나. 뒤처리가 성가시다는 점은 잘 알겠지만.

"특별한 금지 사항은 없으니 청소라 생각하고 마음 편히 가지게. 자네라면 괜찮겠지만, 귀찮다며 대충 처리하면 나중에 곤란해져. 이 녀석처럼."

"시끄러."

청소인가요……. 어렴풋하지만 무슨 말을 하려고 하는지는 이해가 됐다. 하느님들에게 이 정도의 일은 끈질기게 피어나는 곰팡이 제거나 싱크대의 물때를 지우는 일에 불과하겠지. 하기 귀찮은 집안일 같은 것.

그래도 세계신님의 허락도 받았겠다 마음껏 처리하기로 할까.

"아빠~. 마수 토벌하러 가고 싶어!"

"윽. 갑자기 딸이 이상한 소리를 하기 시작했어?!"

다음 날, 다 같이 아침을 먹는데 린네가 갑작스럽게 그런 말을 꺼냈다.

"마수 토벌? 사냥하고 싶다는 말이야?"

"응! 여기에서는 모험자 길드의 의뢰를 못 받고, 브륀힐드에는 별로 강한 마수가 없으니까 시시해. 그러니까 대수해나 미스미드 같은 곳에 가고 싶어!"

즐겁게 그런 말을 하는 린네 옆에서 엄마인 린제가 곤혹스러운 표정을 지었다. 그야 그렇지. 마치 소풍 가자는 듯이 그런 말을 하니까.

"나도 가고 싶어. 오랜만에 마수랑 싸우고 싶거든. 이러다 실력이 떨어지겠어."

프레이가 마침 잘 됐다는 듯이 린네의 의견에 동의했다. 윽. 언니라면 말려야 할 상황 아니야?

나는 근처 자리에 앉은 쿤에게 말을 걸었다.

"미래에선 마수를 그렇게 많이 잡았어?"

"이곳과는 달리 미래에선 거수도 많이 나타났고, 동시에 다른 나라에선 마수의 집단 폭주도 자주 일어났어요. 린네와 프레이 언니는 야쿠모 언니하고 같이 【게이트】를 열어 외국으로 갔었으니……."

그랬구나. 거수가 나타나면 마수들이 산이나 숲 밖으로 내쫓겨 사람이 거주하는 곳으로 내려오기도 한다. 그걸 사냥했었던 건가.

실제 길드 마스터인 레리샤 씨의 말에 따르면, 요즘에는 토벌 의뢰가 많아졌다고 한다.

세계의 융합으로 생긴 마소 웅덩이로 인한 마수 증가가 원인이겠지.

그런 의미에서 보면 마수 토벌은 세상 사람들을 위한 일이기도 하지만…….

나는 린네의 엄마인 린제에게 말을 걸었다.

"어떻게 생각해?"

"린네의 실력이라면 웬만큼 강한 상대가 아니고서는 뒤지지 않을 거예요. 하지만 숫자로 밀어붙이는 마수나, 처음으로 만나는 마수를 상대하면 다칠 우려도……. 역시 혼자서 보낼 수는 없어요."

"그럼 내가 따라갈까?"

아침 식사를 하는 자리에 나타난 사람은 카리나 누나였다. 카리나 누나는 빈자리에 앉아 접시에 담긴 과일을 하나 집어 들었다.

"사냥이라면 나한테 맡겨둬. 어떤 사냥감이든 멋지게 사냥하는 요령을 알려줄게."

그야 누나는 수렵신이니까 당연하죠. 말 그대로 사냥을 담당하는 신.

덧붙여 가고 싶은 사람은? 하고 물으니 린네와 프레이가 손을 들었다. 에르나는 같이 가자는 린네의 제안을 머뭇거리며 거절했고, 쿤과 아시아는 흥미가 없는 듯했다. 아시아는 먹을 만한 고기를 가져와 달라고 하긴 했지만.

그리고 린네가 아리스도 데리고 가고 싶다고 말했다. 그래. 같이 가자고 말을 안 하면 나중에 삐치니까……

물론 간다고 한다면 나도 따라갈 생각이다. 남의 영토에서 해선 안 될 짓을 해선 곤란하니까. 이건 일종의 가족 서비스라…… 할 수 있나?

"그래서, 린네는 뭘 사냥하고 싶어?"

"드래곤!"

얘가. 드래곤. 용은 일단 아빠의 소환수인 루리의 권속이거든? 봐. 저기서 밥을 먹던 루리가 '헉?' 하고 당황한 표정을 지으며 우릴 바라보고 있잖아.

"그렇지만 의사소통할 수 없는 아룡이나 규칙을 깬 떠돌이 용은 사냥해도 되잖아?"

"잘 알고 있네……."

실제 그런 용이라면 사냥해도 문제없다. 그리고 마수처럼 진화한 마룡(魔龍)도.

루리를 이리로 불러 얘기를 들어두자.

〈대수해의 성역 근처라면 아룡이 많으리라 생각합니다. 그러나 강함으로 따지자면 마룡이 더 기대에 부합하지 않을지요.〉

"마룡이라."

마룡은 용에서 분기된 종이다. 아룡과는 달리 용의 가계도를 따르고 있어 전투 능력은 뛰어나지만 의사소통은 불가능하다. 간단히 말하면 전투력만큼은 진짜 용 수준인 아룡이라고 할까.

특수한 종이 많은데, 나도 독룡과 싸운 적이 있다.

머리가 아홉 개로, 자르고 또 잘라도 재생해서 아주 성가셨다.

강한 정도만 따지면 린네의 희망에 부합하겠지만, 독특한 개체가 많으니……

스마트폰을 꺼내 마룡을 검색해 봤다. 전 세계에 꽤 많이 있구나. 일단 대수해로 좁혀 보니, 10마리 정도가 있는 듯했다.

"사냥을 한다면 이 부근인가……. 몇 마리인가가 모여 있고, 부족의 마을 근처니 어서 퇴치 안 하면 위험하겠어."

대수해의 부족장인 팜에게 연락해야겠네. 괜한 소동이 벌어지면 안 되니까. 간단한 선물이라도 가져갈까.

슬쩍 린네를 보니 벌써 갈 생각에 가득 찬 얼굴로 내 대답을 기다리고 있었다. 안 된다고 말할 수 있다면 마음이 편할 텐데.

린네를 비롯한 우리 아이들은 언젠가 미래로 돌아간다. 그때까지 우리와 많은 추억을 만들었으면 했다. 이번 일도 그런 추억의 일환이 되면 좋겠다.

"그럼…… 갈까."

"야호!"

린네가 껑충 뛰며 기뻐했다. 프레이도 크게 기뻐했다. 이렇게 기뻐하니 사냥도 나쁘지 않겠다는 생각이 든다. 사실은 더 여자아이다운 취미를 가져 주길 바랐지만.

이번 휴가 때는 아이들과 마룡 퇴치다! 이걸 가족 서비스라 할 수 있나?

◇　◇　◇

쉽게 마룡을 토벌한다는 얘길 하지만, 사실은 그렇게 쉬운 일은 아니다. 상황에 따라서는 국가 차원에서 토벌대를 편제해야 할 정도다.

마룡은 아룡보다 전투 능력이 뛰어나고, 용과는 달리 말도 통하지 않는다. 그에 더해 고유한 능력을 지니고 있기도 하다.

그나마 사람들이 사는 마을에 내려오지 않으니 다행이라고 할까. 하지만 마룡이 내려오지 않을 뿐, 그곳에 머물기만 해도 다른 마수가 내쫓겨 마을로 내려오거나, 내가 해치운 독룡처럼 독 안개를 발생시켜 작물을 약하게 만드는 등의 피해를 내기도 한다.

정말 성가신 용이다. 그걸 사냥하려는 거니 원래는 더 긴장감을 가져야 하는데…….

"앗! 그건 내가 먼저 발견했는데!"

"빠른 사람이 임자야~."

"두 사람 다 깔끔하게 잡아야지. 소재의 가치가 떨어져."

나타난 마수를 닥치는 대로 사냥하는 아리스와 린네. 그리고 그 마수를 【스토리지】로 회수하는 프레이.

도저히 지금부터 마룡을 퇴치하러 가는 분위기가 아니었다.

대수해의 밀림 안에서 우리 일행은 와자지껄 떠들며 마룡의 둥지가 있는 곳으로 나아갔다.

"아빠~. 앞으로 얼마나 남았어?"

"응~? 이제 조금만 가면 돼. 강을 넘으면 바로 나와."

내가 스마트폰으로 확인하면서 대답하자, 린네는 기합을 넣고 밀림을 헤치며 계속 앞으로 나아갔다.

그 모습을 본 엔데가 한숨을 쉬며 말했다.

"아이들은 힘이 넘치네……."

"정신 바짝 차려야지. 어른이 그래선 본이 안 되잖아."

아이들은 프레이, 린네, 아리스 이렇게 세 사람. 어른은 나, 카리나 누나, 그리고 엔데 이렇게 세 사람.

사실을 말하자면 엄마들인 린제, 힐다, 메르, 네이, 리세, 이 다섯 명도 오고 싶어 했지만 린제와 힐다는 볼일이 있었고, 메르, 네이, 리세는 아리스가 거부했다.

물론 아리스가 그 세 사람을 싫어하는 건 아니다. 아리스는 네이와 리세의 과보호를 싫어했다. 마룡과 아리스가 싸우는 동안 네이와 리세가 얌전히 있지 않을 거란 사실은 누구나 알

수 있었다.

상황에 따라서는 아리스의 목적인 마룡을 네이와 리세가 해치워 버릴지도 모른다. 그래서야 흥이 깨진다.

아리스는 엔데도 따라오지 말았으면 했지만, 간곡히 부탁해서 간신히 허락을 받았다. 단, 마룡과 싸우는 동안 절대로 돕지 말라는 조건을 달았다. 이건 나도 약속을 해 주어야만 했다.

물론 나도 엔데도, 아이들이 위기에 몰리면 무작정 끼어들 작정이지만.

약속? 분명 '엔데는 아리스'랑, '나는 프레이와 린네'랑 절대 사냥을 방해하지 않겠다고 약속했다. 하지만 '나랑 아리스', '엔데랑 프레이와 린네' 사이에는 돕지 않겠다고 약속을 안 했으니까.

아이들아, 아직 뭘 모르는구나. 어른들은 치사한 법이야.

나도 지구에선 아직 미성년자지만.

〈부르보~!〉

갑자기 밀림 안에서 커다란 멧돼지가 나타났다. 검은빛을 띠는 털가죽에 창처럼 똑바로 튀어나온 긴 엄니.

3미터는 넘어 보이는 멧돼지가 머리를 흔들자, 엄니에 맞아 주변 나무들이 바로 잘려나갔다.

엄니라기보단 칼날에 가깝네.

"블레이드보어인가. 빨간색 랭크 수준의 마수네."

엔데가 멧돼지를 보고 설명했다. 블레이드보어라. 처음 봐.

빨간색 랭크라면 길드에서도 지명 의뢰를 할 만큼 강적이다. 그런 마수를 앞에 두고 우리 아이와 친구는 한가하게 가위바위보를 했다. 맥이 빠지네.

"야호! 내가 이겼어!!"

가위바위보에서 이겼는지 아리스가 주먹을 치켜들었다. 패배한 두 사람은 투덜거리며 뒤로 물러섰다.

어? 혼자서 해치우게?

"자, 덤벼라!!"

〈부르르아아!〉

블레이드보어가 돌격창을 든 기사처럼 똑바로 아리스를 향해 돌진했다.

반면 아리스는 움직이지 않고, 작게 몸을 좌우로 흔들기만 했다.

마치 자동차로 밀어붙이듯, 블레이드보어의 거대한 몸이 아리스를 치어 죽이려고 돌진했다.

"【프리즈마 길로틴】!"

아리스의 오른팔에 수정 같은 물질이 모이더니 커다란 손도끼 형태를 만들었다.

가볍게 내려친 '손도끼'는 블레이드보어를 정면에서 두 동강으로 잘라 그 자리에서 '반반'으로 나눠 버렸다.

"아~아~아~……."

"털가죽이 못쓰게 됐어."

엔데와 카리나 누나가 작게 중얼거렸다. 아리스는 하나하나 따지고 듣지 않는다. 해치우면 그만이라고 생각하며 행동할 때가 많다.

"프레이 언니. 이거 넣어둬. 다음에 아시아한테 요리해 달라고 하자."

"그건 괜찮지만……. 아리스, 피가 묻었잖아. 아버지, 깔끔하게 만들어줘."

프레이가 【스토리지】에 블레이드보어를 수납하고는 나에게 부탁했다.

정말 아리스는 블레이드보어의 피가 튀어서 군데군데 피가 묻어 있었다. 좀 오싹한 광경인데…….

아리스에게 【클린】을 걸자 튄 피가 사라져 원래의 깔끔한 모습으로 돌아왔다.

"이 실력이라면 마룡도 문제없겠네."

"쉽게 봐선 안 돼. 용과 마수는 강력함의 차원이 다르니까. 거기다 마룡은 끈질기고 교활한 놈이 많아. 어떤 비장의 카드를 가지고 있을지 알 수 없어."

카리나 누나의 말대로, 내가 해치운 독룡(히드라)도 아주 끈질겼다. 방심은 금물인가.

밀림 속을 계속 나아가자 이윽고 큰 강이 나왔다. 【게이트】를 열어 우리는 건너편 강가로 이동했다.

계속 똑바로 나아가자 숲은 점차 울퉁불퉁한 바위가 보이기 시작하며 바위산처럼 변했다.

걷기 불편한 바위산을 훌쩍훌쩍 가볍게 뛰어오르는 아이들. 너무 앞서가진 마. 응?

"……들렸어?"

"들렸어. 가까이에 있네."

나는 옆을 걷던 엔데에게 확인했다. 용의 포효가 작게 들려왔다. 용은 이미 우리를 파악했을지도 모르겠는데.

나는 스마트폰을 꺼내 마룡의 현재 위치를 찾았다. 오. 우리를 향해 오잖아.

"다들 잠깐 멈춰 서. 마룡이 우리 쪽으로 날아오는 모양이야. 공간이 트여서 싸우기 편한 곳으로 이동하자."

"좋아. 린네, 아리스. 저기가 전망이 좋으니 저기로 가자."

"알았어."

"네~."

프레이의 지시에 따라 두 사람은 경사가 완만하고 장애물이 적은 장소로 갔다.

린네와 아리스는 손 보호대를, 프레이는 창을 장비하고 싸울 준비를 마쳤다.

"알겠지? 어른들은 보기만 해야 한다?! 쓸데없는 말참견도 안 돼!"

"그래그래, 알았어."

정말로 위험해지면 말참견도 할 거고, 직접 뛰어들겠지만.

우리는 주변에 널려 있는 바위 중 제일 큰 것을 골라 그 위에 자리를 잡고 앉았다.

참나. 이래선 운동회에 응원하러 온 보호자와 다를 게 없잖아. 그렇지. 나중에 모두에게 보여 주게 동영상도 찍어 두자.

내가 그런 생각을 하는데 옆에 있던 엔데도 다급히 스마트폰을 꺼냈다. 아무래도 비슷한 생각을 한 모양이다.

"오. 이제 나오나?"

멀리서 퍼덕퍼덕 날갯짓을 하는 소리가 들렸다. 소리가 점점 커졌고, 곧 용 한 마리를 우리도 직접 확인할 수 있게 되었다.

용은 검었고 무지하게 컸다. 다리는 네 개였고 등에 난 박쥐 같은 날개로 날고 있었다.

뿔도 컸고, 뒤통수에서 꼬리에 이르기까지 빨간 등지느러미가 달려 있었다. 꼬리는 길었고, 끝에는 도꼬마리 열매 같은 가시가 삐죽 튀어나온 모습이었다.

눈이 빨갛게 충혈되어 있어, 어딜 어떻게 봐도 우호적인 분위기가 아니었다. 자신의 영역을 침범한 외부인을 무자비하게 제거하려는 기백이 느껴졌다. 당연하다면 당연한가.

"본 적 없는 용이네. 마룡은 마룡인 것 같지만……."

"저건 니드호그야. 인간의 사체를 아주 좋아하는 식인룡이지."

내 말을 듣고 카리나 누나가 대답해 주었다. 니드호그…….
식인룡. 아주 불쾌하기 짝이 없는 상대인걸?

〈크아아아아아아아!〉

니드호그가 하늘을 향해 포효했다. 내 귀에는 분노라기보다 먹잇감을 발견해 기뻐하는 포효처럼 들렸다.

"좋았어. 시작하자!"

자기 키보다도 훨씬 큰 창을 든 프레이가 니드호그를 향해 창을 투척했다.

날아간 창을 니드호그는 옆으로 훌쩍 움직여 가볍게 피했다.

"쉽게 보면 안 되지."

프레이가 손을 휙 흔들자, 투척한 창이 공중에서 멈추더니 다시 되돌아왔다. 자세히 보니 창에는 바닥에 대는 부분이 없이 양 끝 모두 뾰족한 날붙이였다.

되돌아온 창은 궤도를 바꾸어 니드호그의 날개를 꿰뚫었다.

〈크갸악?!〉

"성공이야!"

박쥐 같은 비막이 뚫리자 니드호그가 균형을 잃었다. 그러자 【실드】를 발판 삼은 린네가 계단을 두 개씩 올라가듯이 공중으로 뛰어나갔다.

"으랴!"

〈크악?!〉

양손을 붙잡은 모습으로 내려친 린네의 일격이 니드호그의 날갯죽지에 작렬했다.

완벽히 균형을 잃은 니드호그가 린네와 함께 지면으로 떨어져 바위에 내동댕이쳐졌다.

"【프리즈마 길로틴】!"

그 타이밍을 노린 듯, 아리스가 수정 손도끼를 휘둘렀다. 이건 니드호그의 비막을 너덜너덜하게 찢어버려 날지 못하게 하려는 공격이었다.

"지금까진 정석대로 공격하고 있네."

셋이서 싸우는 모습을 보고 내가 중얼거리자 옆에 있던 엔데가 작게 고개를 끄덕였다.

바위 밭에 떨어진 니드호그가 낫처럼 굽은 목을 쳐들고 입을 크게 벌렸다. 윽. 저건…….

쿠화아! 니드호그가 벌린 입에서 화염방사기 같은 불꽃이 뿜어져 나왔다. 파이어브레스인가.

"이영차."

프레이가 양손의 창을 【스토리지】에 넣고 대신 커다랗고 푸르스름한 방패를 꺼냈다.

앞으로 내민 커다란 방패에 니드호그가 내뿜은 파이어브레스가 거세게 부딪쳤다.

방패에 닿은 불꽃은 좌우로 갈라져 프레이를 피하듯이 분단되었다. 저건 무슨 마도구인가……?

"에잇!"

〈크으윽?!〉

불꽃을 계속 내뿜던 니드호그의 옆얼굴에 건틀릿을 장비한 린네의 주먹이 작렬했다. 우어어. 아프겠다.

〈크아아아아아아아!〉

니드호그가 린네를 향해 입을 벌렸다. 이번엔 연속 화염탄을 연거푸 내뿜었다.

린네가 재빨리 피해 화염탄이 바위에 맞자, 바위가 부서져 사방으로 튀었다. 폭발한 바위의 파편이 주변에 싸라기눈처럼 쏟아져 내렸다.

"우와앗?!"

마룽이 채찍처럼 휘두른 꼬리가 뒤에 있던 아리스를 습격했다. 지면에 엎드리면서 피한 아리스가 꼬리의 사정권 밖으로 피했다.

푸르스름한 방패를 집어넣고 이번엔 커다란 배틀 액스를 【스토리지】에서 꺼낸 프레이가 니드호그에게 가려고 했지만, 그걸 미리 눈치챈 마룽은 화염탄을 연거푸 날려 프레이가 다가오지 못하게 견제했다.

"어? 저 용, 색이 좀 변하지 않았어?"

"듣고 보니……."

조금 전까지 칠흑이라 해도 과언이 아닐 만큼 검은빛을 띠던 비늘이 붉은빛을 띠기 시작했다. 그리고 점차 검붉은색에서 오렌지색을 포함한 색처럼 발광하더니, 이윽고 온몸이 용암처럼 열을 발하는 색으로 변화했다.

〈크아아!〉

따악! 니드호그가 입을 다물며 이빨을 충돌시키자 불꽃이 튀었다. 그리고 그 불씨는 순식간에 마룡의 온몸을 불꽃으로 휩쌌다.

〈크르아아아아아아아아아아아!〉

온몸을 불꽃으로 두른 니드호그가 하늘을 향해 포효했다. 엄청난 열기가 우리한테까지 전해져 왔다.

"화염룡 니드호그를 저 아이들은 과연 어떻게 상대할지 기대되는걸?"

불타는 마룡을 보고 카리나 누나가 중얼거렸다. 흠, 이렇게 나오는구나.

저 불꽃 탓에 가까이 접근하기 힘들어졌다. 에르나나 쿤이 있었다면 물이나 얼음 계열의 마법으로 대처할 수 있었을지도 모르지만.

"뜨거워~! 프레이 언니, 어떻게 좀 해 봐~!"

"어떻게 해 보라니. 아무리 그래도 이건 상대하기 힘들어!"

린네가 요청했지만 니드호그의 발톱 공격을 피하면서 프레이가 그렇게 대답했다.

"어디 보자. 물과 얼음 계열 무기 중에 쓸 만한 게 있었던가……?"

【스토리지】에서 이것도 아니고 저것도 아니라고 하면서, 여러 무기를 꺼냈다가 집어넣는 프레이. 항상 사용하는 무기는 정리해 두지만, 별로 안 쓰는 무기는 아무렇게나 넣어 둔 건가?

애도 참. 전투 중에 그런 짓을 하면…….

〈크가악!〉

"앗?!"

마룡이 다시 불타는 발톱 공격을 날리자 뛰어오르듯이 피하는 프레이. 연속으로 날아오는 발톱을 아슬아슬하게 피하는 모습을 보니 내가 더 가슴이 조마조마해졌다.

"핫!"

〈크흑?!〉

니드호그의 움직임이 잠시 멈췄다. 린네가 배에다 발경으로 기탄(氣彈)을 날렸기 때문이다.

〈카하아?!〉

"엿차!"

프레이가 아닌 린네에게 시선을 빼앗긴 니드호그가 입을 열어 화염탄을 내뿜었다. 【실드】를 발판 삼아 린네가 공중으로 뛰어올라 화염탄을 피했다.

"찾았다! '빙결검 아이스브링어'!"

프레이가 정검(晶劍)처럼 도신이 투명한 검 한 자루를 들어 올렸다. 여기서 봐도 그 검이 엄청난 냉기를 내뿜는다는 걸 알 수 있었다.

"이 검은 엘프라우 왕국의 영구 빙벽에서 깎아낸 마빙(魔氷)으로 만든 거야! 500년 전, 엘프의 마검사인 크레이들스톤이 이걸 사용해 마수 보카럼블을……."

"설명은 됐으니까 얼른 어떻게 좀 해 봐!"

아리스가 화염탄을 마구 쏘아대는 니드호그한테서 도망치며 프레이에게 소리쳤다.

프레이가 얼음 검을 쳐들더니 니드호그를 향해 그 칼끝을 내밀었다.

"【빙결】!"

대기를 떠돌던 얼음 알갱이가 니드호그를 둘러싸며 몸을 식혔다. 마룡을 뒤덮었던 불꽃의 기세가 약해지자 몸의 표면의 색이 검은색으로 되돌아왔다.

하지만 그건 일시적인 듯, 다시 갈라진 바위의 틈새 같은 몸의 표면에서 화륵화륵 하고 불꽃이 뿜어져 나오기 시작했다.

"오래 지속되지 못하니 지금 공격해야 해!"

"알았어! 【프리즈마 로즈】!"

아리스가 오른팔에서 수정으로 이뤄진 장미 줄기를 만들어 냈다.

"【프리즈마 길로틴】!"

장미의 줄기 끝에 커다란 손도끼를 출현시킨 아리스는 원심력을 이용해 마치 채찍처럼 그걸 니드호그의 꼬리에다 내리쳤다.

〈크아아아아아아아아아아아아아?!〉

쑹텅! 하고 니드호그의 굵은 꼬리가 절단됐다. 균형을 잃은 마룡의 몸이 앞으로 기울더니, 머리부터 지면에 박으며 쓰러졌다.

마룡의 그 거체를 향해 이번엔 린네가 쏜살처럼 달려갔다.
【실드】를 계단처럼 사용해 상공으로 뛰어간 린네는 정점에서
빙글 몸을 회전시켜 발끝을 마룡을 향해 정조준했다.

"유성킥~!!"

〈크아아악?!〉

가중 마법 그라비티로 무게가 증가된 린네의 킥이 니드호그
의 등에 작렬했다. 뚜두둑, 하는 불쾌한 소리가 들렸는데, 부
러졌나?

"이제 끝이야!"

〈크흐…….〉

어느새 니드호그에 바짝 다가선 프레이가 머리에다 아이스
브링어를 내리꽂았다. 그러자 곧장 불꽃 마룡은 머리부터 얼
기 시작해, 순식간에 온몸이 얼음으로 뒤덮였다.

"결정타다!"

"앗, 린네! 기다려!"

프레이가 말릴 새도 없이 린네가 혼신을 다한 일격이 얼어붙
은 니드호그의 옆구리에 작렬했다.

얻어맞은 장소에서 거미줄 같은 균열이 생기기 시작하더니,
무게를 견디지 못한 니드호그의 거대한 몸은 마치 프레이즈
처럼 산산조각이 나며 무너졌다.

"아~아~아~……."

"그럴 줄 알았어."

니드호그가 무너지는 모습을 보면서 엔데와 카리나 누나가 그렇게 중얼거렸다. 오는 동안의 반성을 전혀 살리지 못했다. 귀중한 용의 소재가 엉망이 됐다. 이젠 냉동 고기 정도의 가치밖에 남지 않았다. 아니지. 잘라낸 꼬리에서만큼은 조금이나마 소재를 얻을 수 있을까?

어차피 소재를 팔기 위해서가 아니라, 사냥 자체가 목적이었으니 너무 뭐라고 할 필요는 없지만…….

"얼리지 말걸……."

"뭐, 뭐 어때. 해치웠잖아!"

"나도 결정타를 날리고 싶었어!"

프레이가 투덜거리면서 지면에 【스토리지】를 열어 산산조각이 난 마룡의 파편과 꼬리를 회수했다. 냉동 고기라면 해동해서 먹을 수 있으니까.

용 고기는 대체적으로 맛있는데 마룡은 어떨까? 독룡^{히드라}은 독이 있어서 못 먹었는데.

"아빠~! 다음! 다른 마룡은 어디 있어?!"

"자자, 조금만 기다려. 이쯤에서 다 같이 루랑 아시아가 만들어 준 도시락을 먹으면서 쉬자."

너무 흥분해서 달려들다 다치기라도 하면 큰일이니까. 이쯤에서 잠깐 열을 식혀 두자. 나는 【스토리지】에서 의자 몇 개와 큰 테이블을 꺼내 설치했다. 그리고 그 위에 루와 아시아가 손

수 만들어 준 도시락, 4단 찬합을 펼쳤다.

"와아, 맛있겠다!"

1단에는 주먹밥이 가득 들어차 있었다. 2단에는 닭튀김, 새우튀김, 고로케, 프라이드치킨 등의 튀김 종류가, 3단에는 달걀프라이, 비엔나소시지, 햄버그, 미트볼, 미니토마토 등이, 그리고 4단에는 먹기 좋게 잘라둔 과일이 들어 있었다.

정말 맛있어 보이긴 하는데, 아이들이 좋아할 만한 음식이 많네.

"""잘 먹겠습니다~!"""

아이들 세 명은 내가 내준 물구슬로 손을 씻은 다음 곧장 주먹밥을 들고 먹기 시작했다. 빠르네.

그럼 우리도 먹어 볼까.

찬합에서 주먹밥 하나를 꺼내 먹었다. 응. 소금간도 적절해서 맛있어. 안은 참치마요인가.

"으읍~?! 이, 이건 매실이었어⋯⋯. 아빠, 이거 줄게⋯⋯."

"뭐?! 아냐. 그래, 그러지 뭐⋯⋯."

아리스가 엔데에게 먹다 만 주먹밥을 건네줬다. 아리스는 매실장아찌를 싫어하는구나. 역시 그런 점은 어린아이답네.

그런 엔데의 모습을 보고 쓴웃음을 짓는데, 옆에 있던 린네가 나에게 주먹밥을 쑥 내밀었다. 먹다 만 주먹밥을.

"아빠, 이거 먹어."

"너도냐⋯⋯."

매실장아찌가 들어간 주먹밥을 건네받은 나는 어쩔 수 없이 그걸 먹었다. 시큼해……! 이셴의 매실장아찌는 많이 시구나.

우리가 느긋하게 도시락을 먹는데, 숲속이 소란스러워지기 시작했다.

"뭐지……?"

새가 날갯짓하는 소리, 원숭이가 크게 울부짖는 소리, 그리고 멀리서 들려오는 땅울림 같은 소리……. 어?! 이건 설마……!

나는 스마트폰을 꺼내 주변의 마수를 검색했다. 화면에는 새빨갛게 가득 꽂힌 핀이 우리를 향해 밀려오고 있었다.

"집단 폭주^{스 탬 피 드}……!"

◇ ◇ ◇

집단 폭주^{스 탬 피 드}.

마수들이 정신을 잃고 집단으로 폭주하는, 이른바 마수들의 쓰나미.

아니, 마수만이 아니다. 동물들도 함께 폭주하고 있다.

이제 곧 여기까지 몰려오겠지.

자, 어떻게 할까. 우리의 안전을 생각한다면 이대로 【게이트】를 열어 돌아가면 그만이다.

하지만 운이 나쁘게도 짐승들이 몰려가는 길목에는 대수해에 사는 부족의 마을이 있다.

그 마을이 있어서 우리는 이번에 근처에 사는 마룡을 토벌하기로 했었다.

이 기세로는 마을 앞에서 멈추길 기대하기 힘들다.

"어떻게 할래?"

"내버려 둘 순 없잖아."

엔데에게 그렇게 말한 나는 스마트폰을 집어넣었다. 대수해의 부족장인 팜도 곤란할 테고.

"마수를 잔뜩 잡는 거야?! 나도 참가할래!"

"앗, 나도! 폐하! 나도 참가할래!"

"안 잡아. 남획하면 생태계에 문제가 생기잖아."

""우우⋯⋯.""

린네와 아리스가 우우, 하고 야유했지만 무차별적으로 살생할 수는 없다. 마수도 근처에 사는 사람들의 식량이다. 우리가 함부로 남획해선 안 된다.

"그러니 일단은 방어벽을 쳐야겠네. 【흙이여 오너라, 토루(土壘)의 방벽, 어스월】."

나는 집단 폭주하는 짐승들이 오는 길목 정면에 길이 몇 킬로미터의 두터운 돌 방벽을 만들었다. 높이는 20미터 정도로. 드래곤의 돌진마저도 막는 만리장성이다. 이 정도면 일단은 안심해도 되겠지.

"토야는 여전히 터무니없는 짓을 하는구나……."

엔데가 어이없다는 듯이 중얼거렸다. 집단 폭주가 진정되면 나중에 없앨 건데 뭐 어때?

"그런데 이대로 두면 벽을 향해 밀려와 선두에 선 마수들이 압사하지 않을까?"

"괜찮아. 벽에 부딪히면 【게이트】로 20킬로미터 후방으로 전이되게 만들어 뒀으니까."

계속 달리는 한 그게 끝없이 반복된다. 체력이 떨어지면 진정되겠지.

그런데 왜 집단 폭주가 일어났을까? 집단 폭주가 일어나는 이유라면 천재지변의 전조라든가?

하지만 이 근처에는 활화산도 없고, 지진이라면 대지의 정령이 알려줬을 텐데.

이건 다시 말해 몸에 위험을 느끼고 공황 상태에 빠진 상황이다. 마수들이 위험을 느낄 정도의 뭔가가 나타났다……?

우리는 【게이트】를 사용해 벽 위로 전이했다. 두께도 10미터 이상이라 떨어질 염려는 없다.

벽 너머에서 흙먼지를 날리며 마수 무리가 우리를 향해 몰려왔다. 마치 무언가로부터 도망치듯이.

"오호라. 원인은 저거인가."

"네?"

카리나 누나가 끝없이 펼쳐진 나무들 끝을 보며 중얼거렸다.

어? 뭐가 보여요? 흔들리는 나무와 흙먼지가 우리를 향해 오는 모습밖에 안 보이는데.

"【롱센스】."

시력을 높여 집단 폭주 집단 너머를 가만히 응시했다.

어어? 꼭…… 숲 뭉치가 흔들리는 듯한데……. 어? 방금 슬쩍 머리 같은 게 보였어?!

가만히 응시하다가 그게 뭔지 겨우 알아냈다.

거북이다. 무지막지하게 큰 거북. 등에 숲을 짊어진 거북. 거수인가?!

"자라탄이야. 육지에서 보긴 힘들지. 원래는 바다에 사는 마수니까. 섬인 줄 알고 상륙했더니 자라탄의 등이었다는 이야기가 있을 만큼 무지막지하게 큰 거북 마수야. 참고로 저건 거수가 아냐. 저게 보통 사이즈지."

"저게 거수가 아니었구나……."

아무리 그래도 너무 크잖아. 몇백 미터는 되겠는데? 킬로미터 단위는 안 되겠지만.

저런 게 움직이면 마수들이 도망칠 수밖에. 저것 때문에 집단 폭주가 시작된 건가.

"자라탄 자체는 아주 얌전한 마수야. 단지 몸집이 저렇게 크다 보니, 주변에 있는 동물한텐 엄청 민폐겠지."

카리나 누나의 설명을 듣고 나는 조금 안도했다. 저렇게 큰데 공격적이었다면 너무 무서우니까.

"아빠! 저거 해치울 거야?!"

"해치울 거냐고? 글쎄……."

천진난만하게 묻는 린네에게 뭐라고 대답해 주면 좋을지. 저거, 크기만 따지면 사신보다 크지 않을까? 과연 해치울 수 있을지 어떨지. 만약 해치우더라도 그 사체를 어쩌면 좋지?

"그런데 왜 지금까지 집단 폭주가 없었을까?"

"자라탄은 천 년 단위로 겨울잠을 자기도 하니까. 눈을 떠 보니 잠든 동안 등에 숲이 무성해졌던 게 아닐까?"

그럼 뭐야? 저건 여기서 몇천 년이나 계속 잠을 잤다고? 에 구구, 엄청난 잠꾸러기네.

다행히 자라탄의 움직임은 느리다. 하지만 한 걸음, 한 걸음 의 보폭이 넓어서 그럭저럭 속도가 빠른 편이다. 이대로라면 여기까지 오겠는걸?

"왜 이쪽으로 오는 거지?"

"도망친 마수를 먹으러 오는 게 아닐까?"

"아……. 일어난 직후엔 배가 고프긴 하지."

아이들이 무사태평한 대화를 나눴지만 과연 그럴까? 무엇보다 저런 움직임으론 먹이를 제대로 붙잡을 수 없다.

나와 함께 자라탄을 바라보던 엔데가 작게 중얼거렸다.

"……혹시 바다로 가는 거 아냐?"

"바다?"

"응. 원래 바다에 사는 마수라며. 바다로 돌아가려는 거 아닐까?"

오호라, 바다라. 실제로 이 앞에 있는 마을을 지나가면 바다가 있긴 하다.

자라탄 자체는 바다로 돌아가길 원할 뿐인 건가. 집단 폭주는 그 결과에 불과하고.

"그럼 바다로 돌려보내 줄까?"

"뭐어? 안 잡아? 오랜만에 프레임 기어에 탈 수 있을 줄 알았는데~."

"뭐든 막 잡는 게 좋다곤 할 순 없어."

나는 불만스러워하는 린네를 그렇게 타일렀다. 아빠는 전부 힘으로 제압하는 방식을 별로 좋아하지 않는단다. 나도 자주 힘으로 밀어붙이곤 하니 따끔하게 말을 해 주기는 양심에 걸리지만.

"바다에는 어떻게 돌려보내려고?"

"【게이트】를 열어서 바다로 전이하면 되잖아."

움직임이 저렇게 느리니 타깃을 지정하기는 어렵지 않다. 전이는 문제없겠지. 그러면 저 부근의 나무들이 휑하니 사라지겠지만 어차피 자라탄에게 짓밟힐 운명이었으니 별문제는 없을 것이다.

정확하게는 바다가 아니라 해안가에 전이할 예정이지만. 바다에 직접 떨어뜨리면 몸집이 저렇게 크니 쓰나미가 일어날 수도 있다.

"그런데 저 거북 위에도 동물들이 아직 있지 않을까? 바다에 들어가면 죽을걸?"

윽.

아리스의 무심한 한마디에 나는 뭐라 말을 하기가 힘들어졌다. 맞는 말이라서.

스마트폰으로 검색해 보니, 정말로 자라탄의 등에 자란 숲에 아직 몇몇 동물들이 남아 있었다. 갈팡질팡하는 동물, 가만히 꼼짝하지 않는 동물 등 다양했지만 자라탄을 바다에 되돌리면 틀림없이 익사하고 말겠지.

일단 이 동물들을 전이시켜야 하는 건가.

"타깃 지정. 자라탄의 등에 있는 모든 동물."

〈알겠습니다. ………타깃 지정 완료했습니다.〉

"【게이트】."

집단 폭주 방향과는 다른 장소에 모든 동물들을 전이시켰다.

흔들리는 땅에서 해방된 동물들은 위험한 상황에서 도망치려는 듯 그 자리를 떠났다.

"전이 완료. 이젠 자라탄을 바다로 전이시키면———."

〈부오오오오오오오오오……!〉

갑자기 소라 나팔 소리를 몇백 배로 증폭시킨 듯한 소리가 주변에 울려 퍼졌다. 뭐지?!

원인은 자라탄이 하늘을 향해 소리를 질렀기 때문이었다.

조금 전보다 더 격렬하게 그 큰 몸을 좌우로 흔들며 날뛰었다.

"갑자기 왜 저래?"

"……잘 보이진 않지만 발밑에 뭔가 있는 모양이네. 자라탄이 공격을 받고 있나 봐."

"공격?!"

엔데가 눈을 가늘게 뜨며 대답했다. 설마 수해 사람들이 공격을 하나? 이건 너무 무모한데……!

"아냐. 수해 사람들이 아니라, 저건…… 기가앤트야. 쳇. 자라탄을 완벽히 적으로 인식했나 봐."

기가앤트. 무리를 짓고 살고 주로 땅속에 서식하는 거대 개미 마수다. 일단 공격을 시작하면 죽을 때까지 멈추지 않는 질 나쁜 마수다.

각 개체가 공감 능력이 있어 한 마리가 공격을 시작하면 동료를 계속 불러내 집단으로 습격한다.

얘네들을 상대로 살아남으려면 전멸시키는 선택지밖에 없다. 도망쳐도 끝끝내 쫓아오니까.

그런 마수가 자라탄을 표적으로 삼았다. 기가앤트 중 한 마리를 자라탄이 짓밟았던 거겠지. 모든 기가앤트가 적이 되었다.

기가앤트의 턱 힘은 매우 강해서 인간의 몸통 정도는 쉽게 찢어버릴 수 있다.

자라탄이야 워낙에 몸집이 크니 쉽게 물어뜯을 수 없겠지만 숫자는 힘이다.

아마존에 서식하는 군대개미는 움직일 수 없는 상대라면 소나 말 등도 먹어서 죽일 수 있다고 하니까.

저 모습을 보니, 자라탄은 어느 정도는 통증을 느끼고 있는지도 모른다. 큰일인데……

제아무리 기가앤트라도 자라탄을 해치울 정도의 힘은 없을 것이다. 문제는 저 공격으로 인해 자라탄이 날뛰고 있다는 것이다. 이대로는 집단 폭주가 더욱 심해진다.

"일단 자라탄을 전이시키자."

나는 자라탄의 발밑에 【게이트】를 열어 산드라 지방의 해안으로 보냈다. 짓뭉개졌던 숲의 나무들과 기가앤트도 【게이트】 아래로 같이 떨어졌다. 이동하게 될 해안은 사람이 없는 장소이니 괜찮을 거로 생각하지만, 혹시 몰라 우리도 그 뒤를 쫓듯이 【게이트】를 열어 이동했다.

전이한 곳은 바위 밭이 펼쳐진 해안으로, 바로 눈앞에는 바다가 펼쳐져 있었다. 숲을 짊어진 자라탄이 천천히 바다로 돌아가려 했다.

그런데 발밑에는 수천 마리나 되는 기가앤트가 들러붙어 자라탄을 가차 없이 공격했다.

자라탄의 발은 상처투성이로, 군데군데 살이 파여 걸을 때마다 피가 흘렀다.

"애들이! 거북을 괴롭히지 마!"

그 애처로운 모습을 그냥 보고만 있을 수 없었는지 아리스가 기가앤트를 향해 소리를 치더니, 【프리즈마 로즈】를 발현시켜 채찍처럼 흐늘거리게 했다.

"앗, 아리스?!"

엔데의 외침도 허무하게 아리스가 【프리즈마 로즈】를 내려치자 자라탄을 물어뜯고 있던 기가앤트 한 마리가 그 공격에 맞아 바닥에 떨어졌다.

기가앤트는 공감 능력이 있다. 한 마리의 아픔을 집단 전체의 아픔으로 받아들인다. 기가앤트의 시선이 우리를 향했다. 으, 야단났다.

삐걱거리는 불길한 소리를 내며 기가앤트가 우리를 향해 다가왔다. 우리를 적으로 인식한 모양이었다.

"아빠, 아빠! 이렇게 됐으니 해치워도 되는 거지?! 응?!"

"……해치워도 돼……."

"야호! 에~잇!"

기뻐하며 린네가 기가앤트의 옆얼굴을 가격했다. 왜 이렇게 되는 건지…….

"후후후. 날이 잘 드는지 시험해 보겠어!"

옆을 보니 프레이가 양손에 흉악해 보이는 쌍검을 들고 기가앤트의 목을 쳐냈다. 너도냐?!

습격해 오는 개미 군단을 잇달아 격파하는 아이들.

가~끔 우리를 공격하기도 했지만, 그걸 가로채듯이 아이들이 기가앤트를 제압해 나갔다. 얼마나 싸우고 싶었길래?!

솔직히 말해 내가 마법을 쓰면 순식간에 섬멸시킬 수도 있었다. 그렇지만 저렇게 기쁘게 싸우고 있으니, 내가 섬멸해 버리면 곧장 야유가 쏟아질 것 같아 그러진 않았다.

"뭐라고 해야 하나. 힘이 넘치는 건 기뻐해야 하는데……."

"부모로서는 조금 복잡한 심경이야……."

기가앤트를 즐겁게 섬멸하는 아이들을 바라보며 엔데와 나는 함께 한숨을 내쉬었다.

절대 난폭한 아이들도 아니고, 배틀 마니아도 아니라고는 생각하지만, 과연 여자아이가 이래도 되나 싶은 생각이 들었다. 나중에 결혼은 할 수 있을까.

……안 해도 되나?

즉, 문제없다는 소리구나. 응.

"기가앤트의 겉껍데기는 소재로 비싸게 팔 수 있어. 주워 둬."

"그, 그럴게요."

그런 바보 같은 생각을 하고 있는 나에게 카리나 누나의 목소리가 날아들었다. 그 말을 듣고 아이들이 해치운 기가앤트를 【스토리지】 안에다 집어넣었다.

"【프리즈마 해머】!"

아리스가 거대한 수정 파리채 같은 물건으로 기가앤트를 한꺼번에 납작하게 만들었다. 저래선 소재로는 못 쓰겠네. 회수는 포기하자.

그러는 사이에도 하나둘 해치워 기가앤트는 점점 숫자가 줄

어들어 갔다.

어느새 자라탄을 물어뜯는 기가앤트는 얼마 남지 않게 되었고, 대부분의 기가앤트는 내 【스토리지】 안에 저장되었다.

자라탄의 앞다리가 물고 늘어지고 있는 기가앤트와 함께 바닷속으로 들어갔다. 저건 이제 문제없겠지.

"이것으로 마지막!"

린네의 발차기가 적중해 모래사장으로 날아간 기가앤트는 더는 움직이지 않았다. 모래사장에는 거대 개미의 사체가 겹겹이 쌓여 있었다.

해안에는 이제 기가앤트가 남지 않았다. 자라탄은 이미 바닷속에 온몸을 담그고 있다. 끝났나.

"재미있었어!"

"거북도 무사한가 봐."

"후~. 개운해."

아이들이 '완수했다!' 같은 표정을 지었지만, 나랑 엔데는 얼굴을 실룩이며 웃을 수밖에 없었다. 아이들이 즐거웠다면 그게 최고……인 건가?

"자라탄이 멀어져 가네……. 역시 바다에 돌아가고 싶었던 건가?"

엔데가 바다로 돌아가는 자라탄을 보면서 중얼거렸다. 정말 엄청난 마수를 만나고 말았다.

"안녕~! 이제 육지엔 올라오지 마~!"

아이들이 해안가에서 손을 흔들자 자라탄은 대답을 하듯이 일단 고개를 들고는 천천히 바닷속으로 잠겨 들어갔다.

"갔네."

"대수해에 한 번 더 갔다가 돌아가자. 집단 폭주가 멈췄는지 확인해야지."

나는 아이들을 데리고 다시 대수해의 벽 위로 전이했다.

자라탄이 사라져서 그런지 집단 폭주는 점차 끝나가는 것처럼 보였다. 지금까지는 곧장 이곳으로 몰려오던 마수나 동물들이 각자 다른 방향으로 움직이고 있으니까. 이제 벽을 없애도 될까?

나는 흙 마법으로 만든 벽을 없애 대수해를 원래의 모습으로 돌려놓았다.

"좋아. 후우. 생각지도 못한 사냥이었어……."

"그래도 재미있었어!"

얼굴 가득 웃음을 지으며 린네가 대답했다. ……그렇다면 다행이고.

"돌아갈까?"

내가 연 【게이트】 안으로 아이들이 차례로 들어갔다. 우리도 그 뒤를 따라 브륀힐드 성의 응접실로 전이했다.

마침 다과회 중인 듯 모두 모여 있었다. 메르, 네이, 리세도 보였다.

"엄마, 다녀왔어!"

"오오! 아리스, 어서 와라! 아무 일 없었지?!"

가장 먼저 뛰쳐나간 아리스를 네이가 일어서서 꽉 붙잡아 주었다.

"어서 오렴, 아리스."

"다치진 않았고?"

"괜찮아~."

메르와 리세도 아리스 곁으로 다가갔다. 많이 걱정된 거겠지.

시선을 돌려보니 그 옆에서는 린네가 린제를 껴안고 있었고, 힐다는 프레이의 머리를 쓰다듬어 주고 있었다.

집에 돌아왔다는 실감이 든다.

"수고하셨어요, 토야 오빠. 문제는 없었나요?"

"문제가 있었다고 해야 하나 없었다고 해야 하나……. 일단 무사히 끝났어."

걱정하며 맞이해 주는 유미나에게 뭐라고 대답하면 좋을지 몰라 나는 쓴웃음을 지으며 그렇게 대답할 수밖에 없었다.

"토야 님도 차 한잔 어떠신가요? 카리나 님과 엔데 씨도요."

그렇게 말하며 루가 티세트를 준비했다. 그래, 저녁 먹기 전까지 잠깐 쉬고 싶어.

〈아버지의 차는 제가 타겠어요!〉, 〈앉아 있어요! 이건 제 일이에요!〉 그런 모녀의 대화는 못 들은 척하자.

나는 소파에 걸터앉아 등을 기댔다. 하아~. 피곤해.

어린아이들의 파워에 이리저리 휘둘린 것 같다.

나른한 피로감이 날 덮쳤지만, 엄마들에게 마룡을 쓰러뜨린 일과 자라탄 이야기를 열심히 해 주는 아이들을 보니 모든 피로가 싹 날아가는 듯했다.

……이런 분위기 참 좋다.

아이들과 아내들이 즐겁게 대화하는 모습을 감동에 겨워 바라보던 내 눈앞에 갑자기 뭔가가 튀어서 나오더니, 그대로 내 배 위로 떨어졌다.

"쿠헉?!"

"무늉?!"

이상한 소리를 낸 뭔가가 내 배 위에서 내 옆의 소파로 굴러떨어졌다.

뭔가가 아니다. 작은 여자아이였다. 대체 어디서…… 아니?! 설마?!

"아버지!"

내 얼굴을 보자마자 그 아이는 그렇게 외치며 날 껴안았다. 아…… 역시나?

"요시노?!"

"요시노 언니!"

프레이와 린네가 외쳤다. 요시노. 사쿠라의 딸이었지? 아하, 【텔레포트】로 전이했구나.

여섯 번째구나. 생각보다 빠른 속도로 오네…….

일단 나를 껴안은 요시노를 떼어 놓았다.

사쿠라에게 물려받은 분홍색 머리카락 말인데, 부드럽게 부푼 쇼트커트로 앞머리는 가지런하게 자른 모습이었다. 작은 벚꽃을 본뜬 머리핀으로 머리를 고정해 두기도 했다.

사쿠라와 나의 아이라면 마왕족일 텐데 뿔이 보이지 않았다. 머리카락에 가려서 안 보이는 걸까?

나이는 쿤보다 아래고 아시아보다는 많은 9살이었던가? 그런 것치고는 조금 몸집이 작아 보였다.

옷자락에 레이스가 달린 옷으로, 세일러복 같은 옷깃이 달린 남색 원피스를 입고 있었다. 세일러 원피스라고 했던가? 잘 어울린다. 응, 귀여워.

"……네가 요시노?"

"앗, 어머니!"

마시던 홍차 컵을 내려놓고 일어선 사쿠라를 보자, 요시노는 나에게서 떨어져 사쿠라에게로 달려갔다. 그리고 곧장 사쿠라를 와락 껴안았다.

사쿠라는 뭐라고 말하면 좋을지 몰라 갈피를 잡지 못하는 모습이었다.

"어…….어, 어서 오렴?"

"다녀왔습니다!"

요시노가 힘차게 대답했다. 그 주변으로 아이들이 우르르 몰려들었다.

"참~. 갑자기 깜짝 놀랐잖아!"

"잘 왔어, 요시노."

"요시노 언니는 참……."

"요시노 언니!"

"요시노 언니, 왜 이렇게 늦었어~?"

아이들이 와글와글 얘길 나눴다. 어디 보자. 이제 둘째 딸 프레이, 셋째 딸 쿤, 넷째 딸 요시노, 다섯째 딸 아시아, 여섯째 딸 에르나, 일곱째 딸 린네가 모인 건가.

새삼 아이가 정말 많다고 실감했다. 아내가 많으니 당연하다면 당연한 일이지만…….

"맞다!! 지금 이럴 때가 아니었어! 아버지, 부탁해! 모두를 도와줘!"

요시노가 우리를 돌아보더니 필사적인 표정을 지으며 말했다. 모두? 모두라니?

무언가 큰일이 벌어진 모양이다. 그게 무엇이든 딸의 부탁을 무시할 수 있을 리 없다.

뭐가 뭔지는 모르겠지만, 무조건 다 들어주겠어!

요시노가 우리 시대에 도착한 장소는 토리하란 신제국의 산

속이었다고 한다.

그 산속에서 마수를 사냥해 소재를 가게에 팔아 여비를 마련한 요시노는 【텔레포트】를 사용해 다양한 마을을 돌아다녔다고 한다.

물론 스마트폰도 있었고, 자매들에게 연락도 할 수 있었지만 잠시 과거 세계를 구경하고 싶은 유혹을 이기지 못했던 듯했다.

토리하란 신제국에서 스트레인 왕국, 신왕국 아렌트, 파나세스 왕국 등, 하루에 한 나라씩 건너다가 요시노는 어떤 섬에 도착했다.

장소는 파나셰스 왕국과 파르프 왕국 사이에 크고 작은 섬이 떠 있는 해역의 아로자라는 작은 섬이었다.

섬의 주민들은 소탈한 사람들로, 외부인인 요시노도 친절하게 대해 줬다고 한다.

그 섬에 갑자기 이변이 일어났다. 바다에서 정체를 알 수 없는 괴물들이 나타나 마을 사람들을 습격한 것이다.

요시노의 말에 따르면 그 괴물은 온몸이 파란 비늘로 덮여 있고, 등지느러미와 물갈퀴가 있으며, 뒤룩거리는 눈알과 까끌까끌한 이빨을 지닌 반어인(半魚人)이었다고 한다.

총 10마리 정도인 반어인은 계속해서 마을 사람들을 습격하며 날카로운 엄니로 마구 깨물었다.

요시노가 눈치챘을 때는 많은 희생자가 나온 상태였다고 한다. 반어인들은 요시노가 몇 마리 정도 쓰러뜨리자 곧장 바다로 물러났다.

다행히 마을에 사망자는 나오지 않았다. 하지만 다친 사람이 많았고, 그에 더해 반어인에게 물린 사람들은 모두 고열을 내며 쓰러지더니 몸이 변이되기 시작했다고 한다.

"변이? 어떻게?"

"물린 팔의 상처에서 비늘이 퍼져나가서……. 손가락 사이에는 물갈퀴 같은 것까지 생겼어. 마치…….'

"사람들을 문 반어인처럼?"

사쿠라의 말을 듣고 요시노가 고개를 끄덕였다.

영화에서는 좀비에 물리면 좀비가 되는 그런 설정이 자주 나오는데, 이 세계의 좀비는 이른바 '살아 있는 사체'라, 그런 능력은 없다. 죽지 못하는 사체일 뿐이다.

"몸이 변이된다……. 어떻게 된 일일까요?"

"몇 가지 가정은 해 볼 수 있지만…… '저주'가 아닐까?"

야에의 의문에 린이 대답했다.

'저주'라. 어둠 속성의 고대 마법으로도 '저주'를 부여할 수 있지만, 그런 특성을 가진 마수나 마물도 있다. 알기 쉬운 예를 들자면 바질리스크나 코카트리스, 카토블레파스처럼 '석화' 능력을 가진 마수다.

요시노가 말한 그 반어인도 그런 계열의 마물이긴 하겠지만…….

"동족으로 만드는 반어인 계열의 마물이 있었던가?"

"적어도 머맨이나 머포크는 그런 능력이 없어. 신대륙에서 온 마물일까?"

린의 말이 사실일 가능성도 없진 않다. 두 개의 세계가 융합하여 원래는 없었던 마수나 마물이 건너왔어도 이상하지 않다.

그리고 육지 마물보다는 하늘을 나는 마물이나 바다에 사는 마물이 더 출현할 가능성이 크겠지.

"아무튼 마을 사람들이 모두 위험해! 상태 이상이라면 아버지의 【리커버리】로 고칠 수 있지?!"

요시노가 필사적인 표정을 지으며 매달렸다. 눈에는 눈물이 반짝이고 있었다. 다정한 아이구나. 만난 지 얼마 안 돼 그렇게 친하지는 않을 텐데.

그 상태 이상이 '저주'라면 【리커버리】로 해소할 수 있을 것이다. 딸아이의 눈물에는 못 이기지.

"좋아. 가자. 요시노, 정확한 장소를 알려줘."

"고마워! 아버지!"

요시노가 미소 지으며 날 껴안았다. 그 머리를 사쿠라가 부드럽게 쓰다듬어 주었다. 사쿠라의 딸인 만큼 희로애락이 확실한 아이구나. 어린이는 원래 딱 이 정도가 좋지만.

우리를 걱정스럽게 보던 에르나가 타다닥 하고 달려왔다.

"아, 아빠. 나도! 나도 갈래! 나도【리커버리】를 쓸 줄 알아!"

그렇구나. 에르나도【리커버리】를 쓸 줄 알았어.

아이들을 너무 위험한 장소에는 데리고 가선 안 되는데…….

그런 생각을 하다가 새삼스럽게 무슨 생각이냐며 마음을 고쳐

먹었다. 오늘도 마룽이니 기가앤트니 하고 싸웠잖아.

우리의 아이들은 그렇게 약하지 않아.

"좋아. 그럼 잘 부탁할게, 에르나."

"으, 응! 힘낼게!"

"훌륭해! 역시 내 딸이야!"

불끈! 주먹을 쥔 에르나를 등 뒤에서 엄마인 에르제가 안아

올리며 꼬옥 껴안았다.

"아앙~. 너무 귀여워~. 딸 귀여워~……."

"어, 엄마. 부, 부끄러워……."

에르나가 도와 달라는 듯이 나를 바라보았다. 미안해. 그 말

에는 아빠도 동의하거든.

요시노에게 현장인 아로자섬의 정확한 장소를 알려 달라고

한 뒤, 먼저 우리가【텔레포트】로 이동하여 상황을 확인한 후

에【게이트】로 나머지를 부르기로 했다.

"좋아. 간다?"

"응."

"알았어!"

중앙의 요시노가 오른손으로는 사쿠라의 손을, 왼손으로는

나의 손을 잡았다. 모두【텔레포트】를 사용할 수 있으니 군이

손을 잡을 필요는 없지만, 요시노가 손을 잡아서 이렇게 되었다.

【텔레포트】를 발동했다. 순식간에 주변의 풍경이 바뀌었고, 우리 세 사람은 해변의 모래에 착지했다.

저녁놀이 지기 직전의 에메랄드그린의 바다는 온화하게 물결쳤고, 바닷바람은 뺨을 스치고 지나갔다. 전형적인 남녘 나라의 바닷가 해변 풍경이 펼쳐진 곳이었다.

모래사장에는 호상 가옥이 늘어서 있었고, 선창 끝에는 수상 오두막 같은 건물까지 보였다. 타히티나 몰디브가 아닌가 할 만큼 아름다운 경치였다.

"아버지, 어머니. 여기야!"

요시노가 모래사장을 달려갔다.

우리도 그 뒤를 따라가는데 요시노가 어떤 호상 가옥 안으로 들어갔다.

방 안에는 40을 넘은 정도의 검은 머리카락의 여성이 짚으로 만든 간소한 침대 위에 누워 있었다. 자세히 보니 오른팔에 물린 듯한 상처가 있었고, 어깨에서 손끝까지는 둔탁하게 파란색으로 빛나는 비늘이 돋아나 있었다.

손가락과 손가락 사이에는 물갈퀴도 보였다. 요시노의 말대로 반어인으로 변하는 중인 듯했다.

"마우 아주머니! 아버지를 데리고 왔어요!"

"뭐라고……? 도망가라고 했는데……. 못 말리는 아이구나……."

마우 아주머니라 불린 여성은 비지땀을 흘리며 괴로운 표정을 지으면서도 미소를 지으며 요시노를 바라보았다. 의식은 있는 듯했지만 위험한 상태였다.

"마우 아주머니는 나한테 밥을 주고 친절하게 대해 주셨어. 아버지, 부탁해!"

"맡겨둬. 잠시 실례합니다.【리커버리】!"

마우 아주머니의 팔에 손을 대고【리커버리】를 발동하자, 팔을 가득 덮었던 다크블루 비늘이 빛과 함께 화악 사라져 갔다. 역시 저주 종류인가. 그에 더해【메가힐】과【리프레시】도 걸어 두었다.

괴로워 보였던 얼굴에 혈색이 돌아오자, 마우 아주머니는 눈을 번쩍 뜨며 자리에서 일어났다.

"어떠신가요?"

"팔이 다 나았어……. 전혀 아프지도 않아. 당신, 굉장한 걸……?"

마우 아주머니가 원래대로 돌아온 팔을 보고 놀랍다는 표정을 지었다. 괜찮은 모양이다.

"마우 아주머니. 이제 안 아파요? 괜찮아요?"

"그래, 괜찮아. 고맙구나. 네가 말한 대로 대단한 아버지야."

마우 아주머니가 요시노의 머리를 쓰다듬었다. 헤실, 하고 요시노가 고양이처럼 웃었다.

마우 아주머니는 이제 괜찮은 모양이네. 어서 다른 사람들의 저주도 풀어 주자.

호상 가옥 밖으로 나와 나는 【게이트】를 열었다. 에르나를 시작으로 성의 응접실에 있던 사람들이 계속해서 아로자섬에 내려섰다.

"어? 엔데까지 왔어?"

"아리스가 가고 싶다면서 보채서……."

엔데네 가족까지 우릴 따라왔다. 와 봐야 회복 마법을 못 쓰면 할 일이 없을지도 모르는데?

"아니요. 체력이 소모된 사람들을 위해 맛있는 식사를 만들겠어요. 아시아, 여러분, 도와주세요."

"물론이에요!"

루와 아시아가 기합을 넣었다. 아하, 그런 방법도 있었구나.

【리커버리】는 상태 이상을 회복하지만, 이번 저주의 진행도에는 개인차가 있는 듯하니 한꺼번에 치료하기보다는 한 명, 한 명씩 저주를 풀어 주는 편이 나을지도 모른다. 다행히 나 이외에도 사용할 수 있는 사람이 있기도 하니까.

"좋아. 에르나, 그러면 서로 나눠서 【리커버리】를 걸어주자. 회복 마법을 사용할 줄 아는 사람은 그 밖에 다친 사람을 치료해 줘."

"으, 응. 알았어!"

에르나가 힘차게 대답했다. 빛 속성인 회복 마법을 사용할 줄 아는 사람은 린제, 스우, 린, 에르나, 쿤, 이렇게 다섯 명이다.

우리는 서로 나눠 저주를 풀고, 쓰러진 사람들을 회복시켜 주었다. 나머지 사람은 루와 아시아의 지시에 따라 흙 마법으로 아궁이를 만들고 조리를 도왔다. 메르, 네이, 리세, 프레이즈 세 사람은 바다에 들어가 물고기를 잡고 있는 듯했다.

"좋아. 끝났다."

모든 사람의 저주를 풀어 내가 한숨을 크게 내쉬며 모래사장에 앉아 있는데, 요시노가 소매를 쭉쭉 잡아당겼다. 응? 뭔데?

요시노가 잡아당기는 곳을 향해 사쿠라와 함께 따라가 보니, 모래사장 일각에 반어인 세 마리 정도가 쓰러져 있었다.

몸 여기저기가 불타 있었고 이미 죽은 상태였다. 이 자식들이 습격한 반어인인가.

"요시노가 해치운 거야?"

"응. 난 불이랑 바람 속성이니까, 합성 마법으로 해치웠어."

불과 바람 속성이라. 사쿠라는 물이랑 어둠이었지? 그건 완전히 다르구나. 그런데 합성 마법을 사용했다니……. 그건 꽤 수준이 높은 고대 마법인데…….

"【텔레포트】이외의 무속성 마법도 가지고 있어?"

"가지고 있어. 【어브소브】랑 【리플렉션】."

사쿠라의 질문에 요시노가 대답했다. 【텔레포트】를 포함해 세 개를 가지고 있었어?

물론 쿤은 【인챈트】, 【미라주】, 【모델링】, 【프로그램】 이렇게 네 개고, 에르나도 【멀티플】, 【부스트】, 【리커버리】 이렇게 세 개를 가지고 있긴 하지만.

게다가 【어브소브】랑 【리플렉션】이면 완벽한 마법 방어를 갖춘 거네⋯⋯. 마력을 흡수해 소멸시키는 【어브소브】에 마법 그 자체를 반사하는 【리플렉션】. 마법사의 천적이나 마찬가지야⋯⋯. 우와, 나한테도 적용되는 말이었어.

그건 그렇고, 역시 이건 본 적이 없는 마물이다. 머맨도 아니고 머포크도 아니다.

신종 마물인가? 그런데 뭘까. 이 감각⋯⋯ 잠깐, 설마?!

나는 '신안(神眼)'을 발동시켰다. ⋯⋯큭, 역시 그렇구나?!

"아버지?"

"【어포트】."

나는 반어인의 심장 부근에 있던 그걸 【어포트】로 빼냈다. 내 손안에 야구공 정도 크기인 정팔면체가 들어왔다.

사신의 사도인가 뭔가가 조종했던 개조 고렘. 그것에 G큐브 대신 사용된 물건과 똑같은 물건이 이 반어인에 박혀 있었다.

정확히 말하면 형태는 같았지만 색이 달랐다. 고렘에 박혀 있던 물건은 피처럼 붉었지만, 이건 딥블루다. 그렇지만 빨간색과 마찬가지로 사신의 신기를 희미하게 두르고 있었다.

"이건⋯⋯."

"아무래도 이건 사신의 사도인가 하는 나쁜 놈들의 짓인가 봐."

그 자식들은 대체 뭘 노리고 이 섬을 습격한 거지?

이렇게 말하긴 뭐하지만, 이 섬에 특별한 가치가 있다고는 생각하기 힘들었다. 이 섬을 노리고 습격했다기보다는 무차별적인 습격이었던 건가? 어쩌면 다른 장소에도 이번처럼 반어인이?

반어인들을 사용해 저주를 퍼뜨려서 대체 뭘 하려고…….

"에잇!"

"아얏?!"

반어인 앞에서 웅크리고 앉아 생각에 잠겨 있는데, 사쿠라가 내 정수리에 촙을 날렸다. 윽! 상당히 날카로운 촙?!

"어린아이 앞에서 심각한 표정을 지으면 안 돼. 생각해 봐도 해결 안 되는 문제도 있어. 어떻게든 될 거야."

물론 지금 단계에서는 어떻게 해 볼 도리가 없지만…….

사쿠라가 갑자기 노래하기 시작했다. 어? 왜? 그것도 이 노래는…….

"앗, 이 노래 알아!"

요시노가 노래하는 사쿠라를 따라서 노래하기 시작했다. 조금 전에 사쿠라가 말했던 '어떻게든 될 거다' 라는 의미를 지닌 노래를.

1950년대에 미국에서 공개된 영화의 주제가로, 노래를 부른 사람은 그 영화의 주연 여배우다. 일본에서도 번역되어 히트곡이 되었다.

가사에 감정 이입을 한 사쿠라와 요시노의 노래가 섬에 울려
퍼졌다. 놀랍게도 요시노도 노래를 잘했다. 아니지. 어찌 보
면 당연한 일이지만.

　회복된 섬사람들이 울려 퍼지는 노래를 듣고 무슨 일인가 하
며 가까이 다가왔다.

　사쿠라와 요시노의 노래가 파도 소리를 배경으로 흘러나왔
다. 섬사람들은 아름다운 노래의 울림에 심취한 듯, 몸을 흔
들면서 귀를 기울였다.

　노래가 끝나자 누가 먼저랄 것도 없이 두 사람에게 손뼉을
쳐 주었다.

　사쿠라는 거의 표정의 변화가 없었지만, 요시노는 쑥스러운
듯 엄마 뒤에 숨었다.

　"식사 준비 다 됐습니다~!"

　모래사장에 흙 마법으로 만든 돌 테이블에 루와 아시아가 만
든 요리가 가득 들어찼다. 와, 정말 많이 만들었네…….

　회복한 섬사람들은 루와 아시아에게 감사의 인사를 하고 요
리를 먹었다. 식사를 만들 경황도 없었을 테니까.

　나는 그 광경을 보면서 죽어 있는 반어인들을 【스토리지】에
저장했다.

　나중에 박사와 '연구소'의 티카, '연금동'의 플로라한테 보
여 주자. 유전자 조사를 하면 뭔가 알게 될지도 모른다.

　사신의 사도인가 하는 자들이 무슨 짓을 하려고 하는지는 모

르겠지만 우리 딸을 울린 이상, 그냥 넘어갈 거라고는 생각하지 마라!

마공국 아이젠가르드. 그 남단에 있는 교역 도시 지크란은 혼란이 거듭되고 있었다.

예전에는 갈디오 제국과의 교역으로 번영했던 도시였지만, '유성우의 날'로 인해 본국과 분단된 것은 물론, 금화병을 두려워한 갈디오 제국이 거리를 두는 바람에 세계에서 고립되어 버렸다.

도시 전체가 슬럼화한 그 도시에 수상한 약이 퍼진 것은 언제부터였을까. 금화병에 걸리지 않게 해 준다는 그 황금색 약은 성목(聖木)을 갈아 만들었다고 한다. 사람들은 모두 그 약을 얻길 원했다.

하지만 그 약은 중독성이 있는 무시무시한 '마약'이었다.

그 약을 계속 먹으면 생기를 잃고 무기력하게 사는 살아 있는 시체가 된다. 폐인 상태가 된 사람들은 이윽고 쇠약해져 죽음에 이른다.

그리고 극히 일부지만 몸에 변화가 생기기 시작한 자들도 있었다. 그 변화는 천차만별이었지만, 피부에 비늘이 생기거나, 짐승처럼 손톱이 길어지는 등, 불길하고 이상한 변화였다.

그와 동시에 정신에도 변화가 생겼다. 제정신을 잃고 이상할 정도로 약에 집착하게 되었다. 이성을 잃고 폭력적으로 바뀌었으며, 마치 마수 같아졌다.

현재 지크란의 뒷골목에 쓰러진 이 남성도 제정신을 잃은 이들 중 한 명이었다.

남자는 정육점을 운영했었다. 손님 중 한 사람이 약을 권해 가격도 높지 않아 보험이라 생각하고 시험 삼아 먹어 보았다.

처음에는 아무렇지도 않았다. 그런데 조금씩, 마음이 가벼워진다는 사실을 깨달았다. 약을 먹자 불쾌하고, 괴롭고, 슬픈 감정이 완화되어 행복한 기분이 들었다.

남자는 약을 갈구하게 되었다. 가게를 내팽개치고 온 마을을 돌아다니며 약을 가진 자를 찾아다녔다. 처음에는 돈을 내고 샀지만, 이윽고 아무렇지 않게 남에게서 빼앗았다.

약을 먹는 사이에 몸에 변화가 생겼다. 몸집이 한층 커져, 마치 오크 같은 강인한 육체를 손에 넣었다. 하지만 남자에게 그런 일은 아무래도 좋은 일이었다.

점점 약을 손에 넣기가 힘들어졌다. 남자는 극도로 불안해졌다. 뭘 해도 마음이 진정되지 않았고 초조한 감정이 얼굴에 드러났다. 마음이 점점 거칠어졌다.

공격적이 되어 조금이라도 마음에 안 드는 일이 있으면 소리를 질렀다. 주변 사람들은 그를 두려워하며 떠나갔다. 그러자 밑바닥까지 추락하는 데는 오랜 시간이 걸리지 않았다.

성질을 부리며 상대를 죽였을 때도 아무런 감정이 느껴지지 않았다. 그 남자에게 남은 것은 초조함과 증오뿐이었다.

약을 주지 않는 주변 사람들이 증오스러웠다. 약이 없는 마을이 싫었다. 약을 생산하지 않는 세계가 미웠다.

그러한 원망과 한탄을 내뱉으며 비가 내리는 뒷골목의 쓰레기장에 쓰러져 있던 남자. 그 앞에 그림자 두 개가 나타났다.

"이놈인가. 또 꽝이 아니었으면 좋겠다만."

검고 둥근 고글에 까마귀 같은 금속 가면을 쓴 사람이 정육점 주인이었던 남자를 내려다보며 중얼거렸다. 허리에서는 메탈릭레드의 레이피어가 반짝였다.

"약의 농도를 조금 높였습니다. 그리고 아직 자아가 있습니다. 뜻밖의 좋은 물건입니다."

까마귀 마스크를 쓴 사람에게 옆에 서 있던 구체 철가면을 쓴 남자가 대답했다. 격자가 달린 둥근 구멍 너머로는 아무것도 보이지 않았다. 철가면 남자도 수상하게 번뜩이는 메탈릭블루의 해칫을 허리 뒤에 차고 있었다.

정육점 주인이었던 남자가 탁한 눈으로 남자들을 노려보았다.

"약을…… 넘겨라. 야, 약을."

"약보다 더 좋은 걸 주마."

까마귀 마스크를 쓴 남자가 품에서 권총을 꺼내 약실에 황금 총알을 딱 한 발 장전하더니, 눈앞의 남자를 겨냥했다.

아무런 망설임 없이 방아쇠를 당기자, 총성과 함께 총알이 남자의 심장을 꿰뚫었다.

하지만 신기하게도 피는 한 방울도 튀지 않았고, 총에 맞은 남자는 경련을 일으킬 뿐 죽지도 않았다.

"큭, 으, 어억……! 으어억……!"

"죽지 마라. 또 찾기는 귀찮으니까. 응? 오?"

총에 맞은 정육점 주인이었던 남자의 몸이 변화하기 시작했다. 근육이 더욱 부풀고, 온몸의 혈관이 튀어나왔다. 눈은 뒤집히고 입에서는 소리 없는 목소리가 흘러나왔다.

괴로워하던 남자는 거친 호흡을 반복하더니, 이윽고 그 자리에서 쓰러졌다. 의식은 없는 듯했지만 죽지는 않았다.

"당첨인가."

"새로운 사도의 탄생이군요."

쓰러진 정육점 주인이었던 남자를 굴려서 똑바로 눕혀 보니 총에 맞은 가슴에는 무시무시한 문양이 떠올라 있었다. 불길한 빛을 발하는 그 문양이 몸에 박힌 그 남자는 비를 맞으며 천천히 일어섰다.

"여. 기분은 어떤가."

"……나쁘지, 않다. 나, 기분, 좋다."

공허한 눈으로 하늘을 바라본 채, 근육이 터질 듯이 부풀어

오른 남자가 그렇게 대답했다.

"이봐. 역시 약을 너무 많이 쓴 것 아닌가? 말투가 이상하다
만?"

"특별히 문제는 없지 않습니까. 그보다도…… 오, 나오는
모양이군요."

"컥?! 크윽, 크으윽!!"

갑자기 정육점 주인이었던 남자가 가슴을 뒤로 젖혔다. 그
가슴을 찢고 피보라와 함께 빛나는 막대기 같은 뭔가가 튀어
나왔다.

떨리는 양손으로 남자는 자신의 가슴에서 피어난 그것을 붙
잡고 천천히 빼냈다.

"크군. 대검인가?"

"아니요. 그렇다고 하기엔……. 아, 그렇군."

정육점 주인이었던 남자가 피투성이가 되며 가슴에서 빼내
자 점차 '그것'의 형태가 확실히 드러났다.

손잡이 폭이 넓고 손도끼처럼 생긴 형태의 칼날. 불길한 메
탈릭브라운으로 빛나는 거대한 고기용 식칼이 남자의 가슴에
서 나왔다.

"그게 너의 사신기(邪神器)인가."

"난, 자른다. 살을, 자른다."

메탈릭브라운으로 빛나는 거대한 고기용 식칼을 손에 든 남
자는 공허한 눈빛으로 입꼬리를 끌어 올리며 웃었다.

그 이후 지크란에서는 참살된 시체가 수없이 발견되어, 도시는 더욱 거대한 혼란과 공포에 휩싸이게 되었다.

————같은 시기. 북방의 빙설국 엘프라우 왕국.

"추워……."

설원을 걷는 사람이 한 명. 주변에 눈보라가 불진 않았지만, 설원을 걷기에는 옷이 매우 얇았다. 입고 있는 옷은 수수한 디자인이었지만, 보는 눈이 있는 사람은 고급 소재로 만든 오더 메이드란 사실을 눈치챌 수 있는 옷이었다. '좋은 집안에서 자란 도련님'. 그게 대부분의 사람이 그 사람을 보고 품는 이미지가 아닐까.

실제로는 좋은 집안을 넘어 권력자의 집안…… 왕가의 도련님이었지만.

소년——. 그렇게 부르기에도 너무나 어린 그 모습은 아무리 봐도 대여섯 살. 찰랑거리는 긴 금발을 뒤로 묶은 귀여운 외모의 소년은 사방이 눈으로 덮인 설원을 계속 걸었다.

"스, 스마트폰을 어디서 떨어뜨렸지……? 으으, 야쿠모 누나나 요시노 누나가 있었으면 전이 마법으로 바로 탈출할 수 있었을 텐데……. 어?"

소년은 눈보라를 일으키면서 자신에게로 다가오는 뭔가를 발견했다.

똑바로 자신을 향해 오는 것은 커다란 흰 늑대였다. 늑대 마수 눈늑대 스노라 울프다.

스노라 울프는 포악하고 얼음 마법을 다룰 줄 아는 마수로, 모험자 길드에서는 빨간색 랭크로 지정되어 있다.

만약 습격을 당하면 어린이가 아닌 몸집 큰 어른이라도 대적하지 못하고 마수의 배 속으로 사라질 게 뻔하다.

하지만 그 스노라 울프가 출현하자 소년은 두려워하기는커녕 가슴을 쓸어내리며 숨을 내쉬었다.

"휴우, 살았다."

〈크르르아아아!〉

스노라 울프가 포효했다. 소년을 습격해 단숨에 잡아먹으려던 그 찰나, 소년과 스노라 울프의 눈이 교차했다.

머리는 엄마에게 물려받아 금발이었지만, 소년의 눈동자는 아버지에게 물려받은 검은색이었다. 하지만 지금 그 오른쪽 눈동자는 금색으로 변했다. 금색이긴 하지만 조금 녹색이 섞인 금색이었다.

그린골드 빛을 띤 오른눈이 스노라 울프를 꿰뚫었다.

그러자 크게 입을 벌렸던 스노라 울프가 점차 얌전해지더니, 그 자리에서 설원에 몸을 굽혔다.

〈끼잉…….〉

"그래그래. 착한 아이구나. 미안하지만 좀 태워 줄 수 있을까? 사람이 사는 곳으로 가고 싶어."

소년은 그런 말을 하고는 스노라 울프의 등으로 기어올랐다. 폭신폭신한 털가죽에 소년이 몸을 푹 묻었다.

"따뜻해……. 그럼 갈까?"

〈크르르!〉

스노라 울프는 다시 눈보라를 일으키면서 설원을 달리기 시작했다. 등에 태운 소년을 떨어뜨리지 않으려고 세심한 주의를 기울이면서.

"서방님. 토쿠가와 님이 이걸 보내셨습니다만……."

그렇게 말하며 쿠웅! 하고 야에가 안고 있던 쌀가마 하나를 바닥에 내려놓았다.

저 가마는 60킬로그램 정도 되지 않았던가……? 아니지. 센고쿠 시대에는 규격이 일정하지 않았다고 할아버지가 말을 했었던 것 같아.

그거야 어쨌든, 왜 쌀을 보낸 걸까?

브륀힐드에서는 밀도 벼도 재배하지만, 공민 국민은 이셴 출신자가 많아 주로 쌀을 먹는 사람이 많다. 그래서 얼마간 부족한 분량을 이셴에서 정기적으로 사들이고 있다.

성에서 먹을 분량의 쌀은 아직 남았는데, 왜 이에야스 씨는 쌀을 더 보냈을까.

"아, 겨우 도착했군요! 이만큼 있으면 충분해요!"

고개를 갸웃하는 내 옆을 지나가더니 아시아가 쌀가마에 찰싹 달라붙었다. 그것만으로도 나는 대충 무슨 일인지 눈치챘다.

아시아가 게이트 미러로 이셴에 쌀을 발주했었구나.

"그런데 왜 쌀을?"

"이건 찹쌀이에요, 아버지."

"찹쌀입니까? 계절과는 맞지 않는 듯합니다만……."

이셴에서도 정월(이라는 명칭은 아니지만), 새해가 밝으면 떡을 먹는 문화가 있다.

하지만 꼭 연초에만 먹어야만 한다는 법은 없다. 음식점에 가면 언제나 팥떡도 팔고 경단도 팔고 하니까.

그런데 떡으로 간식을 만드는 데 이렇게 많이 필요할까? 우리 집에도 찹쌀이 조금은 있었을 텐데.

"예전부터 떡을 사용해 다양한 요리를 만들어 보고 싶었거든요. 만들 기회가 좀처럼 없어서요!"

생글거리며 아시아가 말을 했지만, 그 등 뒤에서 조용히 나타난 인물을 보고 나도 야에도 무심코 입을 꾹 닫았다.

"그래서 함부로 이셴에다 게이트 미러 주문서를 보냈다고요? 아시아, 공과 사의 구별이란 말을 아나요?"

"꺄악?! 어, 어, 어, 어머니?!"

딸과 마찬가지로 미소를 짓고는 있지만, 눈이 전혀 웃고 있지 않은 루의 등장에 아시아가 짧은 비명을 질렀다.

그 뒤에 한참 루의 설교가 이어졌고, 그사이에 나는 재상 코사카 씨를 불러 찹쌀 대금을 내 용돈으로 지불해 두었다. 그대로 두면 국민의 세금으로 산 셈이 되니까. 그런데 정말 많이도 주문했네…….

　모치즈키 집안은 국민의 세금을 한 푼도 받지 않기로 했다. 전부 우리가 번 돈으로 생활한다.

　찹쌀이 필요하면 나한테 말하지. 내가 이센까지 가서 사 왔을 텐데.

　"그런데, 이 찹쌀로 뭘 만드실 셈입니까?"

　설교가 너무 길어지자 야에가 슬쩍 도와주기로 한 모양이었다.

　살았다는 듯이 아시아가 말했다.

　"일단은 떡을 사용한 요리를 전체적으로 다 만들어 보려고요. 그 외엔 떡과자나 쌀과자인 오카키, 떡 그라탱처럼 조금 별난 요리를 만들어 보고 싶어요…….""

　"떡과자 말입니까. 예전에 먹었던 완두 찹쌀떡인 즌다모치가 생각나는군요."

　"맞아, 그거 맛있었어."

　예전에 이센의 다테 가문의 아가씨가 탈주 소동을 일으켰을 때 즌다모치를 먹었다. 그건 정말 맛있었지.

　그러고 보니 그때 떡메 치기를 하자는 이야기를 했었는데, 어쩌다 보니 계속 연기됐었어.

　……이번 기회에 한번 해 볼까?

　"해 볼까, 떡메 치기."

　"역시 아버지! 어머니와는 다르세요!"

아시아가 나에게 안겨들었지만 루가 아시아의 목덜미를 잡고 억지로 우리 둘을 떼어 놓았다.

"뭐 하시는 건가요, 어머니! 아버지와 딸의 흐뭇한 스킨십인데!"

"반성의 기색이 없는 듯하니 한 번 더 설교하겠어요."

"네?!"

루가 그런 말을 하며 아시아를 끌고 갔다. 아시아가 도움을 요청했지만 미안. 이것만큼은 내가 어떻게 해 줄 수 없어. 루의 강렬한 눈빛에 기가 죽은 건 아냐.

"이, 일단 떡메 치기를 준비해야겠군요. 절구와 떡메는 어떻게 하시겠습니까?"

"그건 내가 만들게. 떡메 치기를 하려면 찹쌀을 씻어 하루 정도 물에 담가둬야 했던가? 그럼 떡메 치기는 내일 해야겠구나. 기사단이나 메이드 중에 시간이 나는 사람에게 도와 달라고 하자."

【모델링】을 사용하면 절구와 떡메는 금방 만든다. 그렇지. 아이들한테도 도와 달라고 할까. 직접 만든 떡을 먹어 보는 것도 나쁘지 않다.

나는 그런 생각을 하면서 절구와 떡메를 만들기 위해 【스토리지】에 넣어 두었던 목재를 꺼냈다.

◇ ◇ ◇

"다 쪘어요!"

루와 아시아가 다 찐 찹쌀을 내가 만든 절구 안에 넣었다.

성 안뜰에는 떡메 치기에 참가하고 싶어 하는 사람들이 많이 모였다. 우리 가족과 기사단 사람들, 메이드들과 아리스, 엔데네 가족, 그 외에도 성 사람과 일가친척까지 꽤 많은 사람이 참가했다.

남겨선 그러니 받은 찹쌀은 오늘 전부 떡으로 만들 생각이다.

절구와 떡메는 전부 세 개씩 만들었다. 각각 떡메를 치는 사람과 정돈하는 사람으로 나눠 떡을 만든다.

나랑 야에, 야에의 오빠인 주타로 씨와 약혼자인 아야네 씨. 그리고 츠바키 씨와 옛 타케다 사천왕의 한 명인 바바 할아버지.

대부분, 아니지, 나를 제외하고는 이셴 사람들이라 떡을 만들어 본 경험이 있다는 모양이었다.

나는 예전에 할아버지의 지인 집에서 조금 만들어 본 정도니까.

일단은 찹쌀을 짓이겨서 전체적으로 으깬 다음에 떡메를 치는 거였지?

"그럼 시작할까! 엿차!"

"네!"

내가 쌀을 짓이기는 동안, 익숙한 손놀림으로 곧장 떡메를 치기 시작한 사람은 바바 할아버지와 츠바키 씨 콤비. 리듬감 좋게 치는 사람과 정돈하는 사람이 번갈아 가며 움직였다.

"흡!"

"허이!"

"합!"

"핫!"

주타로 씨, 아야네 씨 커플도 호흡이 척척 맞는다. 이건 질 수 없겠는걸? 나랑 야에도 호흡이 맞는 모습을 보여줘야겠어.

자, 시작하자!

"합! 우어어?!"

떡메를 크게 치켜든 나는 내리칠 때 조금 균형을 잃어 절구의 가장자리를 치고 말았다.

윽, 어려운데?! 떡메 무게의 균형을 잡기가 힘들다.

"아아아, 서방님. 너무 힘을 주지 않는 게 좋습니다. 내리친다기보다는 가볍게 들어 올려 떡메를 떨어뜨리는 감각이면 됩니다."

그, 그렇구나. 떡메 무게를 이용해 떨어뜨리는 감각이라. 이렇게 하면 될까?

야에의 조언대로 가볍게 떡메를 들어 올려 그대로 절구를 향해 떨어뜨렸다.

쿵떡.

"바로 그겁니다. 아주 좋습니다."

쿵떡.

"좋습니다. 그대로 그대로."

쿵떡.

야에가 떡을 정돈하는 모습에 맞춰서 마음을 비우고 쿵떡쿵
떡 떡메를 쳤다.

응. 점점 요령을 알겠어. 익숙해지면 문제없네.

"아빠! 다음은 나! 나도 떡메 치고 싶어!"

내가 열심히 떡메를 치는데, 옆에서 린네의 목소리가 날아
왔다.

아무래도 내가 떡메를 치는 모습을 보고 린네도 하고 싶어진
모양이었다.

음……. 더 하고 싶었지만, 이제 교대할까. 원래 아이들이
떡메를 치게 하려고 시작한 일이기도 하니까.

"야. 이번엔 내가 떡을 정돈할게. 교대하자."

잔뜩 기대를 품고 있는 린네에게 떡메를 건네주고, 나는 떡을 정돈하는 자리로 이동했다.

떡메는 꽤 무겁지만 우리 아이들에겐 큰 문제가 되지 않는 모양이다.

떡이 손에 들러붙지 않게 먼저 물이 든 나무통에 손을 담가야겠지?

"좋아. 시작하자!"

"에잇!"

쿠웅!

떡메를 치는 소리라고는 도저히 생각하기 힘든 소리가 절구에서 들려왔다.

절구가 조금 땅으로 가라앉았고, 떡메로 내려친 떡은 한가운데가 도넛 모양으로 뻥 뚫려 있었다.

잠깐! 【그라비티】를 썼지?! 그 떡메, 지금 대체 몇 톤인 거야?!

"린네! 【그라비티】 금지!"

"우~."

우~? 그런 소릴 하면 안 되지! 절구랑 떡메에 【프로텍트】를 걸어둬서 조금 튼튼해졌으니 부서지지 않았지만, 원래는 금이 갔어도 이상하지 않았거든? 기껏 만들었는데 바로 부서져서는 아깝잖아.

"그럼 시작할게~. 이영차!"

다시 마음을 가다듬고 린네가 평범하게 떡메로 친 떡을 내가 재빨리 정돈했다.

"좋아."

"이영차!"

"좋 '이영차!' 아?! 빨라! 타이밍에 맞춰서!!"

떡메에 맞을 뻔해 손을 다급히 빼냈다.

왜 이럴까? 린네의 리듬에 맞추기가 힘들다. 내 손을 노린 듯한 타이밍에 날아오는 떡메를 보니 조금 공포가 느껴졌다. ……일부러 노린 거 아니지?

"토야 씨, 교대할게요."

내가 초조해하는 모습이 느껴졌는지, 린제가 교대하자고 말했다. 괜찮을까? 그런 생각이 들었지만, 내가 아니라 린제라면 린네도 조금은 조심해서 칠지도 모른다.

"이영차!"

"좋아."

"에이잇!"

"좋아."

내가 참가했을 때와는 달리, 경쾌한 리듬으로 모녀의 떡메 치기가 쿵떡쿵떡 계속되었다. ……좀 분해.

문득 옆을 보니 어느새 바바 할아버지와 츠바키 씨 콤비가 엔데와 아리스 부녀 콤비로 바뀌어 있었다.

"에잇!"

"큭!"

"하얏!"

"으억?!"

아리스가 즐겁게 내리치는 떡메에서 아슬아슬하게 손을 빼내는 엔데. 뭐라고 하면 될까. 아리스가 떡메를 치는 방법을 보면 리듬감이 독특하다. 쿵쿵쿵떡, 쿵쿵떡, 같다고 하면 될까. 그래서 엔데가 매번 페인트에 속아 넘어가는 것처럼 보인다.

"엔데뮤온! 더 정신 바짝 차리고 정돈해라!"

"아리스를 잘 지원해 줘야지. 기합이 부족해."

필사적인 엔데에게 네이와 리세의 꾸짖는 소리가 날아들었다. 엔데가 '무책임한 소리 하지 마!' 라고 시선을 보냈지만, 항의할 겨를은 없어 보였다.

덧붙이자면 메르는 떡메 치기를 하는 두 사람에게 생글거리는 미소를 보내고 있었다.

"다 쳤어요!"

린제가 그렇게 말하자 아시아가 절구 안에 있는 떡을 쌀가루를 뿌려둔 커다란 도마 위로 가지고 갔다.

루가 그걸 계속해서 한 입 크기로 찢고 둥글게 말아, 큰 접시 위에 늘어놓았다.

"먼저 방금 친 떡을 좋아하시는 방법으로 드셔 보세요! 계속 만들고 있으니 급하게 생각하지 않으셔도 됩니다!"

루의 목소리를 듣고 주변에 있던 참가자들이 작은 접시를 들고 방금 떡메 치기한 떡을 젓가락으로 집었다.

그리고 각자 콩가루, 무즙, 낫토, 검은깨, 팥소, 으깬풋콩 등, 자신이 좋아하는 재료를 뿌려서 먹기 시작했다.

그 외에도 국물에 넣어 떡국처럼 먹거나, 단팥죽에 넣어 먹기도 했다.

"아버지! 이거 드세요!"

"응. 고마워."

나한테 아시아가 갓 만든 떡을 넣은 떡국을 가져다주었다.

떡국은 간단하게 맑은 국물에 닭고기와 무, 어묵, 파드득나물을 넣은 국이었다.

나는 맑은 국물에 담긴 떡을 덥석 입에 넣었다.

긴말 필요 없이 맛있다. 오랜만에 먹는 떡국 맛을 즐기고 있는데, 루가 밥그릇을 손에 들고 나에게 다가왔다.

"토야 님. 이것도 드셔 보세요."

"어머니……? 그, 그건 설마 카레 떡?!"

루가 가져온 밥그릇 안에는 카레 루가 들어가 있었다. 물론 떡도 들어가 있었다.

그런데 카레랑 떡은 글쎄……? 찹쌀도 곡물이고, 쌀이나 빵하고도 잘 어울리니 맛이 없진 않을 것 같지만.

한입 쏘옥.

와, 맛있다. 카레랑 안 어울리는 음식은 없어.

카레의 매운맛을 떡이 부드럽게 만들어 주는 듯했다. 살짝 맛을 강조하기 위해 넣은 오복채도 최고다.

"크으으……. 떡국이라는 정석 음식에 이런 식으로 대항할 줄은……!"

"요리에는 특별한 제한이 없어요. 맛있으면 뭐든 괜찮죠. 아시아도 색다른 떡 요리를 만들고 싶어서 찹쌀을 주문한 거잖아요? 마음껏 실력을 발휘했으면 좋겠네요."

"두말하면 잔소리죠!"

떡도 떡하니 위엄을 보였다…… 같은 썰렁한 말도 떠올랐지만, 입 밖에 내지는 않고 나는 묵묵히 카레 떡을 먹었다.

루에게 대항심을 불태운 아시아가 안뜰에 설치된 간이 부엌으로 달려갔다.

남아 있던 루가 아시아가 만든 떡국을 한입 맛보더니 미소를 지었다.

"맛있어요. 기본에 충실하면서도, 맛을 위해 아슬아슬한 줄타기도 시도했어요. 역시 저랑 토야 님의 딸인걸요?"

"직접 말해 주면 좋을 텐데……."

"아직 이 정도로 만족해선 안 되거든요. 그 아이는 저를 뛰어넘는 요리사가 되어야 하니까요."

무슨 소릴. 너흰 둘 다 공주님이잖아? 요리사를 목표로 해서 어쩌려고.

어떻게 대답하면 좋을지 망설이는데, 옆 테이블에서는 방금 만든 떡을 덥석덥석 먹는 프레이즈 세 사람이 있었다.

"맛있어! 역시 아리스가 만든 떡이야!"

"맛있어. 아리스의 마음이 담겼어. 최고."

"열심히 했구나. 정말 맛있어."

"에헤헤. 그 정도는 아닌데~."

엄마들의 칭찬을 듣고 쑥스러워하는 아리스는 보기 흐뭇하지만, 그 옆에서 기진맥진한 모습으로 새하얗게 질려 있는 아버지도 좀 위로해 줘…….

"오랜만에 떡을 먹으니 참 맛있군."

"이봐, 나이토. 우리도 찹쌀을 생산해야 하지 않을까?"

"그러네요. 수요는 있을 겁니다. 코사카 님. 생각해 보시면 어떻겠습니까?"

"그렇군. 논을 더 넓힐까."

저편 테이블에서는 옛 타케다 사천왕이 모여 방금 만든 떡을 맛있게 즐기고 있었다. 김을 싼 떡도 맛있어 보여.

"엄마, 이 콩가루 떡, 아주 맛있어."

"정말 맛있네. 이 단팥죽에 넣은 떡도 아주 맛있으니 먹어 봐."

"이 덕 너무 조하! 더 머그래!"

"린네. 먹으면서 말하면 안 되지."

에르나와 에르제, 린네와 린제도 즐거운 시간을 보내고 있는 듯했다.

"너무 맛있어~!"

"그렇습니다. 정말 맛있습니다!"

"……두 사람 다 과식하면 안 돼요."

저편에서는 프레이와 야에가 나오는 대로 떡을 먹어 치우는 모습을 힐다가 어이없다는 듯이 바라보고 있었다. 야에도 그렇지만, 프레이는 저 작은 몸 어디에 그 많은 떡이 들어가는 걸까…….

기사단 멤버들도 방금 만든 떡을 즐겁게 먹고 있었다. 이셴 출신자들은 그리워하며, 다른 나라 출신자들은 별난 음식에 흥미가 생겨 먹는 듯했다.

"아버지! 이거 드세요!"

부엌에서 돌아온 아시아가 나에게 둥근 떡 덩어리를 내밀었다. 이건…… 단팥 찹쌀떡? 매운 카레를 먹었으니 달콤한 떡을 가져온 걸까?

그걸 들고 한 입 베어 무니, 예상외로 달콤새콤한 맛이 입안에 퍼져나갔다.

딸기 찹쌀떡이었다. 우와, 오랜만에 먹어 보네.

"찹쌀떡 안에 딸기가……. 팥과 딸기가 의외로 잘 어울리네요. 이건 미처 생각하지 못했어요……."

루가 놀란 표정을 지으며 찹쌀떡을 먹었다. 칭찬을 받은 아시아가 겸연쩍은 듯이 시선을 돌렸다. 그 행동을 보고 나쁜만

아니라 루도 뭔가 이상하다고 생각한 모양이다.

"……아시아. 이건 아시아가 생각해서 만든 건가요?"

"실은요, 그게, 아니에요……. 미래에서 어머니가 만들었는데, 그게 맛있길래 저도 만들어 보고 싶었다고 해야 할까요……."

루가 미래에서 만들었구나. 그걸 아시아가 만들어 과거의 루에게 처음으로 맛보게 했다……. 어? 이건 타임 패러독스지? 딸기 찹쌀떡 지식은 어디에서 온 거야 그럼?

모순되지만 토키에 할머니와 시간의 정령이 어딘가에서 앞뒤를 잘 맞춰 주겠지. 신의 힘에 과학적인 모순을 들이대 봐야 의미가 없다.

"그러고 보니 딸기 찹쌀떡 외에도 종류가 다양했어."

"그 외에도요? 찹쌀떡 안에 다른 뭔가를 넣기도 하나요?"

"아버지, 어떤 재료예요?!"

혼자 중얼거린 말을 듣고 요리를 좋아하는 모녀가 놓치지 않겠다는 듯이 물고 늘어졌다. 이런 점은 역시 모녀답다.

"어디 보자. 파인애플 찹쌀떡, 귤 찹쌀떡, 키위 찹쌀떡, 머스캣 찹쌀떡…… 그런 거?"

"전부 산미가 있는 과일이네요. 역시 떡과 궁합이 좋은 걸까요?"

"색다른 재료라면 수박이나 토마토도 있었던 듯한데……."

"수박이랑 토마토?! 어떤 맛일지 상상이 안 돼요……."

나도 먹어 본 적 없어서 잘 모르지만.

"맞다. 버터 떡도 있었어."

"버, 버터요? 버터랑 팥소는 잘 어울리기야 하겠지만…….."

"아니아니. 찹쌀떡이 아니라, 버터랑 떡을 섞어서 만드는 건데……. 잠깐만, 그러니까…….."

나는 스마트폰으로 버터 떡을 검색해 레시피가 실려 있는 사이트를 찾은 다음, 그걸 복사해서 두 사람의 스마트폰에 메일로 보내주었다.

"버터랑 섞어서 만드는 거군요."

"맛있어 보여요. 어머니, 만들어 보실래요?"

"네. 한번 만들어 봐요."

루와 아시아가 나란히 야외 부엌으로 걸어갔다. 그거 말고도 팥소버터 떡도 있었으니 레시피를 보내주자. 이건 떡에 팥과 버터를 올렸을 뿐이긴 하지만.

그런데 정말 많이 먹었다. 소화도 시킬 겸 한 번 더 떡메 치기를 해볼까.

절구와 떡메가 있는 곳으로 가 보니, 기사단 멤버들이 떡메치기를 하는 중이었다. 어? 떡이 녹색인데…….

"쑥떡입니다. 쑥 경단을 만들면 맛있습니다."

어느새 코스케 삼촌이 등 뒤에 나타나 나에게 꼬치에 꽂은 녹색 경단을 내밀었다.

아, 쑥떡이구나. 정말 쑥 향기가 나네. 색도 선명하고. 이건 이거대로 맛있다.

내가 쑥 경단을 먹고 더욱 포만감을 느끼고 있는데, 어디서인가 음악이 흐르기 시작했다.

코스케 삼촌 뒤를 보니, 음악신인 소스케 형이 바이올린을 켜고 있었다.

……어? 잠깐만. 이 곡은 어디선가……. 이건 경단 삼 형제라는 노래이긴 한데. 이 경단은 삼 형제가 아니라 사 형제인데요.

연주에 맞춰 사쿠라가 맑고 밝은 목소리로 노래하기 시작했다. 어린이 방송의 오리지널 곡인 만큼 귀에 쏙쏙 들어오는 가사라, 모두가 귀를 기울여 들었다.

이 노래의 효과 덕분인지, 다들 경단을 먹어 보기 시작했다. 떡메를 치는 현장에 어울리는 노래인지 아닌지는 판단하기 힘들지만, 모두가 즐거워하니 별로 상관없는 일인가.

〈크으으……. 맛있지만 먹기 힘들군…….〉

문득 옆을 보니 코하쿠가 떡과 씨름하고 있었다. 코하쿠뿐만 아니라 루리와 산고도 고전하고 있는 모양이었다. 코교쿠는 솜씨 좋게 쪼면서 먹고 있고, 코쿠요는 통째로 삼켰다.

조금 더 작아야 코하쿠와 루리, 산고도 먹기 편하겠지?

그런 생각에 나는 쑥 경단을 꼬치에서 빼내 접시에 담은 뒤, 소환수들에게 가져다주었다.

〈먹기 편해졌습니다. 감사합니다, 주인님.〉

코하쿠가 냠냠 경단을 먹기 시작했다. 어? 고양이는 떡을 먹어도 됐었던가? 물론 코하쿠는 고양이가 아니지만. 신수(神獸)니까 괜찮겠지.

루리와 산고도 쑥 경단을 하나씩 우물거리며 먹었다.

"잘 씹어 먹어. 목에 걸리지 않게."

〈알겠습니다.〉

소환수들에게 경단을 주고 소화도 시킬 겸 떡메를 치는데, 저편에서 아이들이 각자 뭔가를 가지고 나에게로 다가왔다.

"아버지, 다 같이 찹쌀떡을 만들었어요."

아이들이 손에 든 접시에는 찹쌀떡이 각각 하나씩 올라가 있었다. 아시아는 버터 떡이었지만.

윽. 아직 배가 빵빵한데…….

딸들이 내뿜은 '먹어 줘, 먹어 줘' 눈빛 레이저에 내심 움츠러들었지만, 지금은 먹지 않는다는 선택을 할 수 없었다. 무리할 수밖에 없나…….

"아빠, 이거……."

에르나가 내민 찹쌀떡은 딱 봐도 찹쌀떡이라고 알아볼 수 있을 만큼 전형적인 형태였다.

"음! 파인애플 찹쌀떡이구나."

"아시아 언니한테 듣고 만들어 봤어……."

에르나의 찹쌀떡을 한 입 베어 무니, 안에서 시큼한 파인애플 한 조각이 입안으로 날아들었다. 파인애플은 미스미드에서 재배되고 있어 우리 나라에서도 비교적 입수하기 쉬운 과일이다. 정말 맛있다.

"아버지, 다음은 내가 만든 떡도 먹어 봐!"

프레이가 내민 찹쌀떡은 에르나에 비하면 모양이 불규칙하고 군데군데 팥소가 삐져나오기도 했다.

프레이의 찹쌀떡을 먹어 보니, 뭐라고 말하기 힘든 달콤짭짤한 맛과 쫄깃한 식감이 나를 덮쳤다. 뱉어낼 정도로 맛없지는 않지만…… 뭔가 잘 어울리지 않는 듯한…….

"그런데…… 여기에 뭘 넣었어?"

"소고기!"

소……! 글쎄. 찹쌀떡과 소고기라니. 굳이 따지자면 따로따로 먹고 싶은데…….

그래도 프레이가 만들어 준 소고기 찹쌀떡을 전부 다 먹었다. 이 정도야 뭐…….

"아버지, 다음은 나!"

그다음은 요시노가 찹쌀떡을 내밀었다. 찹쌀떡을 씹은 순간, 아삭한 식감이 느껴졌다. 아삭아삭한 식감과 소금맛, 그리고 팥소의 달콤함이 입안에 퍼져나갔다.

"……이건?"

"피클이야!"

피클……. 음~. 절임과 팥소……. 그런데 예전에 차조기 절임을 넣은 찹쌀떡을 파는 가게가 교토에 있다고 TV에 소개된

적이 있었다. 그런데 오이 피클은 잘 안 어울리네. 식감은 재미있지만…….

"아버지, 저는 이거예요."

잠깐! 쿤이 내민 찹쌀떡에서는 빨간 뭔가가 군데군데 삐져나와 있는데?

빈말로도 잘 만들었다고는 말하기 힘든 찹쌀떡을 입에 넣어 보았다. 으윽. 비릿해……?!

"아버지가 좋아하시는 참치를 넣어 봤어요."

참치였냐! 물론 참치 좋아하지. 좋아하긴 하는데! 나는 참치와 팥소는 같이 먹을 음식이 아니라고 확신했다.

거기다 여기에 와사비도 넣었나……? 조금씩 코를 쏘는 뭔가가 느껴지는데.

"아빠, 이거! 린네가 만든 것도 먹어 줘!"

간신히 참치 찹쌀떡을 다 먹은 나에게 린네가 내민 찹쌀떡은 평범한 찹쌀떡보다 크기가 컸다. 작은 고기 호빵 수준의 크기인데요?

솔직히 이제는 한계에 가까웠지만 안 먹을 수는 없었다.

"잘 먹을게……."

단단히 결심하고 덥썩 찹쌀떡을 입에 무니 뭔가 걸쭉한 페이스트 같은 재료가 입 안에 화악 퍼졌다. 치아 형태로 절단된 찹쌀떡을 보니, 팥소와 적갈색의 뭔가가 가득 들어 있었다.

이 맛은…… 카레인가? 카레 찹쌀떡은 들어본 적이 있, 지,

만…….

"매, 매워————————?! 매, 매워! 매운 정도를 넘어, 아파?! 아파————————?!"

너무 매워 나는 입을 손으로 꾹 눌렀다. 데자뷔. 이 수준의 매운맛은 예전에 경험해 본 적이 있다. 되살아나는 기억. 일찍이 에르제가 나한테 줬던 그 매운 닭튀김과 맞먹는 매운맛.

"아……. 역시나……."

"왜 린네가 요리를 하면 뭐든 매워지는 걸까?"

프레이와 요시노가 '역시나' 하는 표정을 지었다. 알면 처음부터 말렸어야지!!

에르제와 똑같은 '뭐든 다 아주 맵게' 능력은 에르나가 아니라 린네를 통해 이어진 모양이었다.

아니, 실레스카 가문에 이어져 내려오는 잠재적인 능력일지도 모른다.

그거야 어쨌든, 매운맛이 사라질 생각을 안 해! 팥소의 달콤함을 카레의 매운맛이 전부 지워 버리고 혼자 폭주하고 있다.

거기에선 딸기 찹쌀떡처럼 재료가 서로를 돋보이게 해주는 관계는 찾아볼 수 없었다. 일방적인 유린이다.

나는 에르나가 내준 컵의 물을 벌컥벌컥 들이켰다.

그래도 매운맛이 사라지지 않아 아시아의 버터 떡을 입에 넣었다. 응. 역시 맛있어!

거기에 물을 몇 컵이나 더 마시니 겨우 진정됐다. 아직 혀가 얼얼한 기분이야…….

"어? 그렇게 맵진 않은데."

린네가 덥썩덥썩, 내가 남긴 카레 찹쌀떡을 모두 먹었다. 어떻게 그걸 먹고도 멀쩡한 거니, 린네…….

"린네. 네가 요리를 할 때는 맛을 조금 조절하는 게 좋아."

"뭐? 에르제 어머니는 맛있다고 하셨는데?"

"그건……. 하아. 아냐. 됐어."

어이없다는 듯이 쿤이 한숨을 내쉬었지만, 쿤의 참치 찹쌀떡도 맛을 조절해야 하는 메뉴였다.

이상한(이라고 아이들 앞에서는 절대 말하지 않겠지만) 찹쌀떡을 너무 많이 먹어 속이 안 좋아졌다…….

"토야 오빠. 이거 드세요."

어디선가 나타난 유미나가 알약을 건네주었다. 이건 뭐지?

"'연금동'의 플로라 씨한테 받아온 위장약이에요. 속이 편해질 거예요."

역시 나의 아내. 세심하다니까…….

나는 그걸 받아 아이들이 눈치채지 못하게 입에 넣고 물을 마셨다.

위장약의 효과가 바로 나타났는지 속이 꽤 편해졌다. 여전히 플로라가 만든 약은 효과가 뛰어나다.

이런 약을 양산할까도 생각했지만, 그랬다간 약사의 일자리를 뺏는 결과를 가져올 수도 있어 약사 길드에 약을 조합하는 레시피의 일부를 건네주었다. 해열제나 두통, 복통에 잘 듣는 약의 레시피를.

몇몇 입수하기 어려운 소재도 필요하지만, 그건 모험자 길드와 거래를 하면 되지 않느냐고 말을 하면서.

"다들 즐거워 보여 다행이네요."

"가끔은 이렇게 성 사람들과 일가친척만 모여서 즐기는 이벤트도 필요하겠어."

계절에 맞지 않는 떡메 치기였지만 하길 잘했다. 아이들의 찹쌀떡 공격에는 두 손 두 발 다 들었지만…….

아시아의 폭주가 계기였지만 결과적으로는 좋은 방향으로 흘러간 듯했다.

마지막으로 아이들과 함께 단팥죽을 먹고 종료. 이제 떡메 치기도 마무리할까 했는데 코사카 씨가 나에게로 다가왔다. 무슨 일 있나?

"폐하. 이센의 토쿠가와 님이 메밀을 몇 자루나 보내오셨는데, 짚이는 데는 없으신가요?"

"네? 메밀요? 모르는데요. 왜 이에야스 씨가 메밀을……."

말을 하다 말고, 퍼뜩 뭔가가 생각나 아시아를 바라보았다.

살금살금, 요리를 좋아하는 딸은 그 자리를 몰래 떠나려고 했다.

그런 딸의 목덜미를 엄마인 루가 재빨리 덥석 붙잡았다.

"아시아? 찹쌀도 모자라, 메밀까지 토쿠가와 님한테 주문했죠……?"

"그게요, 여러 메밀의 맛을 시도해 보고 싶어서……. 메밀 100% 메밀국수나, 메밀 밀가루 비율 8:2인 메밀국수도 만들어 보고, 자, 장국도 몇 종류씩 만들어 볼까 하고……."

"열심히 공부하는 모습은 보기 좋아요. 하지만 공과 사는 구별해야 한다고 말했을 텐데요?!"

루가 엄하게 호통을 쳤다.

이래서야 이번엔 메밀 축제를 열어야겠는데…….

나는 그런 생각을 하면서, 코사카 씨에게 내 용돈으로 메밀 대금을 지불했다.

아름다운 선율이 방 안을 채웠다.

가벼운 템포로 손가락을 움직이며 건반을 치며 리듬을 새겼다.

'화려한 대왈츠'. 쇼팽이 작곡한 왈츠로, '강아지 왈츠'와 더불어 특히 유명한 곡이다. 젊은 시절에 작곡한 곡이긴 하지만 쇼팽답게 매우 매력적이다.

그걸 피아노 앞에 앉아 가뿐하게 연주하고 있는 사람은 사쿠라와 나의 딸인 요시노였다.

요시노는 노래뿐만 아니라 악기 연주에도 재능이 있었다. 솔직히 말해 나보다 훨씬 잘 친다. '화려한 대왈츠'는 어린이의 경우 손이 작아서 연주하기 많이 힘들 텐데.

그런 어려움을 전혀 느낄 수 없을 정도로 요시노는 마지막까지 곡을 연주하고는 의자에서 일어서 정중하게 고개를 숙였다.

그와 동시에 곡을 넋 놓고 듣던 모두가 박수를 보냈다. 나도 진심으로 칭찬하며 열심히 손뼉을 쳐 주었다. 우리 딸, 천재!

"좋은 곡이었어. 요시노는 굉장해."

"에헤헤. 어머니, 고마워."

요시노가 손뼉을 치던 사쿠라를 꼬옥 껴안았다. 옆에는 아빠도 있는데요. 조금 아쉽네.

"요시노는 연주로 마법을 사용할 줄 알아."

"연주로?"

프레이의 말을 잘 이해하지 못한 내가 되묻자, 요시노는 스마트폰을 꺼내 어떤 앱을 실행시켰다.

그러자 스마트폰에서 빛의 띠가 나와 요시노 앞에 고정되었다. 반투명한 유리처럼 반짝이는 건반이 허공에 떠 있다.

"이 건반으로 마법을 기동하는 거야. '연주 마법'이라고 해서, 어머니의 '가창 마법'과 원리는 같대. 곡마다 효과가 달라."

"굉장한걸……. 누가 만들었어?"

"소스케 오빠한테 받았어."

그때 따라랑, 하고 류트를 울리며 소스케 형이 등장했다. 오오. 어느새…….

음악신인 소스케 형이 직접 만들었어? 그럼 이건 신기(神器)인가? 어? 신의 힘은 사용하지 않았으니 신기가 아냐? 그렇습니까.

그런데 이걸 요시노한테 준 사람은 미래의 소스케 형일 텐데. 역시 하느님들은 다른 시계열에도 동시에 존재하는 건가? 과거, 현재, 미래에 관계없이 존재하며, 같은 분신체로 존재하는 걸까?

머리가 뒤엉킬 듯한 생각을 하는데, 요시노가 앱을 실행해 이번엔 빛나는 플루트 같은 걸 꺼냈다.

"이거 말고도 다양한 악기가 존재해."

"아~. 상황에 따라서 나눠 쓰는구나? 프레이랑 똑같은 교체 타입이네."

하지만 이건 틀림없이 음악신의 가호를 받았겠지……? 직접적인 전투 타입은 아니겠지만, 평범한 사람은 상대가 안 된다.

"하지만 난 싸움보단 평범한 연주가 더 좋아. 내가 연주하고 어머니가 노래하면 모두 기뻐하니까."

그거야 물론 최강의 유닛이겠지만. CD 같은 음반을 판매하기 시작하면 엄청난 판매량이 나오지 않을까?

"아버지도 같이 연주하자! 연탄(連彈)하자!"

"응……. 간단한 연주라면……."

수준 차이가 극심하거든!! 초절기교 연습곡은 연주 못 해!!

그 후, 우리가 같이 연주하고 사쿠라가 노래를 하는 가족의 미니 콘서트가 개최되었다.

즐거웠지만 실수할까 봐 필사적으로 연주하느라 엄청 지쳤다…….

◇ ◇ ◇

아이들도 여섯 명이나 되니 굉장히 떠들썩했다.

친척의 아이란 명목으로 성에 머물고 있는 아이들인데, 완벽히 성안의 생활에도 익숙해져……. 아니지. 태어났을 때부터 살던 곳이니까 당연히 익숙할 수밖에 없나.

'속속들이 알고 있는 남의 집'이 아니라, '우리 집'이니까.

지금은 각자 마음껏 지내고 있다. 쿤은 바빌론으로 올라가 박사, 에르카 기사와 함께 뭔가 수상한 물건을 만들고 있고, 프레이는 기사단 멤버들과 즐겁게 검을 휘둘렀다.

"어…… 이렇게?"

"응, 맞아. 그렇게 한 다음 이걸 그물코에……."

린제와 에르나가 사이 좋게 응접실에서 뜨개질을 했다. 한편 훈련장에서는 에르제와 린네가 격렬하게 대련을 했다.

때때로 이 모녀는 조합이 바뀌곤 하지만, 그게 오히려 딱 어울릴 때도 있다. 성격상 그게 더 잘 맞는 거겠지.

아시아는 여전히 주방에서 새로운 요리를 위해 시행착오를 거듭했다. 가끔 카리나 누나랑 사냥을 나가기도 하는 듯했다. 소재부터 음미하고 싶다는 말을 했었다.

요시노는 가끔 【텔레포트】로 어딘가로 외출했다. 현재는 이게 가장 큰 고민거리였다.

일단 보호자로 루리를 데리고 갈 것, 무슨 일이 있어도 밤까지는 돌아올 것, 다른 나라에 함부로 가지 말 것 등의 주의를 주었다. 다른 나라에서 무슨 문제라도 일으키면 큰일이니까…….

전이 마법을 사용할 줄 아는 사람이 이렇게 번거로울 줄이야. 내가 그런 불평을 하자, 코사카 씨가 '알고 계시다니 다행이군요.' 라고 말하며 웃었다. 아뇨. 그건…… 항상 정말 죄송합니다…….

나는 도망치듯이 바빌론의 '연구소' 를 찾았다.

전에 아로자섬을 습격한 반어인의 해석이 끝났다는 모양이니까.

'연구소' 에 들어가 보니 전의 그 반어인이 캡슐에 들어가 누워 있는 연구실에서 '연구소' 의 관리인 티카와 '연금동' 의 관리인 플로라가 대기하고 있었다.

"결론부터 말씀드리면 이 반어인은 '인간' 입니다."

"뭐?"

'연구소' 의 관리인인 티카가 아무런 가타부타도 없이 그런 말을 꺼냈다. 인간? 이게? 아무리 봐도 반어인인데.

"정확히 말하면 인간 '이었던' 사람입니다. 인간의 몸을 바탕으로 다른 생명체를 합성해 조직을 다시 만들었으니…… 다시 말해, '키메라' 입니다."

"키메라라고?"

'연금동'의 플로라의 말을 듣고 나는 무심코 그렇게 되물었다.

"키마이라라면 들어본 적 있지만……."

"키마이라는 사자와 염소의 머리, 뱀의 꼬리를 지닌 마수를 말합니다. 이거와는 전혀 별개의 생물이네요."

"이 반어인은 어떠한 방법으로 인간과 물고기 계열의 마수를 합성해 태어난 괴물이에요. 어류의 특성도 지니면서, 인간의 지혜도 있는 별개의 생명체인 거죠."

별개의 생명체. 새로운 생물을 만들어 냈다는 건가.

그 힘의 원천은 반어인에 박혀 있던 그 파란 결정체가 아닐까 한다.

그 저주의 힘도 그렇고, 이 반어인에 사신의 힘이 작용한 것만큼은 틀림없었다. 말하자면 이 반어인들은 '사신의 사도'의 첨병이다.

"물린 사람도 반어인이 되는데 그건?"

"역시 '저주'지요. 하지만 전염병처럼 확산되진 않는 모양이에요. 어디까지나 '저주 보유자'는 결정체를 지닌 개체뿐인 듯해요."

흠. 연쇄적으로 퍼지진 않는다는 건가. 너무 많아져선 나와 에르나만으론 다 감당할 수 없다. 【리커버리】를 인챈트한 마도구를 준비해 둬야 할지도 모른다.

"그런데 왜 그런 짓을……."

"추측이지만, '저주'로 사람들의 '공포', '불안', '절망'을 끌어내는 게 목적이 아닐까 생각됩니다."

……그럴 수도 있겠어.

사신은 사람들이 지닌 부정적인 감정에서 힘을 얻는다. 사람은 누구나 그런 감정을 지니고 있지만, 평소에는 대부분 겉으로 드러나지 않는다.

그걸 끌어내기 위한 '저주'라면 절묘한 방법이라 할 수 있었다.

미지의 존재에 대한 '공포', 알 수 없기에 느끼는 '불안', 어떻게 해 볼 수가 없어서 느끼는 '절망'. 그런 감정들을 연쇄적으로 만들어 낼 수 있으니까.

무엇보다 그런 감정들은 '저주'를 받은 사람들 이외에도 전파된다. 지인이 원인을 알 수 없는 병으로 쓰러지면 다음은 자신이 병에 걸릴 수도 있다는 '공포'를 느낀다.

그야말로 놈들의 의도대로인가. 역시 놈들의 목적은 사신의 부활인 걸까?

"그런데 마스터. 이번에 전 정말 열심히 했다고 생각하는데요."

"응? 그러게……."

갑자기 티카가 그런 소리를 시작했다. 뭐야? 갑자기 열심히 했다고 어필을 하고.

"그러니 마스터가 저에게 상을 주셔야 한다고 생각해요. 명확하게 말씀드리면 욕실에서 따님들과 알몸으로 목욕하며 꺅꺅, 우후후 하고 놀 수 있도록 허가해 주세요!"

"안 돼! 바보 같은 소릴."

그게 진지한 표정으로 할 말이야?! 여전하구나. 이 고물 로리콘은!!

"왜요?! 왜 저만 따님들과 접촉을 금지하시는 건가요?! 너무해요!!"

"당연하지! 너 같은 변태가 쫓아다니면 이상한 트라우마에 걸릴 수도 있어! 그럼 어쩔 거야?!"

"그때는 책임을 지고 결혼하겠습니다!"

"넌 '연구소' 밖으로 나오지 마! 금지야!"

"너무 가혹해요!"

가혹하긴 뭐가. 내가 더 조마조마해서 힘들거든? 나는 부모로서 아이들의 안전을 지킬 의무가 있어. 위험한 인물은 절대 접근하지 못하게 하겠어.

우우, 불평을 하는 티카를 내버려 두고 이번엔 바빌론의 '공방'으로 이동했다. 쿤은 그곳에 있을 것이다. 또 이상한 물건을 만들지 말아야 할 텐데…….

'공방' 안으로 들어가 보니, 쿤이 영문 모를 물건을 타고 있었다.

아니지. 영문 모를 물건은 아니었다. 저건 드워프들이 개발한 토목 작업용 중기계 드베르그랑 똑같은 물건이다.

단, 크기가 더욱 콤팩트해졌다. 머리와 가슴 부분에는 밖으로 드러난 좌석이 있고, 마동기는 등 부분에 있는 듯했다. 그리고 짧지만 튼실한 두 다리와 두 팔이 본체에 붙어 있다.

얼핏 보면 파워드 슈츠 같지만, 쿤의 팔다리를 기계가 덮고 있진 않으니 역시 이건 탈것으로 분류해야 할 듯했다.

그 탈것을 이용해 쿤은 계속 나무를 쌓고 있었다.

"이게 뭐야……?"

"가볍게 테스트기의 가동 실험을 하는 중이야. 프레임 기어의 기술에 고렘의 기술을 조합해, 더 고성능이면서 콤팩트한 인간형 이족 보행 작업 기계를 만들 수 없을까 해서."

조금 어이없다는 듯이 중얼거린 나에게 바빌론 박사가 우쭐한 표정을 지으며 다가왔다. 아니, 우리 딸한테 무슨 짓을 시키는 거야?

"'암드 기어'라고 이름 붙였지. 쿤 전용 장난감으로 만들려고 했던 건데, 완성도가 상당하지? 무장을 바꾸면 1개 사단과도 싸울 만해."

"부모의 허락도 없이 위험한 장난감을 선물로 주지 말았으면 하는데?"

아무리 생각해도 장난감의 영역을 넘어섰잖아. 진짜……. 살짝 주의를 줘야 하나?

"앗, 아버지! 이거 보세요, 이거! 굉장하죠?! 제가 만들었어요!"

"와, 굉장하다. 아주 잘 만들었어! 훌륭해!"

"후후후. 당연하죠!"

크윽. 이렇게 반짝거리는 미소를 지으니 뭐라고 할 수가 없어…….

돌아보니 박사가 히죽거리며 날 보고 있었다.

"전형적인 딸에게 약한 아빠군. 부모가 되면 이렇게 사람이 변하는 건가. 참 재미있어."

"시끄러……."

자각이 있는 만큼 전혀 반박할 수 없었다. 너무 오냐오냐하는 것 같기도 하지만, 지금 세계에 왔을 때만큼은 괜찮지 않을까 하는 생각도 든다.

우리 아이들이 귀여우니 어쩔 수 없는 일이지만.

그런 변명을 생각하는데, 눈앞에 갑자기 요시노와 보호자로 따라갔던 루리가 나타났다.

"요시노. 【텔레포트】로 너무 휙휙 이동하는 건……."

"아버지! 재미있어 보이는 게 왔어! 사커스! 사커스!"

【텔레포트】 사용에 실패했던 경험이 있는 만큼 요시노에게 주의를 주려고 했는데, 잔뜩 들뜬 모습의 딸을 보고는 더는 말을 잇지 못했다.

…… '사커스' 라니?

"루리?"

⟨ '서커스' 입니다, 주인님.⟩

무슨 의미인지 몰라 옆에 있던 루리에게 물어보니 그렇게 대답했다.

서커스였구나. 서커스가 왔어?

서커스. 즉, 곡예단이다.

이 세계에도 서커스단이 존재해서, 마을에서 마을을 옮겨 다니며 공연을 했다. 벨파스트의 왕도에서 한 번 본적은 있었지만, 실제로 들어가서 구경은 해 보지 않았다.

들은 이야기로는 내가 살던 세계의 서커스와는 조금 달라서, 연극, 노래, 춤 같은 공연도 하는 모양이었다. 반대로 마술이나 동물을 이용한 공연은 별로 없다고 한다. 이곳은 마법이나 소환수가 있는 세계라 그럴지도 모르지만.

"그래서? 서커스가 왜?"

"재미있어 보여! 다양한 공연을 하니 재미있을 것 같아! 다 같이 보러 가자! 자, 이거. 광고지 받아왔어!"

요시노가 나한테 광고지 하나를 펼쳐서 보여 주었다. 어디 보자…….

〈전 세계가 보낸 갈채! 환상적이고 매력적인 서커스단, 컴플레또 극단이 드디어 브륀힐드에!〉……라.

'전 세계가 보낸 갈채!'라. 꼭 '북미 강타!'와 비슷한 뉘앙스의 광고 문구지만, 자신감이 없으면 이런 말을 쓰진 않겠지. 꽤 유명한 서커스단인가? 나는 들어본 적 없지만.

"어머, 서커스가 왔어? 재미있어 보이네."

“그치? 쿤 언니도 같이 가자!”

우리의 대화를 들은 쿤이 ‘암드 기어’를 타고 와서는 머리 위에서 말을 걸었다.

서커스라……. 나도 본 적이 없으니 어떤 공연일지 궁금하긴 하지만.

성으로 초대할 수도 있겠지만, 이럴 때는 신분을 숨기고 보러 가는 게 좋겠지?

아이들도 보고 싶어 하는 모양이니, 다 같이 한번 가 볼까.

“서커스요? 재미있어 보이네요.”

유미나가 요시노에게 받은 광고지를 보면서 말했다. 아무래도 우리 아내들도 보고 싶은 모양이었다.

“유미나는 서커스 본 적 있어?”

“딱 한 번이지만요. 벨파스트 성에 불러서 공연을 해 달라고 했었거든요. 다양한 공연이 있어서 즐거웠어요.”

우오오, 성으로 불렀구나. 역시 왕가에서 태어난 공주님. 벨파스트의 국왕 폐하는 이런 공연을 좋아하니까. 연극도 좋아하고.

우리 이야기를 들은 린도 대화에 참여했다.

"나도 딱 한 번이지만 본 적이 있어. 미스미드에서 본 거지만. 수왕 폐하를 수행하면서 봤는데, 이렇게…… 나이프나 도끼를 몇 개나 공중에 던져서 빙글빙글 돌리는 모습이 굉장했어."

저글링인가. 나이프는 몰라도 도끼로 그걸……. 무섭잖아.

"연극도 하죠? 무슨 연극을 할까요? 연애물을 보고 싶은데요."

"나는 이 '괴력남의 물건 들기' 가 뭘지 궁금해. 즉석 참가도 가능할까?"

린제와 에르제도 기대된다는 듯이 광고지를 구경했다. 즉석 참가는 제발 참아 줘. 곡예를 선보이는 사람의 입장도 생각해야지…….

에르제라면 【부스트】를 쓰지 않아도 가볍게 백 킬로그램, 이백 킬로그램 정도의 바위를 들지 않을까? 【부스트】를 사용하면 1톤 정도는 들 수 있을지도 모른다.

……새삼 깨달은 일이지만, 서커스에서 몸을 이용한 공연을 보고 우리 가족은 과연 '굉장하다!' 라고 생각할까?

외줄타기나 공굴리기 같은 곡예를 봐도 '앗, 저거라면 나도 할 수 있어' 라고 생각하지 않을까……?

그렇다면 아이들의 기대가 너무 부풀어 올라도 좋지는 않은데…….

공연 목록을 보면, 린제의 말대로 연극이나 노래, 춤도 있는 모양이지만……. 뮤지컬 같은 공연일까? 그거라면 즐겁게 볼 수 있을 듯했다.

아, 이 '연체 인간' 이건 우리가 못 하지 않을까?

"서커스를 성으로는 안 부르는 게 좋지 않을까요?"

"마을 사람들 모두도 봤으면 하는데, 우리가 부르면 하루 공연이 줄어들게 되니까."

루의 말대로 우리가 부르지 말고, 우리가 직접 보러 가기로 했다. 【미라주】로 모습을 바꾸면 괜찮을 것이다.

아까 코사카 씨한테 들었는데, 서커스는 중앙 광장의 남쪽에 있는 공터에 텐트를 친다고 한다. 물론 허가는 내려두었다.

"다들 서커스는 처음 봐?"

"맞아. 우린 연극을 별로 본 적이 없어. '영화'나 '애니메이션'이라면 아버지가 많이 보여줬지만."

내 질문에 프레이가 대답했다. 연극도? 어째서?

"후후. 미래의 인기 연극은 대부분 아버지의 이야기라서, 아버지가 보기 싫다며 데리고 가 주질 않으세요."

어? 그게 정말이야?! 처음 듣는데?!

쿤이 웃으면서 해 준 이야기를 듣고 나는 그대로 얼어붙었다. 내 얘기? 헉. 그럼 리프리스의 공주 작가가 쓴 '유이나 공주와 용사 토야'처럼 나를 모델로 한 이야기란 말이야?!

"전 몰래 보러 간 적이 있어요. 아버지와 어머니가 친해진 계기가 된 이야기를요. 제목은 '용사 토야의 모험 에피소드4 제국의 반란'이었어요."

""그게 뭐야?!""

아시아의 말을 듣고 루와 함께 내가 무심코 그렇게 외쳤다. '제국의 반란'이라면 레굴루스 제국의 쿠데타 사건을 말하는 건가?! 분명 루하고는 그때 만나긴 했지만!

"반란을 일으킨 장군에게 일대일로 대결을 펼친 아버지가 마지막에 필살기인 토야 슬래시로 상대를 끝장내는 부분이 최고의 장면이었어요!"

잠깐! 그 촌스러운 필살기는 처음 듣는데요?! 그때는 장군을 슬러지 박스에 집어넣고 기절할 때까지 괴롭혔을 뿐인데요?! 아무래도 그건 연극으로 만들고 싶지 않은 장면일지도 모르지만!

내용이 엄청나게 많이 변경됐는데……. 그래선 각색 수준이 아니잖아. 그 정도면 완전히 별개의 이야기야…….

미래의 내가 아이들을 데리고 가고 싶어 하지 않은 이유가 이해됐다. 당연히 싫지!

"조금 보고 싶기도 하네요……."

"아냐. 내 얘기가 아니거든?! 지어낸 얘기야! 완벽한 픽션이야!"

은근히 흥미가 있어 보이는 루에게 내가 말했다. 〈이 이야기는 픽션입니다. 등장하는 인물, 단체, 명칭 등은 가짜이며, 실재한다고 해도 관련이 없습니다.〉라고 적시해 뒀겠지?!

처음으로 미래를 바꿀까 하고 진심으로 생각했을지도 모른다……. 크윽!

그 이후로 '용사 토야의 모험' 이 에피소드9까지 있다는 애기를 듣고 절망했다.

브륀힐드를 찾아왔다는 서커스단에 관한 소문은 순식간에 퍼져나갔다.

코교쿠에 따르면, 남쪽 광장에 세워진 거대한 텐트를 마을 아이들이 눈을 반짝이며 바라보고 있었다고 한다.

외국에서 온 사람이 보기에 브륀힐드의 풍물과 물건은 진귀하고 신비하게 보일 때가 많다. 하지만 브륀힐드에 사는 사람들에게는 평범한 것들일 뿐이다.

브륀힐드의 아이들에게는 대훈련장에서 싸우는 프레임 기어보다도 처음 보는 서커스가 오히려 더 흥미로울 수 있다.

"아빠, 아빠! 서커스는 언제 갈 거야?! 내일부터 시작한대!!"

"걱정 안 해도 입장권은 사 뒀어. 첫날은 못 가지만, 둘째 날엔 갈 수 있으니까 참아 줘."

"뭐~?! 내일 안 가고?!"

린네가 뾰로통하게 말했지만, 이것만큼은 어쩔 수 없다. 서커스 좌석은 지정석과 자유석이 있는데, 지정석은 넓고 편하게 구경할 수 있다는 모양이었다. 기왕 본다면 지정석에서 편하게 보는 게 낫잖아?

첫날의 지정석은 이미 매진되어서 사지 못했다. 양보해 달라고 부탁하면 어떻게든 입장권을 구할 수 있을지는 모르지만, 역시 그럴 수는 없다. 마을 사람들도 기대했던 공연이니까. 그래서 포기하고 둘째 날의 입장권을 샀다.

나는 나와 아내까지 10장, 그리고 아이들 6장. 총 16장의 지정석의 입장권을 사야 했다. 거기에 엔데네 입장권까지 샀으니 총 21장.

지정석은 60석 정도라니까, 3분의 1 이상의 자리를 구매한 셈이 된다. 가격도 꽤 비쌌고……

"기대된다! 엄마~!"

"그러네. 그런데 그전에 공부를 끝내둬야지."

"윽……"

린제가 웃으며 그렇게 말하자, 책상에 펼쳐 둔 교과서로 시선을 내리는 린네.

아이들에게는 빼먹지 않고 공부도 시키고 있다. 미래에 돌아갔을 때, 학력이 떨어져 있으면 미래의 자신들에게 미안할 테니까.

　공부하는 중에 제일 집중을 못 하는 아이는 요시노와 린네였다. 쿤은 원래 머리가 좋고, 아시아와 에르나는 성실해서 학력은 그만큼 좋았다.

　의외라고 한다면 프레이의 성적이 뛰어났다는 정도다. 펠젠 국왕과 마찬가지로 폭주하는 경향이 있는 무기 마니아라서 뇌가 근육 같지 않을까 했는데. 한 번 더 말하지만 의외였다.

　문득 무기 손질을 하던 프레이가 고개를 들었다.

　"……꼭 내가 무시당한 느낌이 들었어."

　"……기분 탓이겠지."

　날카롭다. 역시 내 딸. 날카로운 감은 엄마에게 물려받은 건가.

　"계속 말하지만, 샌드위치나 주먹밥처럼 한 손으로 먹을 수 있는 음식이어야 서커스를 관람하면서 먹기 더 편해요."

　"으으……. 그럼 그건 어머니에게 맡기겠어요. 그렇다면 사이드도 한 입 사이즈가 좋을지도 모르겠네요. 뭔가로 말아두면 손에 쥐고도……."

　아시아와 루는 모레 가지고 갈 도시락 준비에 여념이 없었다. 엔데네 가족이 먹을 분량까지 도시락을 준비한다고 한다. 찬합이 과연 몇 단이 될지.

　"토야 오빠. 손이 멈춰 있는데요."

　"앗, 이러면 안 되지."

유미나가 주의를 줘서 나는 다시 앞에 있는 서류를 내려다보았다. 서커스 관람을 위해 나도 그날에 해야 할 일을 미리 해두고 있었다. 안 그러면 코사카 씨한테 혼나니까. 전부 남에게 맡길 수 없다는 점이 국왕이라는 직업의 힘든 일이다.

다만 나는 재상인 코사카 씨와 보좌를 맡아 주는 유미나가 있어 많은 도움을 받고 있긴 하다.

어느새 유미나가 내 비서 같은 역할을 하게 되었다.

솔직히 브륀힐드를 운영하는 사람은 코사카 씨와 유미나, 이 두 사람이란 생각도 들지만 굳이 신경 쓰지 않기로 했다. 괜히 신경 쓰면 나만 손해다.

저녁을 먹은 후, 응접실에서 서류를 정리하며 아이들의 공부를 봐주던 나한테 카렌 누나와 모로하 누나가 같이 찾아왔다.

"토야. 잠깐만."

"응? 뭔데요?"

카렌 누나가 손짓을 해서 나는 자리에서 일어났다.

내가 가까이 다가가자 모로하 누나가 목소리를 낮추며 말을 꺼냈다. 뭐지? 비밀 얘기?

"그 서커스 말인데. 당일에 그 자리에 간 다음에 알아채면 너도 곤혹스러울 테니 먼저 말해 둘게. 그 서커스에는 신이 있어."

"네?"

신이 있다니 무슨 말이지? 신들린 기술이란 말인가?

무슨 말인지 잘 이해가 안 돼 어리둥절한 표정을 짓자, 카렌 누나가 한숨을 내쉬었다.

"애가 참 둔하긴. 이 세계에 휴양을 온 신이 그 서커스단에 들어가 있다는 말이야."

"네?!"

카렌 누나의 어이없다는 듯한 말을 듣고 나는 깜짝 놀랐다. 휴양을 온 신이라면 우리 결혼식에 왔던 신들 중 한 명인가?!

시공신인 토키에 할머니를 제외한 나머지 아홉 명이 자유롭게 산다며 각자 전 세계로 흩어졌는데…….

분명 무도(舞蹈)신, 강력(剛力)신, 공예(工藝)신, 안경신, 연극신, 인형신, 방랑신, 꽃신, 보석신……이었지?

"서커스단에 있는 신은 무도신, 강력신, 연극신, 이 세 명이야."

"세 명이나 있어요?!"

우와?! 대체 얼마나 신들의 은혜를 받고 있는 거야, 그 서커스단은?! 세계가 갈채를 보내는 것도 당연한 일이지 그럼!

"물론 신의 힘은 하나도 안 쓰고 있어. 어디까지나 지상에 내려온 한 명의 인간으로서 행동하고 있으니까. 그래서 뒤늦게 눈치를 챈 거지만."

사람의 몸이지만 누나들도 신기(神氣)를 사용할 수 있다. 그걸 해방하면 전 세계의 어디에 있어도 신족인 우리는 그 장소가 어디인지 알 수 있다. 반대로 그 신기를 완전히 억누를 수도 있지만.

"엄청난 서커스단이 찾아온 거네요……."

"각자 특기인 분야에서도 능력은 인간 수준으로 떨어뜨려 뒀으니, 생각처럼 엄청나진 않을 거야."

거짓말이다. 이 사람들이 말하는 인간 수준이란 '몇천 년 동안 수행을 거듭한 끝에 인간이 기적적으로 도달할 수 있는 한도의 수준'을 말하니까.

"왜 브륀힐드에 왔지……?"

"깊은 의미는 없을걸? 단지 여행을 하다가 들르는 지역이라든가, 그런 걸 거야."

그럴지도 모르겠다. 벨파스트, 레굴루스 사이를 이동한다면 굳이 우리 나라에 들르지 않을 이유는 없으니까.

그렇다면 들른 건 그냥 우연인가? 우리도 아이들이 없었으면 서커스를 보러 갔을지 어땠을지는 알 수 없다.

그런데 무도신에 강력신, 연극신이라…….

강력신이라면 그 사람이지? 신계에 있는 판테온^{만신전}에서 만난 그리스 신화의 헤라클래스처럼 근육이 울퉁불퉁한 하느님.

아, 광고지에 있던 '괴력남의 물건 들기'의 그 괴력남이 강력신이구나. 그렇다면 에르제도 못 이기겠네.

무도신은 여신님이었지? 굳이 따지자면 수수해 보이는 여성이었던 것 같다.

연극신은…… 여성스러운 사람이었어. 남성신이었다고는

생각하지만 확실하진 않다. 신들의 성별이란 사실상 의미가 없는 거나 마찬가지일지도 모르지만.

"우리는 지금 인사하러 가려고 하는데, 토야는 어떻게 할래?"

"······안 가면 안 되나요?"

"안 되진 않지만, 토야는 이미 이 세계의 관리인이니, 그 신들은 말하자면 손님이나 마찬가지잖아. 잘 파악해 두지 않으면 나중에 성가신 일이 벌어질지도 몰라."

"크으윽······."

모로하 누나의 협박에 가까운 발언을 듣고 나는 무심코 신음을 흘렸다.

잊기 쉽지만 그건 그렇다······. 일단 세계신님이 잘 타이르기는 했지만, 신들에게 상식은 통용되지 않으니까. 혹시라도 엄청난 짓을 하고 있지는 않냐고 확인해 둬야만 하는 건가.

카렌 누나와 모로하 누나는 날 지원하기 위해서라는 명목으로 지상에 내려왔으니, 이번엔 좀 도움을 받아 볼까.

"좋아요. 일이 끝나면 나도 갈 테니 기다려 줘요."

"알았어."

누나들과 얘기를 끝내고 나는 자리로 돌아갔다. 내가 먼저 서커스에 가 본다고 했다간 일이 성가셔질 듯했다. 그래서 아이들에게는 아무 말 하지 않기로 했다.

나중에 몰래 성을 빠져나가자.

신들이 있는 서커스단이라. 정말 엄청나네.

◇　◇　◇

　아이들이 침실로 물러간 뒤, 나는 누나들과 함께 서커스의 거대 텐트가 세워져 있는 남쪽 광장으로 갔다.

　밤바람에 펄럭이는 텐트는 이미 완성되어 있어, 어둠 속에서도 거대한 모습이 흐릿하게 떠올랐다.

　경비를 보는 사람들에게 신분을 밝히고 안으로 들어갔다. 원형으로 만들어진 거대 텐트 안에는 이미 무대와 관객석이 완성되어 있었고, 서커스 단원으로 보이는 사람들이 저글링이나 곡예의 연습을 하는 중이었다.

　둘러보니 자전거를 사용해 점프를 하거나 공중에서 1회전을 하는 사람도 있었다. 자전거를 저렇게까지 자유롭게 잘 타는 사람은 처음 봤다.

　"어디 보자……. 앗, 저기 있다."

　카렌 누나가 바라본 무대 아래에 몇백 킬로그램이나 되어 보이는 거대한 바위를 등에 올리고 팔굽혀펴기를 하는 근육이 울퉁불퉁한 남자가 있었다.

　켁. 엄지만으로 팔굽혀펴기를 하고 있어. 저 사람…….

　틀림없다. 강력신이다. 처음에 만났을 때와 마찬가지로 천

하나로 만든 듯한 옷을 입은 모습이었다.

"안녕, 강력신."

"음? 연애신인가?"

땀 한 방울 흘리지 않은 얼굴로 강력신이 말했다. 등의 거대한 바위를 내리고 일어선 모습을 보니, 키는 가볍게 2미터는 넘었다. 여전히 크다. 그리고 터질 듯한 근육이 자신을 과시하듯이 움찔거리며 움직였다. 좀 징그럽다.

"검의 신도 왔군. 거기 있는 신입 신도 오랜만이다."

"안녕하세요. 결혼식 이후로 처음 뵙네요."

양손을 허리에 대고 가슴을 편 듯한 자세인 강력신에게 나는 악수를 하려고 손을 내밀려다가 말았다. 꽉 쥐어서 으스러지면 곤란하니까.

"어머나. 반가운 얼굴이 있네."

"음? 연극신과 무도신이야? 반가워."

높고 가느다란 목소리가 들려 돌아보니, 묘하게 몸을 비비꼬는 남성과 무표정하게 우리를 바라보는 갈색 피부의 여성이 서 있었다.

남성은 강력신 정도는 아니지만 키가 컸고, 금발을 거꾸로 세워서 얼핏 보기엔 펑크 로커 같기도 했다.

하지만 움직임은 여성적이라, 옆의 강력신과 비교해 보면 전혀 남자다운 모습을 찾아볼 수 없었다. 결혼식에서 만났을 때랑 똑같다. 이 남자 누님이 연극신이다.

또 한 명, 갈색 피부에 가지런히 자른 검은 머리카락과 고양이 같은 녹색 눈을 지닌 여성은 무도신이었다.

튜브톱처럼 생긴 흰 가슴 가리개와 아라비아풍의 흰 바지를 입은 모습으로 살결의 노출이 조금 많은 편이다. 양팔에는 금색과 은색 링을 끼고 있었는데, 허리에서 뻗은 긴 천은 그 링의 안쪽을 지나며 고정되어 있었다.

"우리 귀여운 토야도 오랜만이야~. 잘 있었어?"

"네에. 덕분에요."

그래도 코쿠요와 비슷한 타입이라 그런지 크게 어색하지는 않았다. 말은 평범하게 할 수 있다. 갑자기 '우리 귀여운 토야'라며 아이 취급이라니 그래도 괜찮나? 싶었지만 신이라는 점에서 보면 대선배니까. 어쩔 수 없다.

"무도신님도 그동안 잘 계셨나요?"

"……응."

으윽. 이 사람은 감정을 읽기가 어렵네. 표정이 항상 무표정하다. 기분이 나빠서 이런 표정인 건 아니라고 생각하지만.

"토야. '무도신'이 아니라 여기서 이 아이는 '프리마'라 불려. 나는 '시어트로'고 강력신은 '파워'야."

프리마? 프리마 발레리나에서 따온 걸까. '주역'이라는 의미였던 것 같은데. 시어트로도 시어터에서 따온 걸까? 파워는 그냥 그대로고.

"시어트로가 마음대로 결정한 거다. 정확히는 '풀 파워'라는 모양이야.”

“네, 그런가요…….”

강력신. 아니, 파워 아저씨의 말을 듣고 나는 깊게 따지기를 포기했다. 이 사람들에게는 TV게임을 하기 전에 자기 캐릭터 이름을 정하는 정도의 감각이기도 할 테니까. ‘아아아아’ 라고 짓지 않은 것만 해도 다행이겠지.

“그런데 왜 서커스단에 들어가셨어요?”

“이 세계에서는 돈을 벌지 않으면 먹을 수도 없지 않나. 우리는 먹지 않아도 죽지 않지만 그래서는 시시하니까. 어쩌나 하고 고민을 하는데 이곳의 단장이 말을 걸더군. 이 힘을 사람들에게 보여 주며 돈을 벌 수도 있고, 여러 토지로 갈 수 있으니, 딱 좋아 보여 받아들였지.”

파워 아저씨라면 모험자를 해도 잘할 수 있지 않을까? 힘이 강한 것과 전투 기술은 또 별개인가? 단지 남들에게 근육을 과시하길 좋아하기 때문은 아닐까? 그럴지도.

“우리도 같은 이유야. 우리의 연기나 춤을 보여 주면서 다양한 곳을 돌아다닐 수 있어 즐거워. 각 지방의 맛있는 음식도 먹을 수 있고.”

시어트로 씨의 말을 듣고 동의하듯이 고개를 끄덕이는 프리마 씨.

서커스라면 물론 한 곳에 머물지 않고 다양한 곳에 가 볼 수 있기야 하지. 그런데 여러분들은 마음만 먹으면 공간 이동도

할 수 있지 않나요?

관객에게 특기를 보여 주고 싶다는 생각이 더 강한지도 모른다. 모처럼 지상에서 인간으로 살아가는 거니, 인간답게 생활하고 싶다는 생각을 해도 이상할 건 없나.

"기왕 왔으니 우리 단장을 한번 만나 보고 갈래?"

"아니요. 오늘은 사양하겠습니다. 모레에 가족과 함께 공연을 보러 오니 그전에 선배님들에게 인사를 하러 왔을 뿐이에요."

"선배님이라니. 지상에서는 네가 더 선배잖아."

시어트로 씨가 깔깔 웃었다. 지상의 인간으로서는 그렇지만, 신족이라는 입장에선 제일 신입이니까. 이럴 때는 깔끔하게 정리해 둬야 뒤끝이 없겠지.

"걱정하지 마라. 피해는 주지 않을 테니. 세계신님이 몇 번이나 충고하셨거든. 우리 탓에 다른 신들이 이 세계에 내려오지 못하게 되면 곤란하지."

"일이 그렇게 되면 신계의 신들에게 원망을 받잖아. 으으, 무서워."

신들의 휴양지 계획은 아직 정식으로 시작되지 않았다. 지금은 이른바 프리오픈 기간이다. 현재로선 문제는 없지만.

너무 휙휙 내려오면 곤란한데……. 그런데 지구의 신화를 봐도 신들이 휙휙 지상으로 내려오기도 하는 듯하니, 이게 평범한 건가?

"다른 신들도 오나?"

"오지 않을까? 토키에 할…… 시공신님은 어렵겠지만, 농경신이랑 다른 신들은 올 거야. 아, 우리 들어가게 입장권 좀 줘."

"빈틈이 없네. 그 정도야 주지 뭐."

카렌 누나가 시어트로 씨에게 모두의 입장권을 건네받았다.

큭, 미리 알았다면 우리 입장권도 달라고 했을 텐데. 지금 말을 꺼냈다간 속이 좁다는 소릴 들을까 봐 굳이 말을 꺼내지는 않았지만.

"음악신이라면 같이 출연해도 괜찮지 않아? 프리마랑 같이 합동으로 공연하면 최고니까."

"……응. 흥분돼."

음악신과 무도신의 합동 공연이라. 정말 대단할 것 같다. 일단 카렌 누나가 소스케 형한테 말은 해둘 모양이었다.

"내 무대의 음악도 같이 해 줬으면 좋겠어. 분명 분위기가 더 달아오를 거야."

"그런데 연극은 뭘 하시나요? 설마 '용사 토야' 이야기는 아니죠……?"

내가 제일 궁금했던 점을 시어트로 씨에게 물어보았다. 그것만은 제발 아니었으면 좋겠다.

"응, 아니야. '궁정 소동기'라는 연극으로, 웃음도 있고 눈물도 있는 이야기지. 어린이도 즐길 수 있도록 만들어서 반응이 좋아."

안타깝게도 그게 무슨 이야기인지는 모르지만, 다른 연극이라서 다행이라며 나는 가슴을 쓸어내렸다.

"모레 있을 무대를 많이 기대해 줘. 기합을 넣고 진행할 테니까."

"너무 무리는 하지 마세요."

진심으로 하는 소리다. 뭘 할지는 모르겠지만 너무 과격하지 않게, 절도를 지키며 공연을 해 주시길 부탁합니다.

일말의 불안을 품은 채, 우리는 서커스의 거대 텐트를 떠났다. 정말로 괜찮을까…….

관람일 당일. 아침 일찍부터 아이들이 재촉해서 우리는 서커스 텐트로 갔다.

아직 문을 열지도 않았는데 사람이 얼마나 많은지. 브륀힐드에 사람이 이렇게 많았나 하고 생각할 정도다.

일단 우리는 【미라주】가 적용되는 배지를 달아 모습을 바꾸었다. 좋든 싫든 우리는 눈에 띄니까.

우리도 규칙대로 순서를 지키며 입장권을 내고 안으로 들어갔다.

"그렇지. 다들 스마트폰의 전원은 꺼둬. 쇼가 진행되는데 울리면 다른 사람에게 피해가 가니까."

"""네~."""

에르나, 린네, 아리스, 세 아이가 힘차게 대답했고, 다른 사람들도 자신의 스마트폰의 전원을 껐다. 진동으로 해 둬도 괜찮겠지만, 진동음을 듣게 되는 사람이 있을 수도 있고, 어둑어둑한 텐트 안에서 화면의 빛이 눈에 띄면 역시 민폐가 될지도 모르니까.

텐트 안에 들어가자 모두 그 엄청난 크기에 놀랐다. 나나 누나들은 그저께 와 봤으니 놀라지는 않지만.

신족은 음악신인 소스케 형 이외에는 모두 관람하러 왔다. 아무래도 소스케 형은 공연 게스트로 참가하는 모양이었다.

"우리 자리는 저기 같네요."

린제가 입장권을 보면서 시선을 돌렸다. 무대 정중앙의 관객석, 그 상단에 특설된 장소였다. 저기가 지정석인가.

간이 난간으로 둘러싸인 그 안에는 편안해 보이는 긴 의자가 몇 개인가 있었고, 그 앞에는 테이블도 있었다. 양탄자가 깔려 있어, 신발을 벗고 올라가는 모양이었다.

이건 괜찮은걸? 여기에 직접 앉아서 볼 수도 있는 건가. 아주 편안하게 볼 수 있을 듯했다.

"아버지! 아버지! 자자, 이리 오세요!"

아시아가 얼른 자리에 앉더니 얼굴 가득 미소를 지으며 자신의 옆자리로 손짓하며 나를 불렀다.

쓴웃음을 짓는데, 나보다도 먼저 루가 그 자리를 얼른 차지해 버렸다.

"앗, 어머니?! 방해돼요!"

"토야 님. 자 제 옆자리에 앉으시죠. 제가 벽이 되어 드릴게요."

"큭?! 벽이라고 하셨죠?!"

아무래도 모녀의 싸움이 시작된 모양이지만, 다른 사람이 보면 자매 싸움으로밖에는 안 보이겠지?

문득 옆을 보니, 아리스의 옆을 둘러싸고 엔데네 가족이 가위바위보를 하고 있었다. 저기도 치열하네…….

사이가 틀어지길 원하지는 않기 때문에, 결국 나는 루와 아시아 사이에 앉게 되었다.

점차 관객이 자리를 메우기 시작하더니, 순식간에 텐트 안의 관객석은 꽉 들어찼다. 와, 대단한걸? 이렇게 인기가 많았을 줄이야.

〈여러분, 오래 기다리셨습니다! 컴플레또 극단, 브륀힐드 공연이 시작되겠습니다!〉

실크 해트를 쓴 풍채 좋은 수염 아저씨가 확성기처럼 생긴 마도구로 개막을 알리자, 객석에서 환성과 박수가 비처럼 쏟아졌다. 저 사람이 단장인가?

자, 쇼타임의 시작이다. 대체 어떤 무대가 펼쳐질까?

◇ ◇ ◇

성대한 드럼 마치와 트럼펫 소리에 맞춰 넓은 무대의 좌우에서 많은 서커스 단원이 빠르게 연속 백덤블링을 하며 등장했다.

그리고 좌우에서 온 백덤블링의 파도가 중앙에서 서로 교차했다. 저러는데도 부딪치지 않다니 대단한걸?

그리고 이어서 트램펄린 위를 점프하듯이 사람이 통통 공중으로 떠올랐다.

서커스 단원은 모두 하늘거리고 화려한 색상의 옷을 입고 있어, 무대 위는 꽃이 피어 있는 듯한 화려함을 우리에게 선사해 주었다.

"어쩌면 저렇게 일사분란하게 움직일 수 있을까요."

"분명 엄청나게 연습했을 거야."

규칙적인 움직임에서만 볼 수 있는 일종의 아름다움을 보고, 옆에 앉아 있던 루와 내가 그런 한가로운 대화를 나누는데 무대 위에 남자 두 명이 나타났다.

그리고 그중 한 사람이 손에 들고 있던 사과를 공중으로 던지며 저글링을 시작했다. 또 다른 사람은 그 사람의 어시스턴트인 듯했다.

저글링을 하는 남자가 옆의 남자에게 계속해서 추가로 사과를 받으며 사과 네 개, 다섯 개 등으로 숫자를 늘려 가더니, 최종적으로는 10개나 되는 사과를 공중으로 날리며 저글링을 했다.

그 기술을 본 관객들은 박수를 보내주었다. 하지만 저글링을 하던 남자는 거기서 그치지 않고, 곧 옆의 어시스턴트가 건네준 나이프를 손에 들고 잇달아 사과와 바꾸어 가기 시작했다.

순식간에 10개의 사과는 10개의 나이프로 뒤바뀌었다. 그렇지만 저글링은 조금 전과 마찬가지로 그치지 않고 계속되었다. 오, 굉장해.

내가 그 모습을 보고 감탄하는데, 저글링을 하는 남자의 어시스턴트가 다음으로 손도끼가 들어간 나무 상자를 가지고 오더니, 양손에 들고 관객에게 어필하기 시작했다.

어? 이번엔 저거로 바꿔서 저글링을 하려고?!

술렁이는 관객을 상관하지 않고 저글링을 하는 남자는 나이프를 공중에 띄우면서 힐끔힐끔, 타이밍을 잡듯이 어시스턴트가 내민 손도끼를 확인했다.

우리도 이야기를 멈추고 마른침을 삼키며 그 모습을 지켜보았다. 다음 순간, 재빠른 동작으로 사과가 나이프로 바뀌었듯이, 나이프가 잇달아 손도끼로 바뀌어 갔다. 무게 때문인지 숫자는 줄었지만 손도끼가 공중에서 빙글빙글 돌았다.

관객석에서 터질 듯한 박수가 쏟아졌다. 우리도 무심코 손뻑을 쳤다.

"어? 저건……."

"이럴 수가, 설마?!"

어시스턴트가 무대에 높이 30센티미터 정도 되는 작은 통나무를 세우고 옆으로 쭉 늘어놓기 시작했다. 저글링을 하는 남자 바로 앞에 옆으로 일렬로 도끼와 같은 숫자의 통나무가 늘어섰다.

저글링을 하는 남자가 제일 가장자리에 있는 통나무 앞에 서서는 타이밍을 재기 시작했다. 뒤에서 흐르는 드럼롤이 관객들의 긴장감을 자극했다.

탁! 통나무에 도끼 하나를 꽂자마자, 남자는 곧장 옆으로 이동해 연속으로 손도끼를 던져 통나무에 꽂았다.

이윽고 마지막 손도끼가 통나무에 꽂히자, 임무를 완수한 저글링 남자는 과시하듯이 양손을 펼쳐 보였다. 그러자 다시 관객석에서 박수가 비처럼 쏟아졌다.

"와, 두근거렸어."

"네. 혹시 실패하는 게 아닌가 했어요."

루와 박수를 보내며 그런 감상을 나누는데, 저글링 남자가 무대 옆으로 사라지면서 동시에 자전거에 올라탄 밝아 보이는 남자가 나타났다.

무대를 빙글빙글 돌던 그 남자는 관객들에게 한 손을 들어 흔들더니, 곧장 나머지 한 손도 핸들에서 떼고 자전거를 타면서 관객에게 양손을 흔들었다.

오오. 나도 예전에는 저렇게 타기도 했었지. 그런 생각을 하는데 남자가 안장 위에 서서 한 발로 핸들을 조작하기 시작했다. 저렇게는 탄 적 없다. 저걸 어떻게 해?

무대의 양 사이드에서 잇달아 자전거를 탄 사람 세 명이 나타났다. 자전거를 탄 총 네 명이 무대 위를 달리면서 계속해서 서로 교차했다. 정말 저렇게 타는데도 어떻게 부딪치지 않을 수 있는 걸까.

무대 어시스턴트가 점프대로 보이는 물건을 가지고 나왔다. 뛰는 건가?

자전거 한 대가 점프대를 향해 달렸다. 기세 좋게 공중으로 뛰쳐나간 자전거는 공중을 빙글 1회전 하고 멋지게 착지했다. 이어서 다른 세 대도 멋지게 회전과 착지를 성공시키자 관객석에서 큰 박수가 울려 퍼졌다.

내가 이 세계에 들여온 자전거를 이미 이곳 사람들은 자신의 손발처럼 다루었다. 저 자전거도 평범한 자전거가 아니라 독자적으로 개량한 듯했다. 서스펜션 같은 장치가 몇 개나 보인다. 착지할 때의 충격을 흡수하기 위해 달아 놓은 듯하다.

자전거를 탄 네 사람이 또 무대를 빙글빙글 돌기 시작하자, 이번에는 무대 옆에서 긴 로프를 든 2인조가 나타났다.

끝과 끝을 붙잡은 남자 두 명은 로프를 빙글빙글 돌리기 시작했다. 아하, 그런 거였구나. 줄넘기였어.

"뭘 하려는 걸까요……?"

"보면 알 거야."

신기하게 돌아가는 로프를 보고 있는 아시아에게 나는 그렇게 대답했다.

이윽고 로프를 들고 있던 남자가 뭔가 주문을 외우자, 돌리고 있던 로프에 금세 불이 붙었다. 어? 내가 생각하던 거랑 좀 달라…….

불에 타는 로프 안으로 자전거를 탄 사람들이 뛰어들더니, 작게 점프를 하면서 줄넘기를 하기 시작했다. 응. 불까지 붙일 줄은 몰랐지만 내가 생각하던 곡예야.

그보다도 로프가 불에 타고 있는데 그걸 어떻게 쥐고 있는 거지? 주의해서 보니 아무래도 두꺼운 장갑을 끼고 있는 모양이었다. 안 타는 장갑인가? 로프도 평범한 로프는 아니겠지?

자전거를 탄 네 사람이 모두 불타는 로프 안으로 들어가 호흡을 맞춰 리드미컬하게 옆으로 점프하는 모습을 선보였다. 수십 번의 줄넘기를 끝내더니 휙휙휙 연속으로 자전거가 줄넘기에서 탈출했다.

그러고는 아크로바틱한 움직임을 선보이면서 자전거 부대는 무대 밖으로 떠나갔다.

〈자, 여러분! 다음은 괴력 무쌍의 호걸, 풀 파워가 경이적인 힘자랑을 선보이겠습니다!〉

실크 해트를 쓴 단장이 확성기를 들고 그렇게 소개하자, 무대 중앙에 있던 막이 열리며 온몸의 근육을 강조하는 자세를 잡은 강력신이 나타났다. 나왔구나, 힘의 신.

양 사이드에는 토끼 귀를 단 어시스턴트로 보이는 여성이 서 있었다. ……아니, 저 사람들은 토끼 수인인가? 그보다 여성의 의상이 딱 봐도 바니걸인데요. 하이레그 그물 타이즈가 아니라, 스커트 타입이긴 했지만.

그러고 보니 '패션 킹 자낙'의 자낙 씨한테 보여 준 지구의 패션 사진에 바니걸이 있었던 듯한데……. 만들었구나…….

"흡!"

파워 아저씨는 몸을 웅크리더니 양 사이드의 여성을 손에 올리고는 가볍게 자리에서 일어섰다.

관객석이 술렁였다. 팔이 아니다. 손바닥 위에 여성을 올렸다. 여성 한 명을 한 손으로 들어 올리는 그 힘도 물론 뛰어나지만, 균형을 무너뜨리지 않고 계속 미소를 짓는 토끼 여성도 상당한 기술이 필요할 듯했다.

"흡!"

거기서 만족하지 않고 파워 아저씨는 양손을 머리의 바로 위로 이동시켰다. 파워 아저씨가 머리 위로 들어 올린 양손 위에서 토끼 여성이 미소를 지으며 관객에게 자신들의 곡예를 과시했다.

"굉장해!"

"힘이 장사야!"

린네와 프레이가 그 광경을 흥분하며 구경했다. 저 정도라면 너희도 가능할 듯하지만⋯⋯. 아, 손이 작아서 힘든가?

【파워라이즈】나【부스트】를 사용하면 이 아빠도 못 하진 않아. ⋯⋯잠깐. 왜 경쟁하려 드는 거야, 난⋯⋯.

무대 아래에 내려선 토끼 여성이 무대 옆으로 사라지더니 두 사람이 같이 커다란 방패를 들고 나왔다. 튼튼해 보이는 금속제의 커다란 카이트 실드다.

파워 아저씨가 토끼 여성에게 그 카이트 실드를 건네받았다.

"읍!"

쿠직! 하는 소리와 함께 파워 아저씨는 아주 간단히 카이트 실드를 반으로 접어 버렸다.

"흐읍!"

파워 아저씨는 반으로 접은 카이트 실드를 또 반으로 접어 이중으로 접어 버렸다.

파워 아저씨의 파워(번잡해)에, 관객들이 들썩였다. 4분의 1이 된 방패를 들어 올려 파워 아저씨는 관객의 반응에 화답했다.

관객에게 자세를 잡으며 근육을 선보이는 파워 아저씨 등 뒤로, 이번엔 몇십 명이나 되는 단원들이 대형 마차의 짐칸을 드르르륵 끌면서 가지고 왔다.

짐칸뿐이다. 말은 없다. 무리를 하면 몇십 명이나 탈 수 있는 대형 트럭 사이즈의 짐칸이다.

짐칸을 끌고 온 단원들이 잇달아 그 짐칸 안으로 올라탔다. 얼핏 봐도 그 수는 대략 20명은 넘어 보였다.

"뭐야? 설마."

관객석 어디선가 그런 목소리가 들려왔다. 나도 순간 '설마' 하고 생각했지만 곧장 '그래도 가능하겠지' 하고 사실을 받아들였다.

우리의 기대대로 파워 아저씨는 20명 이상이 타고 있는 마차의 짐칸을 붙잡았다.

"흐으읍!"

번쩍! 양손으로 그걸 들어 올린 아저씨는 짐칸 아래를 다시 고쳐 잡았다. 짐칸 아래로 들어간 파워 아저씨는 어깨, 머리, 양팔로 짐칸의 모든 무게를 지탱하고 있는 상황이었다.

잠시 조용한 가운데 드럼롤이 울려 퍼졌다. 탕! 그런 소리에 맞춰 파워 아저씨가 마치 역도 선수가 역기를 들어 올리듯이, 단원이 타고 있는 짐칸을 높다랗게 머리 위로 들어 올렸다.

"굉장해!"

"말도 안 돼!"

"어떻게 저런 힘이?!"

놀라워하는 목소리와 함께 벼락같은 박수가 울려 퍼졌다. 우리 아이들도 즐거워하며 무대에 박수를 보냈다.

한 사람의 평균 몸무게가 50킬로그램이라고 하더라도 20명이면 약 1톤. 1톤의 역기를 드는 사람은 본 적이 없다.

게다가 아직도 여유가 있어 보인다. 분명 이 이상도 들어 올릴 수 있지 않을까 한다. 하지만 어디까지나 서커스쇼의 범위 내에서 알맞게 진행하기 위해 힘을 아끼는 듯이 보였다.

　"아빠. 저 사람 대단해!"

　"우우. 내가 【파워라이즈】를 써도 될지 안 될지 알 수 없어."

　내 앞에 앉은 린네가 나를 돌아보며 들뜬 목소리로 말하자, 그 옆에 있던 프레이가 감탄했다는 듯이 그렇게 말했다.

　【파워라이즈】는 【부스트】와 마찬가지로 자신의 근력을 올려주는 신체 강화 마법이니까. 어린아이의 근력이 강화되어도 저렇게까지 힘을 줄 수는 없다. 린네의 【그라비티】라면 짐칸의 무게를 가볍게 해서 비슷한 곡예를 펼칠 수도 있을 듯하지만.

　"흡!"

　짐칸을 내린 파워 아저씨가 근육을 강조하는 자세를 잡으며 관객들의 시선을 끌었다. 이제 그건 알았으니 안 해도 돼요.

　""흡!"""

　그 모습을 보고 프레이, 요시노, 린네, 세 사람이 아저씨와 똑같은 자세를 잡았다. 흉내 내면 안 돼. 몸이 울퉁불퉁해질걸?

　"오?"

　무대에 갑자기 드럼 소리가 울려 퍼지더니, 단원들과 텅 빈 짐칸을 짊어진 파워 아저씨가 무대 옆으로 사라졌다.

　리듬을 새기는 경쾌한 드럼 소리의 뒤를 잇듯이 트롬본과 트럼펫 등의 금관 악기가 음악을 더욱 풍성하게 해 주었다. 어? 이 곡은…….

무대 중앙의 막이 오르자, 악단이 우리의 눈앞에 나타났다. 열심히 드럼을 두드리는 사람은 다름 아닌 음악신 소스케 형이었다.

이윽고 인트로가 끝나고 색소폰이 댄스에 어울릴 법한 멜로디를 연주하기 시작했다. 스윙재즈의 대표적인 이 곡은 할아버지가 아주 좋아하는 곡 중 하나였다.

여고생이 빅밴드를 결성해 재즈를 연주하는 일본의 영화에도 사용되었다. 'King of the Swing'의 이명을 지닌 재즈 뮤직의 대표곡.

곡에 맞춰 무대 좌우에서 다시 서커스 단원들이 백덤블링을 하면서 출현했다.

모두가 여성으로, 아라비아풍……. 여기 세계로 말하자면 미스미드의 민족의상 같은 차림이었다.

상반신은 일자 가슴 가리개뿐. 하반신은 펑퍼짐한 하렘팬츠였지만, 시스루라 다리가 비쳐 보였다.

무대에 늘어선 여성 단원들 중앙에는 무대신인 프리마 씨가 있었다.

댄서 누님들이 음악에 맞춰 춤을 추기 시작하자, 그 요염한 댄스를 보고 관객석(특히 남성들)이 환성을 질렀다. 나? 아내들에게 둘러싸인 이런 상황에 그럴 수 있을 리가 없잖아요?

때로는 경쾌하고, 때로는 부드럽고, 때로는 격렬하기도 한 화려하고 매혹적인 댄스가 관객들의 눈길을 사로잡고는 놓아주지 않았다.

역시 무대의 여신. 어제는 그다지 감정을 드러내지 않는 사람처럼 보였는데, 무대에 서자 매우 풍부한 표정을 지으며 춤을 추었다.

그 주변을 수놓는 댄서 여성들도 실력이 상당한 듯했다. 프리마 씨에 맞춰서 춤을 추기도 하고, 프리마 씨를 돋보이게 춤을 추기도 하는 등, 자유롭게 변화하는 춤을 추었다.

어느새 관객들은 손뼉을 치기 시작했고, 텐트 안은 열광의 도가니에 빠졌다.

음악신과 무대신의 합동 공연은 그걸 보고 들은 사람들을 완벽하게 매료했다.

우리도 예외가 아니었다. 아이들을 비롯해 엔데와 네이에 이르기까지 손뼉을 치며 리듬을 탔다. 신의 힘은 정말 무시무시하다.

강렬한 신들의 무대가 끝나자 관객들은 모두 일어서 힘찬 박수를 보냈다. 우는 사람도 있었다. 무리도 아니다. 이 정도의 무대는 좀처럼 볼 수 없으니까.

"굉장해. 정말로. 나도 저기서 노래하고 싶어!"

"나도! 어머니, 나도!"

사쿠라와 요시노 모녀가 제일 흥분한 듯했다. 달래는 것만

해도 한 고생이었다.

무대에선 새로운 커다란 도구가 등장하는 등, 다음 공연을 위한 준비가 시작되었다. 준비하는 동안의 시간을 벌려는 건지 소스케 형이 피아노를 연주했다. 잠깐, 저 피아노는 성에 있는 피아노 아냐……?

백밴드도 같이 연주하는 이 곡은 지구 애니메이션의 주제가였다. 3대째 대도둑이 주인공인 그 애니메이션. 재즈처럼 편곡됐지만 왜 이런 선택을 했지……?

곡이 연주되는 동안 무대 가장자리에 놓여 있던 동심원이 그려진 나무통 표적과 커다란 판자를 단원들이 무대에 늘어놓았다. 다음은 나이프 던지기인가?

그렇게 생각했는데 도끼 던지기였다. 이 서커스단은 도끼에 뭔가 특별한 인연이라도 있나?

〈여러분, 오전 공연 즐겁게 보셨는지요. 잠시 휴식을 가진 뒤, 오후 공연을 시작하겠습니다. 잠시 기다려 주십시오.〉

단장의 안내가 끝나자 관객석을 떠나는 사람도 꽤 많았다. 지정석이 아니라 자유석은, 오전 공연만, 또는 오후 공연만

볼 수 있는 값싼 입장권도 있다고 하니 그런 입장권을 산 관객인 모양이다. 그 외엔 화장실에 가거나 식사를 하려고 나가는 관객일까.

우리도 마침 좋은 시간이니 식사를 하기로 했다. 커다란 테이블에 루가 척척 찬합을 쌓아 올렸다. 많아!

"자자, 사양하지 마시고 많이 드세요! 음료도 준비해 뒀답니다!"

"덜어 먹는 접시는 여기에 있으니 각자 덜어서 드시면 돼요!"

루와 아시아가 찬합의 뚜껑을 열자 주변에서 와아, 하는 환성이 들렸다. 색채가 화려한 음식 재료를 사용한, 아주 맛있어 보이는 요리가 가득했다. 여러 나라의 요리가 몇 개씩이나 찬합에 담겨 있었다.

"맛있겠다! 잘 먹겠습니……!"

찬합에 담겨 있는 주먹밥을 향해 뻗은 린네의 손을 린제가 꽉 붙잡았다.

"안 돼, 린네. 먹기 전엔 손부터 씻어야지. 그렇지?"

"아, 맞아……."

린제가 공중에 물구슬을 만들어 내자 린네와 다른 아이들이 그곳에 손을 넣고 씻기 시작했다. 우리도 【스토리지】에서 뜨거운 물수건을 꺼내 손을 닦았다.

"그럼, 잘 먹겠습니다."

〈잘 먹겠습니다!〉

일제히 손을 뻗어 찬합에서 음식을 덜자, 요리가 순식간에 사라져 갔다. 정말 눈 깜빡하는 사이에 몇 개나 되는 찬합이 텅 비었다. 우리 식구랑 엔데네 가족, 거기에 하느님들까지 있으니 당연한 결과지만.

 텅 빈 찬합은 치우고, 루가 다시 반지의【스토리지】에서 안이 가득 찬 새 찬합을 꺼냈다. 대체 몇 개나 만든 건지.

 "응. 맛이 잘 스며들어 맛있어."

 "냐하하. 술안주로 최고야 최고!"

 카렌 누나와 스이카도 기분 좋게 루와 아시아가 만든 찬합의 요리를 먹었다. 여기서 술을 마셔도 되나……?

 스이카가 들고 있는 이셴의 소주를 보고 문득 생각한 건데, 주변 지정석의 손님도 와인을 들고 담소를 나누고 있으니 역시 술을 마셔도 괜찮은 모양이었다.

 "생각보다 굉장했어요. 제가 벨파스트 성에서 본 서커스와는 비교도 안 돼요."

 유미나가 그렇게 말을 걸었지만, 이 서커스단이 이상한 것일 뿐, 예전에 본 서커스는 이 세계에서는 극히 일반적인 서커스였을 것이다.

 "짐칸을 들어 올린 그거, 굉장했어!"

 "나는 환영(幻影) 마법이 예뻐서 좋았어."

 "맞아. 그 마법 예뻤지? 나도 좋아해."

 린네와 에르나, 아리스, 세 사람이 유부초밥을 손에 들고 서로 오전 공연의 감상을 나누었다. 이 아빠도 쓸 줄 알아. 환영 마법.

분명 무대뿐만 아니라 관객석에까지 닿는 수중 영상 마법은 정말 훌륭했다. 마치 수족관에 있는 기분이었으니까.

그건 개인의 무속성 마법인 걸까? 아니면 마도구? 박사라면 가지고 있을 가능성도 있을 듯하지만.

"오후에는 어떤 공연을 하는지 알고 싶구먼."

"처음 한 시간 정도 무대 연극을 하는 모양이야. '궁정 소동기'래."

스우의 질문을 듣고 린이 입구에서 건네받은 팸플릿을 보고 대답해 주었다. 오후는 연극부터 하는구나.

그런데 연극신…… 시어트로 씨는 연출 담당일까? 연출, 감독을 하고 있는 듯한데, 설마 공주님 역할은 아니겠지……?

아무래도 남자가 공주님 역할을 하진 않으리라 생각하지만, 코미디라면 가능한가……?

그 광경을 조금 상상해 봤지만, 바로 그만뒀다. 설마, 그건 안 되지. 그런 걸 어린이한테 보여줬다간 트라우마에 시달린다.

"연극, 기대된다."

"직접 연극을 보다니 정말 오랜만이에요."

에르나와 아시아가 미소를 지으며 그런 대화를 나눴다. 미래의 연극은 내가 거의 보여 주지 않았다고 하니까. 그만큼 즐겁게 봤으면 좋겠다.

신이 직접 참여한 무대 연극이다. 틀림없이 재미가…… 있겠지?

하지만 연극은 받아들이는 사람의 감성에 달린 거니까. 너무 어른 취향이거나, 사회 풍자를 많이 넣으면 아이들은 잘 이해하기 힘들다.

시어트로 씨는 아이들도 즐겁게 볼 수 있다고 말했으니 괜찮겠지만.

"린제. '궁정 소동기'는 어떤 스토리야?"

슬쩍 린제에게 물어보았다. 몇 번인가 공연했다고 하니 꽤 유명한 이야기일 거라고 생각하는데.

"분명히…… 마을 밖으로 나온 여자아이가 어떤 일을 계기로 궁정의 메이드로 일하게 되는데, 궁정 안에서 여러 사람들에게 휘둘리면서도 긍정적으로 살아가는 그런 이야기였을 거예요. 책으로 읽지는 않았으니 자세하게는 모르지만요."

그렇구나. 신데렐라처럼 왕자님이 첫눈에 반하는 그런 이야기도 나올까? 그렇다면 꿈이 있어 즐거운 이야기일 듯한데.

"기대되는군요!"

"기대돼!"

야에와 프레이가 양손에 주먹밥을 들고 우물우물 먹으면서 그렇게 말했다. 그 먹성은 어디 안 가는구나……. 프레이의 엄마인 힐다도 약간 질린다는 표정을 지었다.

문득 옆을 보니, 엔데네 가족인 메르, 리세, 네이, 세 사람도 역시나 열심히 음식을 먹는 중이었다.

빈 찬합은 회수되었지만, 타악! 하고 또 루가 직접 만든 새로운 찬합이 테이블에 놓였다. 이미 이런 일도 다 예상한 망설임 없는 대처다.

뭐 어때. 지금은 요리를 맛있게 먹자.

나는 접시에 덜어 놓았던 닭튀김을 한 입 베어 물었다.

〈아니?! 그 편지를 잃어버렸다는 말인가?!〉

〈죄송합니다! 성안의 누군가가 가지고 갔다고 생각합니다만…….〉

국왕 폐하가 새파래진 얼굴로 재상을 다그쳤다. 그럴 수밖에 없다. 재상이 잃어버렸다는 편지는 나라 최고라 일컬어지는 가희(歌姬)에게 국왕 폐하가 적어 보낸 연애편지였기 때문이다.

그 편지를 몰래 가희에게 전해 주기 위해 편지를 건네받았던 재상이 깜빡하고 편지를 응접실에 놓아두고 말았다. 다급히 돌아가 봤지만 편지는 흔적도 없이 사라지고 없었다.

〈만약 그 편지가 왕비님의 손에 들어간다면…….〉

〈무, 무서운 소리 말 거라! 짐은 아직 죽고 싶지 않아! 어, 어떻게든 그 편지를 발견해야 한다……!〉

국왕이 안절부절못하며 재상과 함께 방 밖으로 나갔다. 도중에 다급히 나가다 의자에 다리를 부딪쳐 아프다는 듯이 한 발로 껑충껑충 뛰면서. 엎어지고 뒹굴며 도망치는 그 모습을 보고 관객들이 웃음을 터뜨렸다.

"저렇게 무서워할 거면 바람을 안 피우면 그만인데."

"왜 그런 짓을 하는 걸까?"

등 뒤에서 쿤과 프레이의 목소리가 들렸다. 아무런 잘못은 안 했는데 왜 이렇게 내가 흠칫하는 걸까. 같은 국왕이라서 그런가.

그보다 아이들한테 이런 연극을 보여줘도 되나?

오후부터 시작된 연극 '궁정 소동기' 는 어떤 일을 계기로 왕궁의 메이드로 일하게 된 평민 여자아이가 주인공인 이야기였다.

조금 전 그 편지를 메이드가 된 여자아이가 줍게 되어 벌어지는 왕궁 사람들의 각종 희극을 그린 이야기다.

가희에게 푹 빠진 국왕, 남의 연애에 참견하길 좋아하는 왕비. 돈에 눈이 먼 재상에, 분위기 파악을 하지 못하는 검술 바보인 기사단장. 덜렁거리는 요리사에, 허영덩어리 메이드장(長) 등, 캐릭터 모두 개성이 있고, 한 사람의 행동이 다른 사람에게 크게 영향을 끼치게 이야기가 짜여 있었다.

　그런데 이 나라…… 이런 사람들만 있는데 정말 괜찮나?

　내 불안이야 어쨌든, 무대 위에서는 주인공이 가지고 있던 편지를 고생고생해서 뒤바꿔 놓은 국왕이 바보처럼 크게 웃고 있었다.

　〈해냈다! 드디어 되찾았다! 이것으로…… 아, 아니. 이게 뭔가?! 주점의 청구서가 아닌가?!〉

　〈어디선가 뒤바뀐 모양입니다.〉

　〈크으으!〉

　재상의 말을 듣고 국왕이 분하다는 듯이 신음을 흘렸다. 조금 전에 주인공과 부딪힌 덜렁대는 요리사가 자신의 편지(청구서)인 줄 알고 잘못 가져가서 이렇게 되고 말았다.

　이런 패턴으로 왕의 편지가 여기로 갔다가 저기로 갔다가 할 때마다, 왕궁 사람들은 우왕좌왕하게 된다. 그 필사적인 모습이 매번 관객들의 웃음을 유발했다.

　"정말 이건 소동기네."

　"등장인물 모두가 진지한데, 밖에서 보면 희극이에요."

　필사적으로 열심히 편지를 뒤쫓는 배우들의 모습을 보고 루가 그렇게 중얼거렸다.

　〈인생은 가까이서 보면 비극이지만, 멀리서 보면 희극이다〉. 이 말은 희극왕 찰리 채플린이 한 말인데, 정말 그 말대로다.

　"앗, 왕자님이다!"

요시노의 말을 듣고 무대로 눈길을 돌리니, 넘어진 주인공 여자아이에게 손을 내미는 금발의 반짝거리는 미형 청년이 보였다. 오호, 정말 왕자님이다.

〈괜찮아? 설 수 있겠어?〉

〈네! 설 수 있습니다!〉

손을 잡고 여자아이를 일으켜 세워 주는 그 모습은 한치의 틈도 없는 그야말로 왕자님의 모습이었다.

나도 입장상 여러 왕자님을 봐왔지만, 저토록 전형적인 왕자님은 없지 않을까 한다. 주변 관객(주로 여성)도 황홀한 듯 뜨거운 시선을 보냈다. 물론 우리 여성들은 별개지만. 파티 등에 참가하며 많이 봐서 익숙하기도 하고.

그런데 저 왕자님, 어디서 본 듯한……?

"앗!!"

"왜 그러세요, 아버지?"

"아니. 아무것도 아니야. 미안해."

깜짝 놀란 아시아에게 사과했다. 이 기시감의 정체가 뭔지 알아냈다.

저 왕자님은 시어트로 씨였어! 믿을 수 없다. 역시 연극신이라고 해야 하나. 멋진 변신이야.

그 나긋나긋하고 가짜 펑크 로커 같았던 모습을 봐서는 상상도 할 수 없는 변신이다.

연극이니 연기를 하는 거겠지만……. 정말 딴 사람 같

아……. 저런 사람을 카멜레온 같은 배우라고 하는 걸까.

시어트로 씨의 배역은 이상적인 왕자님이었다. 누구에게나 다정하고, 무예가 뛰어나며, 사람들에게 신뢰받는 왕자님.

"우리 왕자님과는 많이 다르네."

요시노가 조용하게 중얼거렸다. 응? 우리 왕자님?

"우리 동생은 야무진 성격이 아니라 어쩔 수 없어."

"그 아이는 너무 느긋해서 탈이야. 훈련도 별로 하기 싫어하고."

요시노가 중얼거린 소리에 쿤과 프레이가 반응했다. 잠깐만 그 왕자는, 우리……. 다시 말해 내 아들 말이야?

"아리스에겐 왕자님이겠지만……."

"응? 왕자님 맞는데?! 다정하고, 멋지잖아."

에르나의 말을 듣고 아리스가 반박했다. 아리스는 분명 우리 아들을 좋아한다고 했었지?

그런 아리스의 뒤에서 엔데가 나를 노려보았다. 나하곤 상관없지.

"어서 쿠온도 여기에 오면 좋을 텐데~."

"그 아이니까, 무사태평하게 도중에 알게 된 어른들에게 둘러싸여 온갖 대접을 받고 있을 것 같아요."

"쿠온?!"

린네와 아시아의 말을 듣고 내가 깜짝 놀라 크게 소리를 내고 말았다.

린네가 돌아보더니 앗?! 하고 입을 막았다. 하지만 린네가 실수로 말해 버린 그 이름을 나는 들어본 적이 있다. 아주 익숙하고 친숙한 이름.

린네의 옆자리에 앉은 린제가 놀라고 있는 나에게 말을 걸었다.

"왜 그러세요, 토야 씨?"

"아, 아니. 그…… '쿠온'이라는 이름……. 우리 할아버지 이름이야."

"네?!"

내 고백을 듣고 모두 놀랐지만, 나도 지금은 놀라고 있었다. ……아, 나는 아들에게 할아버지의 이름을 붙여줬구나.

모치즈키 쿠온.

정말 마음에 확 와 닿는다. 실제 존재한 할아버지의 이름이니 당연한가.

걱정이 있다면 할아버지처럼 파격적인 성격이 되지 않을까 하는 점인데. '이름은 사람을 나타낸다'고들 하니까…….

여기서는 쿠온 브륀힐드라고 소개하게 될까? 외교적으로는 그게 더 알기 쉽긴 하다.

"자자, 얘들아. 연극을 잘 안 보면 이야기를 못 따라가게 되잖아. 쓸데없는 얘기는 그만하자."

"네~."

아이들에게 쿠온에 관해 물어보려고 했는데, 카렌 누나가 그러지 못하게 미리 차단했다. 이 누님이 진짜.

일곱째인 린네보다도 어리다면, 여덟째나 아홉째……. 다섯 살이나 여섯 살인가.

남자아이기긴 하지만 괜찮을까……? 금색, 은색 랭크 모험자 정도로 강하다곤 하지만 걱정이다.

나는 이름이 밝혀진 아들의 행방이 걱정되어, 무대 위의 연극에 좀처럼 집중할 수가 없었다.

엘프라우 왕국의 동쪽에 있는 왕도 슬라니엔. 그곳에서 꽤 멀리 떨어진 곳에 체레츠니라는 마을이 있었다.

그다지 크지도 않지만 그렇다고 작지도 않은 마을이다. 대도시와 대도시 사이에서 번영한 중계점 같은 마을이었다.

마을을 빙글 둘러싼 벽 밖은 눈으로 뒤덮여 있는데, 마을 안은 놀라울 정도로 눈이 없었다. 이건 마을 전체가 따뜻함을 유지하는 결계의 보호를 받고 있었기 때문이다.

엘프라우에 존재하는 마을에는 대부분 이러한 결계가 쳐져 있어 마을 안은 생각보다 춥지 않다. 하지만 그래도 여전히 춥긴 춥기 때문에 주민들은 모두 겨울 복장을 하고 있는데, 5~6

살 정도 되는 그 소년은 마치 봄에 들판에 놀러 나온 듯한 차림이었다.

옷의 만듦새 자체는 좋았다. 어딜 어떻게 봐도 좋은 집안의 도련님이었다. 하지만 결코 눈이 내리는 마을을 돌아다닐 만한 차림은 아니었다.

주변 주민들도 말은 걸지 않았지만, 누가 봐도 기이하게 생각하는 눈빛이었다.

"이봐, 아가야. 안 춥냐?"

"추워요."

그 모습을 그냥 지켜볼 수 없었는지 무심코 말을 건 노점의 점주에게 소년은 곧장 그렇게 대답했다.

"왜 그런 차림으로 돌아다녀?"

"피치 못할 사정이 있어서요. 그렇지. 이 근처에 옷을 파는 곳은 없나요?"

"옷? 이 거리를 조금만 더 가면 옷을 파는 곳이 있긴 있다만."

"그런가요? 정말 감사합니다."

꾸벅 고개를 숙이고 소년은 또 걷기 시작했다. 예의 바른 그 모습을 보고 노점의 점주는 역시 귀족의 도련님인가 하고 중얼거렸다.

길을 똑바로 걸으니 이윽고 갑옷이 그려진 간판이 보였다. 점주가 말한 가게는 저곳인 듯했다. 옷 가게라기보다는 방어구점에 더 가까운 것 같았지만.

딸랑딸랑하고 도어벨을 울리며 안으로 들어가 보니, 역시 방어구점인듯 다양한 갑옷과 투구, 갑옷 토시 등이 가득 진열되어 있었다.

그중에는 두꺼운 코트나 망토, 따뜻해 보이는 부츠도 있었다.

안에는 몇 명인가 손님이 있었지만 카운터는 비어 있어, 소년은 이곳의 점주로 보이는 사람에게 말을 걸었다.

"실례합니다."

"오, 어서 와라. 아주 시원해 보이는 차림이구나, 아가야."

역시 노점의 점주가 한 말과 똑같은 말을 듣는 소년. 그만큼 소년이 몸에 걸친 옷은 이 지역에 어울리지 않았다.

"실은 방한복을 사고 싶은데, 제가 돈이 없어서요."

"돈이 없으면 판매를 못 하지. 우리도 장사하는 입장이거든."

"네. 알고 있습니다. 그래서 이걸 팔고 싶은데요."

소년이 입고 있는 옷의 소매에 달린 커프링크스를 떼어 점주에게 내밀었다. 점주는 수상쩍은 듯이 그걸 집어 들더니 갑자기 눈을 휘둥그렇게 떴다.

"아가야, 이건……! 설마 오레이칼코스냐?!"

"네. 그 정도 크기라도 하나면 금화 30닢은 넘을 텐데요."

괜히 방어구점을 운영하는 게 아닌지, 점주는 곧장 그 커프링크스의 가치를 알아보았다.

전설의 금속 오레이칼코스. 좀처럼 거래되지 않아 대부분은 나라에서나 취급하는 물건이다. 점주는 순간 가짜가 아닐까 생각했지만, 젊은 시절에 딱 한 번 봤던 오레이칼코스의 특징과 완벽히 같다는 사실을 깨달았다. 출처야 어쨌든 틀림없는 진짜였다.

소년은 금화 30닢이라고 했지만, 점주는 그 두 배 이상의 가치가 있다고 판단했다. 이 오레이칼코스로 코팅한 방어구를 만들면 어마어마하게 큰 가치를 지니게 된다.

"이것 참……. 입이 안 다물어지는군. 우리 가게의 방한복과 이 물건은 가치의 차이가 너무 커. 하지만 이건 꼭 사고 싶구나. 가게의 금고에서 돈을 가지고 올 테니 잠깐 기다려 줄 수 있을까?"

"네. 그리고 방한복 이외에 다른 물건도 몇 개인가 사겠습니다."

"알겠다. 그럼 살 옷을 골라 둬라. 안쪽에 있는 옷은 마법도 부여되어 있다."

그렇게 말하고 점주는 방 안으로 들어갔다.

소년은 점주의 말대로 방한복 코너로 이동했다.

대부분이 어른용이었지만, 어린이용 사이즈도 몇 가지 정도는 있었다. 아이를 데리고 여행하는 모험자도 적지 않다. 그런 아이들을 위해 마련해 둔 옷인 듯했다.

소년은 옷이 많지 않아 마음에 딱 드는 옷이 없다는 게 곤란한 점이라 생각했다.

"그래도 굳이 고른다면 이거일까. 내한내열 마법이 부여되어 있는 듯하니까. 그런데 아버지 코트랑 겹치네."

으~음. 소년은 조금 고민했다. 고민한 결과 같은 코트라도 색은 검은색을 고르기로 했다.

"아리스라면 칭찬해 줄 것 같지만, 누나들은 센스가 없다고 말할 것 같아요."

소년은 소꿉친구인 소녀와 여자 형제들을 떠올리며 작게 웃었다.

소꿉친구와 여자 형제들도 이미 이 시대에 도착했을까? 자신처럼 스마트폰을 떨어뜨리지 않았다면 이 시대의 가족과 금방 연락했을 텐데.

"그런데 여기서 브륀힐드까지는 어떻게 가면 좋을까……?"

이 시대에는 아직 엘프라우, 브륀힐드 사이에 마도 열차가 연결되어 있지 않았을 테니까. 평범하게 생각한다면 마차를 타고 가거나 걸어가야 한다.

여기까지 데리고 와 준 스노라 울프는 사람들이 보면 소동이 벌어지니 중간에 보내줬다. 다행히 엘프라우는 레굴루스를 통해 길이 이어져 있으니 한 달이면 간신히 갈 수 있을지도 모른다.

"……급하게 생각하지 말고 천천히 가자."

소년은 무사태평하게도 그런 결정을 했다. 서둘러 봐야 소용없다. 첫째 누나랑 넷째 누나처럼 전이 마법을 쓸 수는 없다. 이것만큼은 어쩔 수 없는 일이다. 응……. 그렇게 자신을 설득하면서 혼자 고개를 끄덕였다.

"겉옷은 이거면 되겠지만, 엘프라우를 나가기 전까진 장갑이랑 부츠도 필요하겠어."

별로 질이 좋진 않았지만, 두 가지 모두 추위를 견디기에는 충분한 물건을 팔고 있었다. 따뜻하게 해 주는 【워밍】 마법을 사용할 줄 안다면 불필요하지만, 안타깝게도 소년은 불 속성의 적성을 보유하지 않았다.

남매는 모두 무속성 마법을 쓸 수 있었지만, 여섯 속성 마법에 적성을 지닌 사람은 네 명뿐이었다.

스마트폰을 떨어뜨려 【스토리지】도 사용할 수 없었다. 짐을 넣는 배낭도 필요할 듯했다. '스토리지 카드'를 팔고 있다면 좋겠지만, 이 시대의 동방 대륙에는 아직 보급되지 않았다고 알고 있다.

떨어뜨린 스마트폰은 잠겨 있으니 자신 이외에는 기동시킬 수 없지만, 【스토리지】 안에는 중요한 물건이 들어 있다. 소년은 브륀힐드에 도착하면 바로 아버지에게 찾아 달라고 하기로 했다.

장갑, 부츠 그리고 배낭까지 계속 물건을 고르자, 이윽고 점주가 가게 안으로 돌아왔다.

"다 골랐냐?"

"네. 이것들을 사 가겠습니다."

커프링크스를 판 돈에서 방한복과 그 외의 요금을 제외하고도, 소년은 많은 여비를 손에 넣을 수 있었다. 그 돈을 같이 산 지갑 안에 넣어 두었다. 말이 지갑이지 말가죽을 무두질한 자루에 끈을 단 간단한 물건이긴 하지만.

그걸 허리에 묶고, 바로 구매한 물건으로 옷을 갈아입은 다음 밖으로 나갔다.

"응. 안 추워. 이제 간신히 여행할 수 있겠어. 그렇다면 이젠……."

꼬르르르르륵……. 자신의 상황을 호소하듯이 소년의 배가 울렸다.

"배고파……."

그러고 보니 이 시대로 온 뒤로 아무것도 먹지 않았다. 스마트폰만 있었으면 【스토리지】에 들어 있는 몇 가지 간식을 먹을 수 있었을 텐데.

하지만 소년에겐 돈이 있었다. 이거로 맛있는 음식을 사서 먹자. 그렇게 생각하며 마을의 중앙으로 가는데, 그 앞을 남자 세 명이 가로막았다.

"여어, 꼬마야. 네 품에 있는 그걸 우리한테도 좀 나눠주면 안 될까?"

히죽히죽 웃으며 소년에게 말을 거는 남자들. 세 사람 모두 젊었지만 험악해 보이는 모습으로, 모험자였다가 밀려난 사람들인 듯했다. 자세히 보니 그중 한 명은 조금 전에 방어구점에 있던 손님 중 한 명이었다. 아무래도 점주와 나눴던 대화를 엿들은 모양이었다.

　동료를 불러 먼저 자리를 잡고 기다리고 있었던 거겠지.

　"따끔한 맛을 보고 싶지 않으면 지갑에 든 걸 전부 내놔라."

　"거절하겠습니다. 도적의 말을 들을 이유는 없으니까요."

　소년은 겁먹지 않고 딱 잘라 거절했다. 한편 어린이에게 도적 취급을 받은 세 사람은 핏대를 세우며 소리쳤다.

　"누가 도적이냐?! 어린놈이 버릇없는 소릴!"

　"힘을 과시하며 협박하고 금품을 빼앗는 사람인데, 도적과 뭐가 다른가요? 하는 짓은 똑같잖아요? 어린이도 알 수 있는 일인데…… 머리, 괜찮으세요?"

　"이 망할 꼬맹이가!!"

　한 사람이 소년에게 달려들어 옆차기를 날리려고 다리 하나를 크게 치켜들었다.

　"【슬립】."

　"우억?! 큭!!"

　발차기를 날리려던 남자가 몸을 받치던 다리의 발이 미끄러져 지면에 뒤통수를 부딪치며 넘어졌다. 상당히 세게 부딪쳤던 듯, 머리를 감싸 쥐며 몸을 비틀었다. 소년은 쓰러진 남자에겐 눈길도 주지 않았다.

　"쳇. 뭐 하는 거냐?!"

남은 두 사람 중 한 사람이 소년의 멱살을 잡으려고 손을 뻗었다. 하지만 그 손은 소년의 작은 손에 맞아 튕겨 나갔다.

"【패럴라이즈】."

"크억?!"

손이 튕겨 나간 남자는 몸이 앞으로 고꾸라져 머리부터 지면에 쓰러졌다. 남자의 몸은 작게 경련하고 있었다. 딱 봐도 상태가 이상하단 사실을 알 수 있었다. 대체 무슨 일이 벌어졌는지 남자들은 알 수 없었다.

"저는 누나들과는 달리 싸움을 별로 안 좋아해요. 봐줄 수는 없으니 나쁘게 생각 마시길."

"이, 이 꼬맹이는 대체 뭐지?! 대체 무슨 짓을 한 거냐?!"

"뭘 했냐니요……. 도적 퇴치?"

그렇게 말하며 소년은 머리를 감싸 쥐고 몸을 비틀고 있던 남자도 건드렸다.

마찬가지로 그 남자도 작게 경련을 일으키며 움직임을 멈췄다.

쓰러져 움직이지 않는 동료를 보고 마지막 남은 한 사람은 겁을 먹은 눈으로 소년을 바라보았다. 이게 뭐지? 돈 많은 꼬마를 협박해 지갑을 받아가는, 간단한 일이었을 텐데. 그런데 왜 두 사람이 쓰러지고 자신은 궁지에 몰린 거지?!

"그렇지. 도적 퇴치라면 상금이 나올까요? 형들은 현상범인가요?"

"큭!"

"아."

남은 남자가 소년의 등 뒤를 향해 달렸다. 남자는 직감했다. 이 꼬마는 위험하다. 아니, 이 꼬마는 단순한 꼬마가 아니다. 정체를 알 수 없는 존재다.

"안 놓칠 거예요."

"아니?!"

소년의 오른눈이 금색으로 변했다. 금색은 금색이지만 노란색에 가까운 옐로골드라 불리는 색이다.

그 시선이 도망치는 남자를 포착한 순간, 남자의 몸은 마치 돌이라도 된 것처럼 정지하고 말았다.

숨은 쉴 수 있다. 눈도 간신히 움직인다. 그런데 몸은 전혀 움직이지 않았다. 아니, 몸이 움직이지 않는다고 하기도 힘들다. 움직이지 않는 것뿐이라면 달리고 있는 이 앞으로 기운 자세를 유지할 수 없을 테니까.

마치 시간이 멈춘 듯이, 남자는 그 자리에서 굳어 버린 상태였다.

"눈을 깜빡이면 풀리니, 이 사람한테도 【패럴라이즈】."

"크억?!"

마찬가지로 세 번째 남자도 지면에 쓰러졌다. 불과 몇 분 만에 남자 셋이 5~6살 정도의 소년에게 완벽히 제압당했다.

"이제 이 도적을 어떻게 하지?"

보통 이럴 때는 기사단 대기소에 연락해 붙잡아가 달라고 해야 한다.

하지만 기사단 대기소에 갔다간 여러 질문을 받게 될 테니 성가셔진다. 자신의 진짜 신분을 말해 봐야 믿어 줄 리도 없다.

게다가 소년은 아주 배가 고팠다. 그런 쓸데없는 일에 시간을 뺏기긴 싫다. 응, 싫다.

소년은 마음속으로 도적들을 이대로 방치하고 떠나기로 결정했다.

"그 전에."

소년은 세 명을 끌고 길의 나무 그늘에 밀어 넣은 다음 몸에서 지갑을 빼냈다. 자신이 가지려고 꺼낸 건 아니다. 작은 심술이었다.

"돈 많네요. ……그런데 왜 남의 지갑을 빼앗으려고 했을까."

그런 말을 하면서 소년은 세 사람의 지갑 안에서 돈을 빼내 앞에 있는 길가에 확 쏟아 버렸다. 대부분이 동화(銅貨)였지만, 은화도 몇 닢인가 섞여 있었다.

나무 그늘에 쓰러진 세 사람이 소리 나지 않는 목소리로 비명을 질렀다.

"친절한 사람이라면 돈을 기사단에 전해 줄 거예요. 움직이게 됐을 때 돈이 남아 있으면 좋겠네요."

천사 같은 악마의 얼굴로 소년—— 모치즈키 쿠온은 생긋 웃

었다.

도적에게 인권은 없다. 그게 아버지와 어머니들의 가르침이었다. 누나들이 생글생글 웃으며 '물러 터졌다' 라고 말할 듯하지만.

그에 더해 무기와 방어구도 벗겨서 길가에 던져두었다.

꼬르르르르륵……. 또 쿠온의 배가 울렸다. 이제 한계에 가까워졌다.

"루 어머니 정도는 아니라도, 맛있는 음식이 있었으면 좋겠어."

어긋난 배낭을 고쳐 매고, 소년은 조금씩 흩날리듯 눈이 내리는 거리를 걷기 시작했다.

얼어 죽기 직전에 구조된 모험자 출신 세 사람은 덜덜 떨면서 '악마를 봤다' 라고 아우성쳤지만, 기사단의 조사에 의해 전과가 있다는 점이 발각되어 즉각 포승줄에 묶였다.

한편 소지금은 철화(鐵貨) 한 닢도 돌아오지 않았다고 한다.

"이 나라에서 성공적으로 마친 공연을 축하하며!"

〈건배~!〉

시어트로 씨의 선창에 맞춰 서커스 단원 모두가 손에 든 술 잔을 들어 올렸다.

일주일간의 공연을 끝낸 서커스단, 컴플레또 극단의 마무리 파티를 위해 나는 우리 성의 유희실을 개방했다. 물론 음식도 제공한다.

지상에 내려온 세 신, 연극신, 강력신, 무도신인 시어트로 씨, 파워 아저씨, 프리마 씨를 비롯해 단장을 비롯한 단원 모 두가 유희실에 모였다.

대낮부터 술을 마셔도 되나 싶었지만, 위로하는 의미도 있 어서 내가 여러 술을 제공해 주었다.

"고, 공왕 폐하. 이와 같은 자리를 마련해 주셔서 진심으로 감사드립니다……."

"아니요. 국민을 즐겁게 해 주신 사례입니다. 다음에도 또 찾아 주세요."

깊게 고개를 숙이는 단장님에게 파워 아저씨가 말을 걸었다.

"공왕이 좋다고 하잖나. 사양할 필요는 없어. 팍팍 마시고 먹어라, 단장. 공짜니까 안 먹으면 손해야."

"이, 이 사람이. 실례되는 소릴……!"

방약무인하다고도 받아들일 수 있는 파워 아저씨의 말을 듣고 단장님이 당황했던 그때, 건배의 선창을 했던 시어트로 씨가 다가왔다.

"신경 쓸 거 없어~. 우리 귀여운 토야랑 우리는 친척이나 마찬가지니까. 그치?"

"네에. 그렇게…… 되나?"

친척이라. 형과 누나는 아니니까, 그렇다고 해 둬도 상관은 없지만. 대충 비슷하다고 할 수도 있고.

단장님은 시어트로 씨의 '우리 귀여운 토야'라는 호칭에 입을 떡 벌렸지만, 간신히 상황을 받아들이고 한 번 더 나에게 고개를 숙이더니, 단원들과 술을 마시러 가 버렸다.

덧붙이자면, 이 파티장에 유미나를 비롯한 왕비들과 카렌 누나를 비롯한 신족과 중신들은 있지만 아이들은 없다. 술을 마시는 자리이니 아무래도 데리고 올 수는 없다.

어린이 모습인 술의 신은 아까부터 저쪽 카운터에서 술을 마시고 있지만.

"냐하하하하하! 맛있땅~! 다음은 무슨 술을 마실까~?!"

사양할 생각도 없이 마시네. 널 위한 파티 아니거든?

스이카 옆에서는 무도신인 프리마 씨가 조용히 와인잔을 기울이고 있었다.

그 두 사람을 보고 시어트로 씨가 미소를 지으면서 말했다.

"다들 즐겁게 지내고 있나 보네. 설마 지상에서 이렇게 만날 줄은 몰랐어."

"지상에 와 보니 어떠세요?"

"최고야~. 몇만 년 만의 휴가를 아주 의미 깊게 보내고 있거든. 신계에 돌아가면 자랑하고 싶을 정도야."

몇만 년 만이라. 일을 너무 많이 하는 거 아닌가요? 물론 신들에게는 일하고 있다는 의식은 별로 없을지도 모르지만. 월급도 없으니까. 존재 자체로도 역할을 하는 거나 마찬가지인 면도 있고.

"토야의 아이들도 데리고 오지 그랬어. 만나고 싶었는데~."

"우리끼리 여는 파티라면 몰라도, 이런 자리에서는 피해만 줄지도 모르니까요. 배웅할 때라도 데리고 나오겠습니다."

컴플레토 극단은 내일 하루 텐트 해체와 철거 작업이 있어, 모레에 다음 공연 장소로 출발한다고 한다.

다음은 벨파스트의 왕도라는 듯하다. 유미나의 남동생인 야마토 왕자도 봤으면 좋겠다. 아직 한 살 정도라 봐도 모를까?

"그런데 너도 참 큰일이네. 신입 신인데 곧장 세계를 맡게 됐으니."

"저도 아직 뭘 잘 모르지만요……. 카렌 누나랑 다른 신들이 도와주시니 간신히……."

실제로 이 세계를 위해 뭘 해야 하는지 잘 모르겠다. 예전에는 습격해 오는 프레이즈들을 쓰러뜨리는 게 세계를 위한 일이라고 생각했었지만.

"이 세계가 멸망하기라도 하면, 우리에게 겨우 생긴 휴양지가 사라지니까. 열심히 해 줘."

"명심하겠습니다……."

으으. 너무 압박하지 말았으면 한다.

"요즘엔 또 이상한 놈들이 몰래 움직이고 있는 모양이니까. 조심해야 한다?"

"이상한 놈?"

"사신의 잔당 말이야. 나쁜 짓을 꾸미고 있기야 할 텐데……. 우리가 끼어들 일은 없을 테니까."

'사신의 사도' 말이구나. 이건 신족이라고는 하지만 시어트로 씨처럼 지상에 내려온 신들과는 관련이 없다. 이건 우리가 해결해야만 한다. 세계신님이 말했듯이 흩어져 있는 쓰레기를 청소하는 것과 마찬가지다.

"여행 도중에 이상한 점이 있다면 연락할 테니, 너도 열심히 잘해 봐."

하늘하늘 손을 흔들더니 시어트로 씨는 단원들이 있는 곳으로 돌아갔다.

전의 그 '방주' 강탈 사건과 아로자섬을 습격한 반어인⋯⋯.
모두 '사신의 사도'가 뒤에서 암약한 결과다. 그 자식들은 대체
뭘 하려는 거지?

역시 목적은 사신의 부활, 또는 새로운 사신의 탄생인가?

기껏 평화로워졌는데 또 세계를 휘젓게 놔둘 줄 알고? 반드
시 뿌리를 뽑아주겠어.

⋯⋯그래 봐야 지금 할 수 있는 일은 거의 아무것도 없지만.

"토야."

"토야 씨."

내가 허공을 노려보며 깊이 생각이 잠겨 있는데, 짬이 났는
지 에르제와 린제가 나에게 다가왔다.

"수고 많아. 다들 괜찮아?"

"왕비님이나 공주님들과 이야기할 때보다는 편해. 항상 이
정도라면 좋겠는데."

에르제는 파티를 별로 좋아하지 않는다. 정확하겐 파티가
싫다기보다는 딱딱한 분위기를 싫어한다.

세계회의처럼 각국의 정상이 모이는 자리는, 아무래도 '브
륀힐드'라는 간판을 짊어진 왕비로서 행동할 수밖에 없다. 그
런 긴장감이 싫은 거겠지.

린제는 많이 익숙한 느낌이다. 원래 낯을 가리던 린제니까
오히려 이런 자리에서는 다른 자신을 연기하고 있는 것처럼
보이기도 한다. '브륀힐드의 왕비'라는 자신을.

그것도 린제의 일부라는 것은 틀림없는 사실이지만.

"아이들도 데리고 왔으면 좋았을 텐데요."

"아니. 낮이면 몰라도 이렇게 술 취한 사람이 있는 장소는 안 되지……. 교육상 안 좋아."

술을 쏟아붓듯이 마시고 벌써 거나하게 취해 있는 구석의 사람들을 보면서 나는 린제에게 대답했다.

이 세계에서는 대부분 15살 정도면 음주가 가능하다. 만약 아이들을 여기에 데리고 왔는데, 술에 흥미를 보이면 어떻게 할 거야? 나는 딸애들을 술꾼으로 만들 생각 없거든?

다행히도 우리 아내들은 술에 별로 흥미가 없다. 린과 루 정도인가. 린은 와인을 즐기는 정도고, 루는 요리에 맞는 술을 발견하기 위해 시음하는 정도다.

"그 아이들은 얌전히 잘 있을까?"

"괜찮겠지. 코하쿠가 중심이 돼서 잘 봐주고 있을 테니까."

아이들은 코하쿠를 비롯한 신수와 아르부스가 봐주고 있다. 무슨 일이 있으면 텔레파시로 연락하겠지.

"어디로 간다고 했었지?"

"'파렌트'에. 케이크를 먹고 온다고 해서 돈을 주고 왔어."

아에루 씨의 카페 '파렌트'라. 거기라면 아이들만 가도 문제는 없을 듯하다.

……너무 떠들어서 다른 손님한테 피해를 주지 말아야 할 텐데.

역시 좀 걱정돼. 극단 사람들에겐 미안하지만 난 중간에 빠져나가 아이들을 데리러 가자.

"야쿠모 언니랑 쿠온도 그렇지만, 스테프도 늦네."

얼마 남지 않은 과실수를 빨대로 빨아 먹으면서 린네가 중얼거렸다.

"스테프는 그때 어디 있었어?"

"글쎄. 쿠온 옆 아니었을까? 잘 모르겠어."

쿤의 질문에 감자튀김을 먹으면서 요시노가 대답했다. 스테프는 이 아이들의 막내 여동생이었다. 딱 다섯 살이다.

"그렇다면 두 사람 모두 이 시대에 와 있어도 이상하지 않네요. 연락 정도는 해 줘도 될 텐데."

"스마트폰을 떨어뜨렸을지도 몰라. 우리도 강에 떨어뜨렸잖아……."

아시아가 투덜거리자, 아이들을 옹호하듯이 에르나가 대답했다. 이 시대에 도착했을 때, 에르나와 린네는 스마트폰을 가우의 대하에 떨어뜨렸다. 그게 없으면 브륀힐드나 형제들에게 연락할 수 없다.

야쿠모나 요시노처럼 전이 마법을 사용할 수 있다면 문제는 별개지만.

"야쿠모 언니는 걱정 없겠지만, 문제는 쿠온이랑 스테프야……."

"쿠온은 문제없지 않을까요? 그 아이는 약삭빠르고, 남을 대하는 태도만큼은 좋으니까요."

친동생을 신랄하게 평가하는 아시아. 그 말을 듣고도 반박하는 사람이 한 명도 없으니, 역시나 형제들답다고 할 수 있었다.

"뭘 모르는구나? 쿠온은 아버지처럼 성가신 일을 끌어들이는 체질이야. 아버지의 말을 빌리면 '트러블 메이커'라는 거지. 본인에겐 그럴 의도가 없어도 이상한 일이 주변으로 다가와. 미끼에 이끌리는 물고기처럼."

"아…… 그건 그래요."

쿤의 지적을 듣고 아시아가 고개를 끄덕였다. 남동생은 아무런 해가 없는 아이처럼 보이지만, 사실은 형제들 중에서도 그런 문제를 만날 확률이 제일 높았다. 유괴된 일도 한두 번이 아니고, 너무 지나치게 행동하는 일도 한두 번이 아니었다.

"그렇다고 쿠온이 잘못될 거라고는 생각하지 않지만."

"그 '일곱 마안'이 있으면 어떻게든 해결하고 올 수 있을걸? 운이 좋다면 벌써 도착할 즈음일지도 몰라. 그렇다면 역시 스테프가 문제인가? 그 아이는 차분하지 못해서 걱정이야."

언니다운 척을 하는 린네를 다른 아이들이 모두 뜨뜻미지근하게 쳐다보았다. 일곱째인 린네에겐 둘 다 동생들이긴 하지만, 다른 자매들이 보기에는 린네도 별로 다르지 않기 때문이다. 너도 별로 차분하지 못하면서. 다들 그렇게 생각했다.

"그런데……. 이제 그만 같이 대화하면 안 될까요? 프레이 언니? 그리고 아리스도."

"우웅?"

"훔?"

옆에서 '파렌트' 특제인 점보파르페에 도전하고 있던 프레이와 아리스를 한심하게 쳐다보는 쿤. 두 사람 모두 얼굴이 생크림투성이가 되면서도 파르페를 입안 가득 먹고 있었다.

"괜찮아, 괜찮아. 쿠온도 스테프도 무사할걸? 우리 가족을 못살게 굴다니, 하느님이 아닌 이상 불가능하잖아."

"그 신의 힘을 지닌 자들이 있어서 걱정인데요."

'사신의 사도'. 아버지가 쓰러뜨린 사신의 힘을 이어받은 자들이 이 시대에는 뭔가 일을 꾸미고 있다.

시공신인 토키에가 말하길, 시간의 흐름이란 원래 지류가 몇 개인가 있는데 각각 다른 미래로 연결된다고 한다.

하지만 시간의 정령의 힘을 빌린, 자신들이 있는 이 세계의 시간 흐름은 딱 고정되어 있다는 모양이었다. 이 시대에 무슨 짓을 하든 원래의 미래에는 영향이 없도록 시간의 정령이 힘을 발휘해 고쳐둔다.

이대로 가면 당연하게도 평범한 미래로 돌아가 원래의 시대, 원래의 세계로 돌아가게 된다.

하지만 여기에 '사신의 사도' 라는 불확정 요소가 더해지면, 시간의 흐름이 어떻게 변할지 알 수 없어진다. 시간의 정령의 힘도 신의 힘에는 당해내지 못한다. 시간의 흐름이 조금이라도 변화하면, 자신들이 있던 미래에는 도달하지 못하게 될 가능성도 있다. 최악의 경우 자신들의 존재마저도————.

"자자, 그만. 쿤이 무슨 생각을 하는지는 알지만, 생각해 봐야 아무 소용이 없어."

"하지만……."

"아버지랑 어머니들이 있잖아? 괜찮아, 괜찮아. 너무 걱정하지 말고 파르페 먹어. 자, 아~앙."

스푼을 내민 모습을 보고 조금 당황한 쿤이었지만, 언니의 말대로 그 파르페를 덥석 입에 넣었다. 입안에 농후한 생크림의 달콤함이 퍼져나갔다.

"하아……. 프레이 언니와 이야기를 하면, 이래저래 고민했던 자신이 바보처럼 느껴져요……."

"쿤이 너무 생각을 많이 하는 것뿐이야. 한마디로 '사신의 사도' 를 물리치면 되는 거잖아? 간단해."

"그거야 그렇지만요."

멍한 듯해도 날카로운 언니가 그렇게 말하면, 꼭 간단한 문제처럼 느껴지니 신기했다.

"하다못해 크롬 란셰스의 '방주(아크)' 를 빼앗기지 않고 우리가

가지고 있었으면 좋았을 텐데요."

쿤이 힐끔 자신들의 옆 테이블에 앉아 있는 '하얀색' 왕관, 일루미나티 아르부스를 바라보았다.

같이 앉아 있는 코하쿠, 루리, 산고와 코쿠요, 코교쿠는 자신들과 같이 주문한 간식을 덥석덥석 먹었지만, 먹는 기능이 없는 아르부스는 할 일이 없이 가만히 의자에 앉아 있기만 했다.

그런 아르부스에게 쿤이 말을 걸었다

"아르부스. 한 번 더 묻겠는데, 그자들은 '왕관'을 입수했다고 봐도 되는 걸까?"

〈긍정. '금색'과 '은색'으로 추정한다.〉

"그 '금색'과 '은색'도 너희처럼 특수한 왕관 능력^{크라운 스킬}을 보유하고 있어?"

〈불명. '금색'과 '은색'은 미완성. 능력을 보유하고 있을 가능성은 낮으나 제로는 아니다.〉

미완성. 단순히 크라운 시리즈인 고렘이라고 한다면 '방주^{아 크}'를 움직이는 열쇠에 불과하다. 그렇다면 큰 상관은 없다. 하지만 만약 그 고렘이 왕관 능력^{크라운 스킬}을 보유하고 있다면?

마스터에게 '대가'를 요구하는 대신 절대적인 힘을 부여하는 '왕관'.

설사 미완성이라도 그자들에겐 틀림없이 그 팔 네 개짜리 개조 고렘을 만든 기술자가 있다. 그 고렘 기사가 '금색'과 '은색'을 재생^{리스토어}하지 못할 거라고 단정할 순 없다.

"조금 더 정보가 필요해……. 전 세계의 정보가. 미래에는 SNS로 모을 수, 아얏?!"

프레이가 갑자기 날린 촙을 맞고 쿤이 머리를 감싸 쥐었다.

"그러니까~! 심각한 표정을 지으며 생각하지 말라니까! 지금은 편안하게 앉아 기다리면 돼. 모두가 모이기를."

"아니, 그래도요……."

"응~?"

"아, 알겠습니다."

스푼을 입에 문 채, 생글거리며 손날을 펼친 언니를 보고 쿤은 물러나기로 했다. 이 언니가 화나면 제일 무섭다는 걸 쿤은 잘 알고 있었다.

역시나 그 사실을 잘 아는 동생들도, 불똥이 튀지 않도록 눈앞의 간식에만 집중했다.

그런 분위기를 바꾸려는 듯, 에르나는 다른 화제를 꺼냈다.

"이, 이제부터 어떻게 할까?"

"앗, 난 모험자 길드에 가고 싶어!"

"나도!"

린네의 말을 듣고 아리스도 동의했다. 그에 반해 아시아와 요시노는 별로 내키는 표정이 아니었다.

두 사람이 지닌 무속성 마법은 전투 성향과는 거리가 있었다. 아시아는 【어포트】랑 【서치】, 요시노는 【텔레포트】, 【어브소브】, 【리플렉션】 등으로, 방어 성향의 마법이다. 또 두 사람도 싸움 자체를 크게 좋아하지 않았다.

그렇지만 음식 재료를 위해서라면 아시아도 마수를 사냥하고, 요시노도 불 속성과 바람 속성의 마법을 사용할 줄 알았다. 흔한 모험자보다는 훨씬 강하다.

"모험자 길드에 가서 뭐 하려고? 우리 나이에는 등록 못 하잖아."

쿤이 린네도 알고 있을 이유를 들었다. 모험자 길드에 등록 가능한 나이에는 제한이 없다. 하지만 너무 어리면, 접수할 때 거절당한다. 길드는 뻔히 어린아이를 죽음으로 몰아넣는 짓은 하지 않는다.

그래도 실력을 증명하면 등록을 받아 주는 경우도 있지만.

"등록이 아니라 판매하려고. 쿤 언니. 얼마 전에 사냥해서 프레이 언니의 【스토리지】에 넣어 둔 마수들이 많이 있잖아?"

"아! 깜빡했어. 맞아, 환금은 꼭 모험자가 아니라도 가능하잖아."

프레이가 기억났다는 듯이 손뼉을 쳤다.

아이들은 기본적으로 자유롭게 쓸 수 있는 돈이 그다지 많지 않았다. 한 나라의 공주이니까, 생활에 불편은 없고, 정말로 필요한 물건은 주어지지만 그렇다고 돈을 많이 받는다는 말은 아니었다.

모치즈키 집안의 방침은 자급자족이라 돈이 필요하면 직접 벌어야 했다. 그건 가족이나 집안사람들을 도와주고 받는 용

돈이기도 하지만, 그중에서도 모험자 길드에서의 수입이 가장 컸다.

그 돈으로 프레이는 희귀한 무기를 수집하는 데 쓰고, 쿤은 자신이 만드는 마도구의 개발비^{아티팩트}에 쓰고, 아시아는 고급 음식 재료 사는 데 쓰기도 하지만, 형제들은 다들 나름대로 개인 자산을 가지고 있었다.

하지만 아버지의 지시로 모두 길드에 저금한 상황이라, 이 시대에는 거의 돈을 가지고 오지 못했다.

"그럼 다 먹으면 모험자 길드에 가자."

"그렇다면 여기선 프레이 언니가 사는 걸로."

"으윽……. 조, 좋아. 내가 살게. 지금은 내가 제일 언니니까."

요시노의 말을 듣고 잠시 망설이던 프레이였지만, 여동생들 앞이라 여유를 부렸다. 사냥을 하러 간 사람은 프레이와 린네, 그리고 아리스까지 세 명이었다. 아무래도 가족이 아닌 아리스나, 가족 중에서도 제일 어린 린네에게 돈을 내라고 할 수는 없었다.

'파렌트'에서 식사를 하라며 어머니들이 한 명, 한 명에게 준 용돈이 있었지만, 혼자 돈을 내는 바람에 프레이만 한 푼도 남지 않게 됐다.

하지만 프레이의 【스토리지】에는 그보다 더 많은 금액일 게 분명한 소재가 잠들어 있으니, 크게 타격은 받지 않았다.

타격을 받기는커녕 수입원을 발견해서인지, 프레이는 생글 거리며 모험자 길드를 향해 걸어갔다.

"오랜만에 큰돈이 들어와. 별난 무기를 살 거야!"

"정말 프레이 언니는……. 낭비는 그만둬야 하지 않을까 요?"

"나, 낭비라니! 필요한 경비야!"

대체 무슨 경비인지. 아시아는 어이없다는 듯이 한숨을 내 쉬었다. 그 모습을 보고 쿤이 어깨를 으쓱 들어 올렸다.

이윽고 모험자 길드에 도착한 아이들은 자주 찾아와 익숙하 다는 태도로 접수 카운터로 다가갔다.

주변 모험자들이 '왜 이런 어린이들이 찾아왔지?' 같은 표 정을 지었다.

그건 길드의 접수처 아가씨도 마찬가지였다.

"애들아, 무슨 일이니?"

접수처 아가씨인 고양이 수인 미샤가 조금 동요하던 감정을 숨기면서 미소로 맞아주었다. 어린이가 길드를 찾는 일은 많 지 않지만 전혀 없진 않았다. 아이를 데리고 오는 모험자도 있 고, 심부름꾼인 아이가 대신 의뢰서를 가지고 오는 일도 있다.

미샤는 아이들이 심부름으로 왔으리라고 생각했다.

"소재를 판매하고 싶어."

"응? 판매?"

예상과는 다른 말을 듣고 미샤는 어안이 벙벙했다. 물론 소재도 사들이고 있긴 하지만 아이들이 가져오는 일은 전혀 없었다.

그리고 아이들이 사냥할 수 있는 생물이라고 해 봐야 기껏해야 들토끼나 들새다. 그런 동물이라면 정육점에 가야 더 비싸게 팔 수 있다. 혹시 팔아야 할 곳을 잘못 알고 온 게 아닐까?

"애들아. 여기는 마수가 아니면 사들이지 않아. 토끼나 새라면."

"마수야. 킹베어랑, 블러디고트. 아, 꼬리밖에 없지만 니드호그도 있어."

"⋯⋯⋯⋯⋯뭐?"

미샤가 미간을 찌푸렸다. 킹베어도 블러디고트도 빨간색 랭크의 토벌 대상이었다. 거기에 더해 니드호그는 마룡이다. 농담을 해도 정도가 있는 법이다.

"애들아. 꼬마 아가씨들? 장난을 치려면 다른 곳에서."

"프레이 언니. 보여 주는 게 빨라요."

"그것도 그런가."

쿠웅! 널찍하게 만들어 둔 매입 카운터 위에 갑자기 새빨간 털이 난 거대한 염소가 나타났다. 블러디고트다.

갑자기 나타난 마수의 사체를 보고 길드 안의 분위기가 얼어붙었다. 브륀힐드에선 빨간색 랭크의 토벌 대상을 가져오는 사람은 거의 없다. 그만큼 모두 소리도 내지 못할 만큼 깜짝 놀랐다.

미샤는 미샤대로 다른 일 때문에 놀랐다. 방금 그건 틀림없이 수납 마법이다. 그 마법은 어떤 특정한 한 사람을 떠오르게 만들었다.

미샤가 블러디고트에서 아이들에게로 시선을 내려보니, 아이들 발밑에서 본 적이 있는 흰 새끼 호랑이가 한가하게 털을 고르고 있었다.

"서, 설마……. 폐하와 관련된 분들……? 자, 잠깐만 기다려 주십시오!"

미샤가 새파란 얼굴로 카운터 안쪽 계단을 뛰어 올라갔다. 그 자리에 있던 사람들은 멍하니 미샤가 뛰어 올라간 계단과 블러디고트를 바라보았다.

"프레이 언니, 피. 피가 떨어지고 있어."

"어? 아아앗, 이러면 안 되는데."

에르나의 지적을 받고 프레이는 블러디고트를 다시 【스토리지】에 넣어 두었다.

【스토리지】에 넣은 물건은 시간이 멈춘다. 블러디고트는 잡았을 때 그 상태 그대로라 아직 피를 빼지 않았기 때문에 접수처의 카운터는 피가 흥건했다.

나타났을 때와 마찬가지로 갑자기 사라진 블러디고트를 보고 다른 접수처의 아가씨가 할 말을 잃고 멍하니 입을 뻐끔하게 벌렸다. 길드 안에 있던 모험자들도 마찬가지였다.

"분위기가 좀 이상하네요."

"응. 다들 갑자기 말을 안 하네. 왜 그럴까?"

아시아의 말을 듣고 요시노가 대답했다. 미래의 모험자 길드에서 이 아이들은 잘 알려진 존재들이라 사람들이 놀라긴 했어도 이렇게까지 크게 놀라진 않았다. 아이들이 이상하다고 생각한 이유는 그 때문이었다.

자신들이 평범한 아이들과는 다른데도, 이 아이들은 별로 그렇다는 자각이 없었다. 사람들이 대체 뭘 보고 놀랐는지 잘 이해하지 못했다.

"야야, 이 꼬마들 대체 뭐야?!"

그러던 중에 길드 입구로 들어온 남자가 위협적인 목소리로 그렇게 말했다.

키가 2미터는 될 듯한 거한. 닭의 볏 같은 머리 모양, 허리에는 많이 써 본 듯한 배틀 액스, 소매가 없는 가죽 재킷에 어깨 보호대. 이 나라의 공왕 폐하라면 '세기말 깡패냐'라고 말할 법한 남자에 이어서, 비슷한 복장을 한 남자들이 우르르 길드 안으로 들어왔다.

위압적인 시선으로 매입 카운터에 늘어선 아이들을 선두에 선 모히칸 남자가 노려보았다. 평범한 아이들이라면 도망치든가 벌벌 떨게 되어도 이상하지 않을 시선이었다.

하지만 아이들은 한 명도 그 시선에 동요하지 않았다. 오히려 세기말 군단을 신기한 눈으로 올려다보았다.

"이상한 머리야."

린네가 태연하게 중얼거린 소리를 듣고 그 자리의 분위가 얼어붙었다.

"풉."

얼어붙은 분위기를 녹이듯이 어디선가 참지 못하고 웃음을 터뜨리는 소리가 들렸다. 모히칸 남자의 등 뒤에서.

"들었어?! 이상한 머리래!"

"푸하하하! 그건 그러네!"

"어린이는 솔직해!"

"이 자식들……!"

모히칸 남자의 동료들이 배를 붙잡고 웃었다. 길드 안의 모험자나 직원들도 입을 막으며 웃음을 참고 있었다.

모히칸 머리인 모험자는 린네 앞으로 성큼성큼 다가가더니 자신의 머리를 가리켰다.

"이봐, 꼬마 아가씨! 이런 머리는 기합이 들어간 머리 모양이라고 해야지! 이상하긴 뭐가 이상해?!"

"닭 같은데?!"

"닭…….."

이어진 린네의 결정적인 말을 듣고 뒤에 있던 동료들이 더욱 크게 웃음을 터뜨렸다. 바닥에 쓰러져 뒹구는 사람까지 있었다. 길드 안의 모험자와 직원들도 더는 웃음을 참을 수가 없었다.

"애, 린네. 너무 실례되는 소릴 하면 안 되지."

"……네~. 죄송합니다."

프레이가 린네를 타일렀다. 제멋대로 구는 듯해도 언니에겐 순순한 린네였다. 곧장 사과했다.

아시아가 모히칸 남자 앞으로 나가 작게 고개를 숙였다.

"동생이 실례되는 소리를 해서 죄송합니다."

"그, 그래……. 나야말로 화를 내서 미안하다."

우아한 인사에 독기가 빠졌는지, 모히칸 남자가 오히려 미안하다는 듯이 고개를 숙였다.

예의범절이나 사교장에서의 행동으로 따지면, 딸들 중 아시아와 쿤이 제일 뛰어났다. 댄스도 어려움 없이 해낼 만큼 이상적인 공주답게 행동한다.

쿤이야 어쨌든, 아시아는 사교장에 가면 아버지와 함께 있는 시간이 늘어나기에 일부러 더 공주답게 행동하는 거기도 했지만.

그런 아시아에게 미안해하던 모히칸 남자에게 간신히 웃음을 참아낸 접수처 아가씨가 말했다.

"타일즈 씨, 아이한테 말 걸지 마세요. 안 그래도 얼굴이 무서운데."

"무섭긴 누가?! 평범하잖아!"

타일즈라고 불린 모히칸 남자는 접수처 아가씨에게 소리치며 대답했지만, 등 뒤에 있던 동료들은 아니라면서 얼굴 앞에서 손을 획획 내저었다.

"무섭지!"

"처음 보는 여자는 다 도망칠걸?"

"얼굴이 흉기야."

"뭐라고?! 이 자식이!"

너희도 마찬가지면서! 동료들과 허무한 말싸움을 시작했다.

"이 꼬마 아가씨들은 아무렇지도 않잖아! 내 얼굴이 무서울 리 없어!"

"응. 안 무서워."

"봐! 알아보는 사람은 알아본다고! 너희는 좀 아이들의 순수함을 보고 배워!"

린네의 말을 듣고, 그것 보라는 듯이 모히칸 남자가 동료들을 보고 의기양양하게 말했다.

그 아이들이 방금 남자의 머리가 이상하다든가 닭 같다든가 그런 말을 했었지만.

"왜 이렇게 시끄럽나요?"

모히칸 남자들이 옥신각신하고 있는데, 계단에서 미샤가 사람 한 명을 데리고 나타났다. 긴 금발에 긴 귀. 겉모습은 20대로 보이는 엘프 여성이었다.

"아, 길드 마스터다."

"어머? 나를 아니?"

프레이는 아차 싶어서 입을 막았다. 나타난 사람은 브륀힐드의 길드 마스터인 레리샤 미리안이었다.

프레이가 살던 미래에서도 레리샤는 여전히 브륀힐드의 길드 마스터로, 엘프라서 지금과 같은 외모를 유지하고 있었다. 미래에는 아이들 모두가 신세를 지는 인물이었다.

"이 아이들이 블러디고트를?"

"네! 어라?! 사라졌네?!"

미샤가 카운터에 놓여 있던 블러디고트가 사라진 모습을 보고 당황했다.

"카운터가 피로 더러워질 것 같아서 회수해 뒀어."

"……혹시 수납 마법을 쓸 수 있니?"

"쓸 수 있어."

잠시 눈을 휘둥그렇게 떴던 레리샤였지만 아이들이 데리고 온 신수들을 보고 어렴풋이 이 아이들의 정체를 눈치챘다.

"해체 장소를 안내하겠습니다. 이쪽으로 오시죠."

레리샤는 길드 안의, 가져온 마수를 해체하는 방으로 아이들을 안내했다.

해체 장소의 벽 한 면에는 대형 나이프, 특수한 톱, 투박한 펜치 등이 걸려 있었다.

또한 중앙에는 대형 작업대가 있었고, 군데군데에는 피가 번져 있었다.

몇천, 몇만 마리나 해체한 장소일 텐데, 신기하게도 악취는 나지 않았다. 정화 마법이나 마도구를 사용했기 때문이겠지.

"여기에 내주실 수 있을까요?"

레리샤의 지시대로 프레이가 【스토리지】에서 블러디고트를 꺼내 쿠웅! 하고 작업대 위에 내려놓았다.

방 안에 있던 몇 명의 해체 작업 직원 모두가 눈을 부릅떴다. 수납 마법을 이용해 마수를 가져오는 모습에는 나름 익숙해져 있다.

이 나라의 공왕을 비롯해 왕비들, 공왕의 누나나 사촌들, 최근에는 금색 랭크가 된 머플러 소년 등, 이 나라에는 사용자가 많이 있기 때문이다. 원래는 사용할 줄 아는 사람이 별로 없는 마법이지만.

해체 작업 직원들이 놀란 이유는 어린아이들이 이렇게 랭크가 높은 마수를 가져와서였다.

레리샤는 작업대에 놓인 블러디고트를 확인한 후, 아이들의 호위를 위해 따라온 코하쿠에게 말을 걸었다.

"코하쿠 님. 이 아이들은 폐하의 친척이십니까?"

〈흠. 아…… 그래, 그렇게 생각해도 좋다. 신분은 주인님의 이름을 걸고 보증하지.〉

"그렇군요."

코하쿠와 신수들이 이 나라 공왕의 소환수고 대화도 가능하다는 점은 브륀힐드의 주민이라면 누구나 알고 있다. 이 코하쿠가 보증한다고 말했으니 모든 문제는 해결되었다.

해체 작업 직원들도 '아, 그래서 그렇구나…….' 하고 이해했다는 표정을 지었다.

"이거, 사 주실 수 있나요?"

아무래도 분위기가 이상해서, 프레이가 머뭇거리며 레리샤에게 물었다.

"사들이는 데는 문제가 없습니다. 그런데 이 사실을 폐하께서도 알고 계시는지요?"

"윽."

레리샤의 질문에 프레이가 대답을 하지 못했다. 나쁜 짓을 하고 있는 건 아니지만, 어딘가 모르게 떳떳하지 못한 모양이었다.

자신들은 원래 이 시대에는 존재하지 않아야 하는 아이들이다. 아이들은 너무 눈에 띄게 행동하지 말라고 토키에나 아버지인 토야가 단단히 일러뒀다는 사실을 떠올렸다.

"일단 확인하고자 하는데, 괜찮을까요?"

"괜찮아요……."

스마트폰을 꺼낸 레리샤를 보고 프레이가 포기했다는 듯이 고개를 끄덕였다. 아버지와 전화로 이야기를 시작한 듯 보이는 레리샤를 피해, 프레이와 아이들은 둥글게 모여 조용히 이야기하기 시작했다.

"아버지한테 들켰네요."

"길드에 저금해 놓으라고 할까?"

"괘, 괜찮아. 우리는 길드 카드도 없으니, 어차피 저금은 못 해."

미래와는 달리 이 시대의 이 아이들은 모험자가 아니다. 그래서 길드에 돈을 저금할 수는 없지만, 부모가 '돈을 맡아두는 일'은 가능하다.

아버지는 딸들에게 관대하니, 그런 말을 꺼내는 사람은 어머니가 아닐까.

전화를 마친 레리샤가 빙글 돌아 아이들을 바라보았다.

"폐하께서 허가하셨습니다. 이건 저희가 사들이도록 하겠습니다."

생긋 영업 미소를 짓는 길드 마스터를 보고 가슴을 쓸어내리는 프레이. 그런 분위기에 찬물을 끼얹듯이 등 뒤에서 코하쿠가 프레이에게 조용히 중얼거렸다.

〈주인님의 텔레파시가 도착했습니다. 부디 낭비는 하지 말기를. 그리고 뭘 샀는지 나중에 보고하라고 하시는군요.〉

"우아……."

"하아~……."

취미에 돈을 쓰려고 했던 프레이와 쿤이 힘없이 고개를 떨구었다. 다른 아이들은 어느 정도 쓸 만한 돈이 있으면 그만이라 생각했기 때문에 별로 비관적으로 생각하진 않았다.

아시아가 사려고 했던 고급 음식 재료는 시공 마법 등으로 보관하면 썩지 않으니 낭비라 할 수 없었고, 부모님들도 그것만큼은 관대했다.

하지만 프레이의 무기 수집은 완벽한 취미였고, 쿤의 개발비는 성공과 실패의 격차가 컸다. 개발에 실패하면 그대로 돈을 다 날리는 일도 있으니까.

그런 두 사람이니, 부모님이 구매한 물건을 보고 '낭비'라고 말할 가능성이 매우 컸다.

프레이가 크게 한숨을 내쉬었다.

"아버지는 몰라도, 어머니는 분명 안 된다고 말할 거야⋯⋯. 예정이 틀어졌어⋯⋯."

"뭐 어때. 아까 우리한테 한턱낸 돈은 돌아오는 거잖아?"

"그건 그렇지만⋯⋯."

아리스의 말대로 역시 카페에서 먹은 음식값보다는 돈이 더 들어오게 되지만, 그건 그거고 이건 이거다.

"그 외에도 아직 더 있나요?"

"으, 응. 아직 더 있어."

이미 기분이 축 처진 프레이였지만 레리샤의 말을 듣고 【스토리지】에서 많은 사냥감을 꺼냈다. 기왕의 기회라며 털가죽이 너덜너덜하거나, 엄니가 부러져 있는 등, 별로 비싸게 팔지 못할 만큼 너무 엉망으로 잡은 마수들까지 한꺼번에 꺼내 놓았다.

"이건⋯⋯. 니드호그의 꼬리인가요?! 본체는 어디 있나요?!"

"아⋯⋯. 얼려서 산산조각이 났어. 있긴 있지만⋯⋯."

얼음에 감싸인 고기 파편을 작업대 옆에 쌓아두었다. 이미

원형은 찾아볼 수 없었다.

　그걸 보고는 해체 작업 직원들도 이게 뭐지? 라고 말하듯 얼음 고기 덩어리를 손에 들고 어이없어했다.

　"역시 이래서는……."

　"가죽은 안 되겠네. 뼈도 못 써. 고기로 처리할 수밖에 없나……."

　"이런이런. 아까워라……. 산산조각만 안 났어도 가죽갑옷을 가득 만들 수 있었을 텐데……."

　작업 직원들의 말을 산산조각을 내버린 린네가 겸연쩍은 듯이 듣고 있었다. 소재가 좋으면 좋은 무기와 방어구를 만들 수 있다. 그 무기와 방어구는 모험자들의 목숨을 지켜준다.

　이제야 린네는 자신이 어떤 짓을 했는지 이해했다.

　"다음부터는 조심할게……."

　"기운 내."

　아리스가 린네의 어깨를 두드렸다. 자신도 조심하자고 마음속으로 결심하면서.

　"아빠."

아이들이 모험자 길드 밖으로 나왔다. 처음으로 에르나가 날 눈치챘고, 다른 아이들도 이어서 나를 돌아보았다.

"아버지가 왜 여기에 있어? 파티는?"

"걱정돼서 나만 일찍 끝내고 왔어. 모습을 보니 환금은 끝났나 보네?"

"아깝다는 소릴 들었지만."

"으…….."

쿤의 말을 듣고 린네가 작게 풀죽은 목소리를 흘렸다. 아하, 소재로 인정을 못 받은 것들 말이구나. 그거야 뭐……. 성실한 길드 직원이라면 한마디 하고 싶어질 수밖에.

"그래서? 그 돈으로 사고 싶은 물건 있어?"

"네! 해적 죠리가 사용했던 마검 카투라스가 지금이라면 분명히 레굴루스의 제도에."

"안 돼. 무기랑 방어구 종류는 힐다가 못 사게 막아서."

"역시나!"

으으! 머리를 감싸 쥐고 등을 뒤로 젖힌 프레이. 미안해. 그런데 프레이, 미래에 손에 넣지 못했던 무기를 이 시대에 손에 넣으려고 하는 거지?

"저어, 제 개발비는…….."

머뭇거리며 쿤이 손을 들었다. 이번엔 쿤이구나. 나는 린이 한 말을 그대로 해주었다.

"뭘 만들지 사전에 설명해 달래. 웬만큼 이상한 물건이 아니면 허락해 준다면서."

가슴을 쓸어내리는 쿤. 힐다와는 달리 린은 그런 점을 크게 신경 쓰지 않는 편이다.

"아버지, 난 과자를 잔뜩 사고 싶어."

"과자?"

요시노의 말을 듣고 나는 조금 놀랐다. 굳이 따지자면 프레이나 아리스가 할 말이라고 생각했기 때문이다.

그런데 과자라. 성에서는 식사 후에 꼭 디저트를 내놓고, 3시가 되면 간식을 내줬을 텐데. 오늘도 '파렌트'에 가서 먹고 왔잖아? 그 외에 또 먹고 싶은 음식이 있는 건가?

"할머니 학교에 가지고 가고 싶어. 간식으로 넣어 주려고. 할머니하고도 만나고 싶고."

"아~. 그래서……."

요시노가 말한 '할머니'란 시공신인 토키에 할머니가 아니라, 어머니인 사쿠라의 어머니, 피아나 씨를 말했다.

이중에서는 요시노만 유일하게 할머니가 같은 나라에 있다. 프레이의 할머니는 레스티아 기사 왕국에 있고, 아시아도 레굴루스, 쿤, 린네, 에르나는 할머니가 계시지 않는다.

"피아나 할머니는 미래에도 교장 선생님이시고, 저희도 같이 공부했어요. 모두 신세를 졌으니…… 가능하면 저희도 만나고 싶은데요."

"그렇구나. 그러면……."

쿤의 말을 듣고 나는 고민했다. 현재 아이들은 모습을 바꾸는 마도구 덕분에 다른 사람에겐 완전히 딴 사람처럼 보인다.

아이들이 너무 어머니들과 닮아서 그대로 두면 성안에서 소동이 벌어질 수도 있으니 그걸 막을 조치였지만, 미래에서 왔다는 사실을 굳이 비밀에 부치진 않았다. 박사나 에르카 기사한테는 이미 말해 둔 상황이고.

신과 관련한 내용만 숨기고, 시공 마법 때문이라고 설명하면 괜찮으려나……?

완벽한 우리 가족. 나의 장모님 되시는 분이니 요시노를 피아나 씨에게 이야기해도 괜찮을 듯도 한데, 과연 믿어주실지…….

"잠깐만. 사쿠라한테 물어볼게."

부모님에 관한 일이라면 딸에게 물어봐야지.

사쿠라에게 스마트폰으로 연락해 현재의 상황을 설명하는데 어느새 사쿠라가 눈앞에 나타났다. 【텔레포트】를 사용했구나. 내가 이런 말을 하긴 뭐하지만 파티 중간에 빠져나와도 돼?

"괜찮아. 이제 거의 술에 곯아떨어졌어. 거의 마무리됐어."

"그래……?"

아무래도 스이카가 술 마시기 대결을 시작한 모양으로, 서커스 단원들이 잇달아 취해 쓰러지기 시작했다고 한다. 역시 아이들을 데리고 가지 않길 잘했어.

"그래서 피아나 씨 말인데……."

손녀니까. 만나게 해 주고 싶지만, 과연 믿어주실지 어떨지. 바빌론 박사처럼 마법이나 마공학에 정통하다면 이해도 할 수 있으리라 생각하지만.

"엄마는 마법 왕국 펠젠 출신. 시공 마법도 어느 정도는 이해하고 있으니 문제없을 거야. 문제가 있다면 다른 한 사람."

"다른 한 사람? ……아."

아……. 마왕 폐하 말이구나…….

맞아. 그 사람에게도 요시노는 손녀야……. 나중에 들키면 큰 소동이 벌어질 테니까. 만나게 해 줘야 하나……?

"요시노. 제노아스의 할아버지를 어떻게 생각해?"

"할아버지? 다정해. 자주 과자도 사서 와 주고. 나나 어머니 앞에서는 너무 정신없이 구는 것 같기는 하지만."

아무래도 손녀는 짜증스러운 사람이라고 생각하지 않는 모양이었다. 그런데 미래에도 딸 바보 속성이 여전한 데다 거기에 더해 손녀 바보 속성까지 추가된 느낌이긴 하다.

"마왕은 나중에 만나도 돼. 엄마한테 이 아이를 만나게 해 주고 싶어."

아버지는 단호히 딱 잘라 버리는 사쿠라. 그래, 나중이 좋긴 하겠어. 일부러 제노아스까지 부르러 가기도 그렇고.

"좋아. 그럼 피아나 씨를 만나러 갈까."

"과자는?"

"오늘은 학교가 쉬는 날이라 아이들은 없어. 그건 또 다음에 사서 가자."

"응. 알았어."

아이들을 모아 학교 근처에 있는 피아나 씨의 집까지 모두 【텔레포트】를 이용해 날아갔다.

피아나 씨의 집은 넓은 마당이 있고, 살기 편한 단독주택이었다. 그 마당에 【텔레포트】로 이동하자, 마당을 빗자루로 열심히 쓸던 냥타로가 우리를 눈치채고 말을 걸었다.

"냥?! 임금님하고 공주님이냥. 어머님한테 볼일이 있으신 거냥?"

냥타로는 사쿠라의 소환수지만, 사실상 피아나 씨의 수행원 같은 역할을 했다.

브륀힐드의 고양이들을 통솔하는 입장이기도 해서, 우리 나라 첩보 기관의 대장 중 한 명이라고 말할 수도 있는데. 그런 냥타로가 앞치마를 두르고 마당을 쓸고 있으니 좀 그렇긴 하다.

"엄마, 있어?"

"어머님이라면 아토스랑 나머지를 데리고 장을 보러 갔다 냥. 이제 돌아오실 시간인데……. 앗, 돌아오셨다냥."

마당 울타리 너머에서 피아나 씨가 냥타로와 같은 카트시인 아토스, 아라미스, 포르토스를 데리고 집으로 다가왔다. 아토스를 비롯한 세 마리는 장을 본 봉투를 절묘하게 안고 있었다. 이 세 마리도 여기에 살고 있었던가. 피아나 씨가 고양이

마스터처럼 보였다.

"어머나, 폐하. 파르네도 왔구나. 이 아이들은 누굴까? 입학 희망자?"

"할머니!"

"어?"

요시노가 가까이 달려가 피아나 씨에게 안겨들었다. 갑자기 자신에게 안겨들자 피아나 씨가 어리둥절한 표정을 지었다.

"하, 할머니?! 어? 제가 그렇게 나이 많아 보이나요?!"

어? 안겨든 것보다도 할머니라고 불러서 더 놀라신 모양이다.

피아나 씨는 머리가 희지만, 나이는 분명 30대 중반이었지? 결혼이 이른 이 세계라지만 이 나이에 어린이가 할머니라고 부르면 역시 동요할 수밖에 없나?

굳이 따지면 피아나 씨는 실제 나이보다 젊어 보이는 편인데.

"저어, 이게 어떻게 된 일인가요……?"

"이건요…… 얘길 하자면 길어지는데……."

어떻게 된 일인지 모르겠다는 듯이 우릴 바라보는 피아나 씨. 뭐라고 대답하면 될지 몰라 나는 입을 우물거렸다.

"그 아이는 요시노. 나랑 임금님의 아이. 엄마의 손녀."

"뭐? 어?!"

우어어?! 내가 말을 하기도 전에 사쿠라가 피아나 씨에게 돌직구를 던졌다.

"호, 혹시 야, 양자……라는 말씀인가요?"

그렇게 받아들이셨나. 보통은 그렇게 생각할 수밖에 없긴 하지. 사쿠라의 나이에 이렇게 큰 아이가 있을 리 없으니까.

"아냐. 친딸. 요시노, 왕각 내놓을 수 있어?"

"응, 가능해. 봐."

쭈욱. 요시노의 귀 위에서 작은 은색 뿔이 앞으로 뻗어 나왔다. 마왕족의 증거인 왕각이다. 적어도 마왕과 관련 있는 자라는 증거지만, 이건 마왕족의 아이라는 증거는 될 수 있어도 피아나 씨의 손녀라는 증거는 되지 못한다.

"그러지 말고 요시노, 배지를 떼면 되잖아."

"맞다, 그랬지."

쿤의 말을 듣고 나도 중요한 점을 그제야 깨달았다. 아이들은 겉모습을 바꿔 주는【미라주】가 부여된 배지를 달고 있었다. 우리에게는 효과가 없도록 설정해 두어서, 우리는 사쿠라와 닮은 요시노를 보고 한눈에 혈연관계를 유추할 수 있지만, 피아나 씨에게는 요시노가 전혀 다른 사람처럼 보이고 있었다.

요시노가 배지를 뗐다. 피아나 씨가 모습이 변한 요시노를 보고 눈을 휘둥그렇게 뜨더니, 눈앞의 사쿠라와 요시노를 번갈아 보며 비교해 보았다.

"어? 어? 어어?!"

자, 이제부터 어떻게 설명하면 좋을까.

◇ ◇ ◇

"미래에서 온 폐하와 파르네의 딸……. 저의 손녀, 인가요……?"

방의 소파에 앉아 멍하니 있는 피아나 씨에게 손녀 요시노가 안겨 있었다. 다른 아이들에겐 일단 자리를 비켜 달라고 했다. 일이 복잡해지니까.

이 방에는 나와 사쿠라, 피아나 씨와 요시노뿐.

"좀 믿기 힘드실지도 모르지만……."

"아니요. 시공 마법……. 시간과 공간을 조종하는 마법이 존재하는 이상, 그런 일도 이론상으로는 가능하겠죠. 하물며 상식이 통하지 않을 만큼 차원이 다른 폐하라면 그런 일도 불가능하지 않으리라 생각합니다."

……어? 에둘러서 날 디스하는 말 같이 들린다.

"그럼 엄마는 요시노의 어떤 점을 못 받아들이는 건데?"

"요시노를 받아들이지 못하는 게 아니라, 갑자기 할머니가 될 줄은 생각도 못 해 봐서 마음의 준비가……. 갑자기 나이를 먹은 것 같은 기분이 들어."

사쿠라가 추궁하자 맞은편에 앉은 피아나 씨가 쓴웃음을 지으며 대답했다. 그래서 그런 거였어요? 그 마음은 모르지 않지만요.

나도 토키에 할머니에게 갑자기 아이들이 있다는 말을 들었을 때는 어쩌면 좋을지 몰라 굉장히 당황했었다.

"그곳에 있는 할머니보다 여기에 있는 할머니가 더 젊어!"

"어머나. 이걸 기뻐해도 되는 걸까."

피아나 씨가 요시노의 아주 당연한 말을 듣고 곤란한 듯한 웃음을 지었다.

"요시노는 할머니를 아주 좋아하는구나?"

"응! 항상 같이 놀아 주고, 많은 걸 가르쳐 주시니까. 마법도 배웠어."

마법도 배웠다라. 사쿠라의 여섯 속성 마법의 적성은 물과 어둠. 그에 반해 요시노는 불과 바람이다.

적성이 다르면 쉽게 알려주기 어려우니까. 피아나 씨는 요시노와 마찬가지로 불과 바람의 적성을 지녔다는 모양이다. 여러 속성을 지닌 사람은 드문데, 역시 마법 왕국 펠젠 출신이라고 하면 될까.

"설마 이렇게 빨리 손주의 얼굴을 보게 될 줄은 몰랐어요."

"저희도 마찬가지예요."

살다 보면 무슨 일이 있을지 알 수 없는 법이다. 하느님의 벼락을 맞고 이세계에 오는 일도 있고.

"혹시 이 일을 마왕 폐하께는 알려드렸나요?"

"아니요……. 어쩌면 좋을까 생각 중이지만, 피아나 씨에게 알려드렸는데 마왕 폐하에게만 말씀을 안 드릴 수는 없을 듯해요. 그치?"

내가 힐끔 옆을 보니, 옆에 앉아 있던 사쿠라가 누가 봐도 싫다는 표정을 지으며 시선을 피했다. 그렇게 싫어?

"요시노를 만나게 해주는 건 괜찮아. 그 후가 싫은 거야. 만나게 해 주면 그 이후에 어떤 행동을 할지 손에 잡힐 듯이 보이니까. 틀림없이 좋다고 마구 날뛸 거야. 민폐. 짜증 나."

응. 그건 나도 절로 상상이 된다. 틀림없이 엄청나게 흥분하겠지. 아니지, 혹시 울지도? 엉엉 울지도 모른다. 뭐가 됐든 성가시다는 점만큼은 다르지 않지만.

"요시노가 태어났을 때는 정말 난리가 나지 않았을까? 제노아스가 국가적으로 축하 퍼레이드를 한다든가……."

"있지, 내가 태어난 날에 파론 삼촌이랑 할아버지가 크게 싸웠대."

뭐? 파론 삼촌이라면 그 제노아스의 왕자인가? 뇌가 근육인 그 사람. 왜 손녀가 태어난 경사스러운 날에 싸워?

"할아버지가 제노아스의 마왕을 그만두고 브륀힐드로 이주한다고 그러기 시작했거든. 너무 갑작스럽다면서 브륀힐드 성에서 크게 싸웠다나 봐."

"우오오……."

그것도 우리 성에서 싸웠어? 그 광경이 선명히 떠오르긴 하지만…….

파론 형님도 화가 날 만하지. 손녀가 귀엽다고 국정을 내팽개치는 거니까. 너무 무책임하다.

"할머니가 타일러서 그 자리에선 포기했었나 봐. 그런데 지금도 마왕업을 그만두려고 노력하고 있어."

"노력하는 방향이 잘못됐잖아……."

미래에도 그 사람은 여전한 모양이네……. 음, 어쩌지? 정말로 알려줘도 되나? 쓸데없는 소동을 유발할 가능성도 있어 보이는데…….

"사쿠라, 어떻게 할까?"

"사실은 성가시기도 하니까 굳이 만나게 하고 싶지는 않아. 하지만, 그러면 다른 아이들도 할아버지나 할머니를 만나기가 어려워져."

음……. 그건 그런가. 아직 유미나랑 스우의 아이가 오지 않았으니 프레이랑 아시아 정도지만, 어차피 국왕끼리니 세계 회의가 열리면 만나게 된다. 그때 손주 이야기가 나오면, 마왕 폐하만 빼놨다는 걸 들킨다. 그때를 생각하면 벌써 머리가 아프다.

역시 먼저 만나게 해 주는 수밖에 없나. 요시노도 만나길 바랄 테고.

"그럼 먼저 연락한 다음 제노아스에 가 볼까."

"저도 같이 가도 될까요?"

"네? 피아나 씨도요?"

"혹시라도 마왕 폐하가 폭주하면 제가 말릴 테니……."

맞아. 이 피아나 씨가 없으면 실력을 행사해서 막을 필요가 있다. 한 나라의 국왕인데 역시 그러기는 쉽지 않다. 국제 문제로 비화되니까.

"최악의 경우엔 내가 막을게. 나라면 때려도 국제 문제로 비화되지 않아……."

아니, 그래도 그건 좀 그렇지 않나?!

사쿠라는 딸이지만 브륀힐드의 왕비이기도 하니 역시 문제가 생기지 않을까요?

일말의 불안을 안고 우리는 제노아스로 가기로 결정했다.

"그렇게 돼서, 이 아이가 딸인 요시노입니다. 마왕 폐하에게는 손녀인데요……. 저어, 듣고 계세요?"

소파에 깊게 기대고 앉아 진지한 표정을 지은 상태로 정지해 있는 마왕 폐하에게 말을 걸었다.

제노아스의 마왕성, 판데모니움의 한 방에서 우리는 데리고 온 요시노에 관해 설명해 주었다.

"………………."

"이봐, 아버지. 왜 그래?"

"아버지?"

얼어붙어 움직이지 않는 마왕 폐하에게 양 사이드에 앉아 있던 사쿠라네 오빠인 파론과 파레스가 말을 걸었다.

우린 이 두 사람도 동석해 달라고 부탁했다. 요시노에게는 두 사람 모두 삼촌에 해당하니까.

이 방에는 나와 사쿠라, 그리고 요시노와 피아나 씨, 마왕 폐하와 파론, 파레스. 이렇게 일곱 명밖에 없었다. 모두 요시노의 육친이다.

석상처럼 굳어 있던 마왕 폐하가 녹이 슨 기계가 움직이듯이 고개를 옆으로 움직여 내 옆에 앉아 있던 요시노를 바라보았다.

"……손주?"

"네."

"짐의?"

"사쿠라와 저의 딸이니까요."

마왕 폐하가 가만히 요시노를 바라보았다. 요시노는 영문을 모르겠다는 듯이 목을 작게 갸웃했다.

"파르네제의 어릴 적 모습과 많이 닮았군……. 하지만……."

역시 못 믿는 건가? 당연하다면 당연하지만. 맞아, 그렇지.

"요시노, 왕각 빼낼 수 있어?"

"응~."

내 말에 대답한 요시노가 귀 위에서 쭈욱 은색의 작은 뿔을 드러냈다.

""""오오?!""""

그걸 보자 마왕 폐하뿐만 아니라, 왕자 두 사람도 감탄을 내뱉었다.

왕각. 마왕족의 증거. 세 사람의 머리에도 역시 왕각이 나 있었다.

"이 나이에 왕각을 자유자재로 다룰 수 있다니……."

"마력 조작을 완벽하게 할 줄 아는구나? 참 대단한걸?"

삼촌 두 사람이 요시노의 뿔을 바라보면서 대단하다는 듯이 중얼거렸다. 힐끔 옆의 사쿠라를 보니, 어딘가 모르게 우쭐대는 표정을 짓고 있는 것만 같았다. 나도 마찬가지 기분이긴 하지만.

마왕 폐하가 훌쩍 자리에서 일어서 요시노 옆에 웅크리고 앉아 시선을 맞췄다.

"……정말 짐의 손주인가?"

"맞아, 할아버지."

너무 진지한 그 표정이 우스웠던지, 요시노가 키득키득 웃었다. 응, 우리 딸 너무 귀여워~.

"손주인가!"

"손주야."

"그런가! 손녀인가!"

"손녀야!"

하하 웃는 요시노를 마왕 폐하가 안아 올리더니 머리 위까지 높이 들어 올렸다.

"앗……!"

사쿠라가 당황해 벌떡 일어서려고 했지만, 즐겁게 웃는 요시노를 보더니 소파에 다시 앉았다. 옆에 앉아 있던 피아나 씨가 그런 사쿠라를 보고 웃었다.

"요시노구나! 요시노는 몇 살이지?!"

"아홉 살."

"아홉 살이구나! 나이에 비해 머리가 좋아 보여!"

"에헤헤, 그 정돈 아니야."

마왕 폐하에게 안겨 쑥스러운 듯 웃는 요시노. 그걸 보고 '오오…….' 라고 하듯이 몸을 떠는 마왕 폐하.

"브륀힐드 공왕! 손주 귀여워!"

"당연한 소릴 왜 하시는지. 우리 아이거든요?"

뻔한 얘긴 하지 마. 우리 아이가 귀엽지 않을 리 없잖아. 아니라고 하는 놈이 있다면, 그놈은 눈이 썩은 거야.

"요시노는 뭘 좋아하지?"

"과자!"

"그러냐. 과자를 좋아하는구나! 이봐, 파론. 우리 나라의 제과업에 지원금을 잔뜩 뿌려라. 제노아스를 과자 대국으로 만들겠다."

"네에?!"

생글거리며 한 말을 듣고 파론이 놀라서 굳어 버렸다. 제노아스는 마족 나라다. 마족은 형편없는 음식이든 뭐든 안 가리고 다 먹는다. 맛은 둘째 문제, 셋째 문제다. 과자 같은 것도 있긴 하지만 다른 나라처럼 세련되지는 못해서 간단한 구운 과자나 과일을 말린 과자가 대부분이다.

그걸 개선하려는 시도는 나쁘지 않지만, 너무 갑작스럽다. 파론이 놀라는 것도 무리가 아니다. 이미 폭주하기 시작한 거구나.

"조만간 과자를 방 한가득 사 주마. 그 외에 하고 싶은 일은 있는가?"

"어~. 할아버지랑 할머니랑 같이 사진을 찍고 싶은 정도일까?"

"!! 그거 좋지! 좋아, 바로 찍자. 지금 찍자!"

들썩거리며 마왕 폐하가 요시노를 내려놓더니, 품에서 자신의 양산형 스마트폰을 꺼내 파레스에게 건네주었다. '어? 내가?'라는 표정을 지으며 파레스가 스마트폰을 건네받았다.

"잘 알겠지? 흔들린 사진 따윈 절대 용서 못 한다……!!"

"에엑……?"

아버지의 위압적인 발언에 살짝 오싹해 하면서도 파레스는 건네받은 스마트폰으로 구도를 잡았다.

요시노가 한가운데에 있고, 그 좌우로 피아나 씨와 마왕 폐하가 앉았다. 요시노가 양옆의 할아버지와 할머니의 손을 꼭 잡았다.

두 사람 모두 젊어 보여서 손주와 조부모라기보다는 부모님처럼도 보인다. ……어? 좀 분한 마음이……. 요시노는 우리 딸이거든요?

"자, 찍습니다……."

찰칵. 셔터 소리와 함께 촬영이 끝났다. 아무래도 사진이 잘 나온 모양으로, 파레스가 안도의 한숨을 내쉬었다.

"파, 파르네도 같이 어떠냐. 다 같이 가족사진을 찍자!"

"싫어. 귀찮아."

"어머니도 같이 찍자~."

"알았어."

기회가 되면 딸과도 찍으려고 했던 아버지의 권유는 거절했으면서, 딸의 요청은 곧장 허락. 빠른 태도 전환. 사쿠라답다면 사쿠라답지만.

"임금님도 같이 찍어."

"어? 나도?"

"가족사진이니까 당연해."

그거야 그렇지만. 이런 사진은 좀 껄끄러운데.

하지만 거절할 이유가 없어, 사쿠라가 손을 끄는 대로 소파에 앉은 세 사람 뒤에 사쿠라와 나란히 섰다.

"자, 그대로……."

조금 전과 마찬가지로 파레스가 몇 번인가 셔터를 눌렀다. 이런 기념사진 같은 사진을 찍을 때면 긴장이 되더라…….

사진을 찍자마자 재빨리 파레스 곁으로 가서 사진을 확인하는 마왕 폐하.

"음! 아주 잘 찍혔군! 오늘부터 이걸 배경 화면으로 삼으마!"

흥분하는 마왕 폐하 옆에서 나도 슬쩍 사진을 확인했다.

응. 정말 사진 잘 찍혔네. 무엇보다 한가운데에 있는 요시노의 미소가 좋았다. 사쿠라는 조금 뚱한 표정이지만. 나도 조금 딱딱한 미소고.

"할아버지. 그 사진 나한테도 보내줘."

"오오, 그래야지. 그럼 연락처를 교환할까."

완전히 손녀에게 푹 빠진 마왕 폐하가 요시노와 스마트폰 연락처를 주고받는 모습을 파론과 파레스 두 아들이 진귀한 짐승을 보듯이 바라보았다.

"저런 아버지는 처음 봐……. 조금 징그러워……."

"녹아내릴 것처럼 느물느물하네……. 이런 게 손주 바보인 걸까……."

마왕 폐하는 누가 뜨뜻미지근하게 바라보든 말든 아무런 반응도 없었다. 완벽히 마왕 폐하의 눈에는 요시노밖에 보이지 않는 듯했다.

"그렇지! 요시노, 성안을 안내해 주마. 마침 어제 희귀한 마수의 박제가 도착한 참이라서……."

요시노의 손을 잡고 방 밖으로 나가려는 마왕 폐하의 어깨를 파론이 다급히 붙잡았다.

"자, 잠깐만! 아버지! 이후에는 상업 조합 사람들이랑 만나기로 했잖아! 약속을 어길 참이야?! 아무리 손주라도 뭐가 더 중요한지."

"당연히 손주지!"

중간에 말을 끊으며 마왕 폐하가 소리쳤다. 파론이 입을 뻐끔거리며 차마 말을 잇지 못했다.

할 일을 내팽개치겠다고 선언했다. 이런. 완벽히 폭주 중이야.

"귀찮다. 좋아, 파론. 너에게 마왕의 자리를 물려주마. 지금부터 네가 제노아스의 마왕이다. 전부 알아서 해라."

"뭐어어어어어어?! 웃기지 마. 이 인간이 정말 미쳤나?!"

우와아. 엄청난 말을 꺼냈어. 이건 미래에 요시노가 태어났을 때의 이벤트 아니야? 일찍 발생시켜 버린 건가?

"어차피 네가 이을 거잖나. 빠른가 늦는가의 차이일 뿐이야!"

"네가 색시 찾아올 때까지 물려줄 수 없다! 그런 소릴 지껄인 사람이 누군데?! 이 자식이 진짜!"

"잘 생각해 보니 너한테 색시가 생기려면 100년도 부족해! 그때까지 어떻게 기다리나?!"

"그런 식으로 나온다 이거지?!"

그러고 보니 전에 열었던 가면무도회 맞선 이후에, 파레스에 겐 몇 명인가 문의가 있었지만 파론은 전멸이었다고 들었다.

아픈 곳을 찔린 파론과 마왕 폐하가 드잡이를 하며 싸우려고 하기에 내가 말리려고 하는데, 그보다도 먼저 두 사람 사이에 요시노가 끼어들었다.

"두 사람 모두 싸우면 안 돼! 사이좋게 지내!"

""…………응.""

요시노의 호통에 기세가 꺾였는지 서로 드잡이를 하던 두 사람이 손을 놓았다.

우와아, 무서워……. 작아도 담력이 있는걸? 요시노…….

"할아버지, 일은 제대로 해야지! 무책임하게 일하면 모두가 피해를 봐!"

"그, 그래. 미안하다……."

"파론 삼촌도! 바로 때리려고 하다니, 원숭이나 할 짓이야! 삼촌은 원숭이야?!"

"아니. 그래, 내가 잘못했어……."

기세에 눌려 위축된 두 사람을 요시노가 나무랐다. 이 사람들 은 이 나라에서 제일 높은 사람과 두 번째로 높은 사람들인데.

마왕 폐하가 폭주했을 때를 위해 피아나 씨를 데리고 왔는 데, 굳이 그럴 필요 없었네.

"아이들을 혼내는 엄마랑 똑같아. 피는 못 속여."

"그런가? ……내가 저런 모습이니?"

감탄하는 사쿠라와 곤혹스러워하는 피아나 씨. 듣고 보니 그럴지도? 학교의 개구쟁이들을 혼내는 피아나 씨는 저런 느낌이다.

아이들에게 다정하게만 대한다고 교육이라고는 할 수 없다. 혼낼 때는 혼내서 반성하게 하지 않으면 의미가 없다.

흐음. 내가 아이들을 혼낼 수 있을까? 불안해.

어느새 두 사람을 무릎까지 꿇려 놓고 설교를 시작한 딸의 모습을 보고 미묘한 분위기를 맛보고 있는데, 누군가가 조심스럽게 노크하는 소리가 들렸다. 들어온 사람은 마왕 폐하의 호위이자, 제노아스의 기사단장이기도 한 다크엘프 시리우스 씨였다.

"환담 중에 죄송합니다. 폐하, 이후에 일정이 있으니 이제 그만……."

"싫어! 일하기 싫어! 짐은 요시노와 놀겠다!"

"할아버지?"

"……그, 그건~. 다음에 하지……."

일단 진심을 토로한 마왕 폐하였지만, 요시노가 노려보자 기세가 확 수그러들었다. 누가 애인지 모르겠네.

위로라고 할 수는 없었지만, 풀 죽은 마왕 폐하에게 내가 말을 걸었다.

"요시노는【텔레포트】를 사용할 수 있으니 언제든 만날 수 있어요."

"정말인가……? ……파르네도 사용할 수 있지만 거의 안 온다만?"

"…………결혼해서 왕비가 된 사람이 친정에 자주 돌아오면 소문이 이상하게 도니까. 다른 뜻은 없어."

마왕 폐하가 흘끔 시선을 돌리자 사쿠라가 태연하게 대답했다. 정말일까?

근본적으로 사쿠라가 말하는 '친정'이란 이 성이 아니라 신세를 졌던 시리우스 씨의 프렌넬 가문이 아닐까 하는 생각이 든다…….

"크윽……. 아쉽지만 어쩔 수 없군……. 요시노, 나중에 꼭 전화하마."

"걸어도 되지만 하루에 한 번. 긴 전화는 금지. 통화 내역으로 통화 시간을 체크하겠어. 그리고 오후 7시 이후에는 전화 걸지 마. 그 이후는 부모님과의 시간. 요시노에게 나쁜 영향을 미치면 바로 블랙리스트에 등록할 테니 그렇게 알아."

"엄격해!!"

사쿠라의 아주 세세한 지정에 마왕 폐하가 무심코 그렇게 외쳤다. 나도 타당한 지적이 아닐까 생각한다. 안 그러면 이 사람은 하루 종일 전화를 하려고 들 테니까. 아침 점심 관계없이. 그래서야 역시 민폐다.

그리고 【텔레포트】가 있다고 해서 요시노를 혼자 제노아스로 보낼 생각은 없다. 가기 전에는 사전에 꼭 보고하게 하고,

우리 소환수 중 한 마리를 호위로 붙여서 보낼 생각이다.

"자, 아버지. 가자! 파레스, 뒤는 부탁한다."

"알았어, 형."

"크으윽! 조금만 더! 조금만 더 어떻게 안 되겠나?!"

"이제 그만하고! 오라니까!"

망토를 붙잡은 파론에게 질질 끌려서 마왕 폐하가 방 밖으로 퇴장했다.

여전히 소란스러운 사람이야. 왠지 모르게 엄청 지쳤어…….

"죄송합니다, 소란스러운 아버지라……."

"아니요. 수고 많으셨습니다……."

"정말, 피곤해요…….."

내 심정을 알아챘는지 파레스가 고개를 숙였다.

사쿠라와의 일로 왕위 계승권은 박탈당했지만, 제2 왕자인 파레스는 지금도 제노아스의 정무에 참가하고 있다. 언젠가 장남인 파론이 왕위를 이으면, 오른팔로 활약하겠지.

그 뇌가 근육인 왕자 아래에서 일하니, 얼마나 고생할지가 눈에 훤히 보인다……. 벌써 피로한 기색이 보이네. 어떻게 위로를 해주고 싶긴 한데……. 앗.

"이런 상황에 죄송하지만, 전에 약속했던 우리 서고에 지금 가 보시면 어떨까요? 얼마간은 기분 전환이 되리라 생각하는데요."

바빌론의 '도서관'이 아니라, 브륀힐드 성에 있는 서고지만, 그곳에도 보기 드문 서적이 가득하다. 얼마 전 맞선 파티 때, 파레스가 흥미를 보였던 일이 생각나서 하는 제안이었다.

"어……?! 그래도 될까요?! 방해가 되지 않을까요?"

"아니요. 마음에 드는 책이 있다면 빌려드릴게요. 요시노한 테 안내해 달라고 하죠. 요시노, 괜찮을까?"

"응! 파레스 삼촌한테 우리 집을 안내해 줄게!"

"하하. 삼촌이라. 갑자기 엄청나게 나이를 먹은 기분이 들 어."

쓴웃음을 지으며 요시노에게 대답하는 파레스. 역시 다들 그런 기분이 드는 모양이다.

일단 요시노 일은 이것으로 해결이다. 이제는 프레이의 할 아버지가 있는 레스티아 기사 왕국과 아시아의 레굴루스 제 국인가. 이 두 나라는 여기만큼 귀찮은 일은 없으리라 생각하 지만, 과연 어떨지.

"음! 맛있군! 루시아의 요리에 버금가는 맛이야!"

"어머, 할아버지도 참! 당연하죠!"

"……아버지, 혀가 둔해지신 건 아니시죠?"

쑥스러워하며 손녀인 아시아의 요리를 맛있게 먹는 레굴루스 황제 폐하에게 신랄한 말을 내던지는 딸 루시아.

엄마로서 요리사로서 양보할 수 없는 일선이 있는 거겠지.

"우와아, 성검 레스티아야! 만져 봐도 돼? 할아버지?!"

"그럼그럼, 얼마든지. 대신 조심하거라."

"다음은 나! 프레이, 나도 좀 들어보자!"

레스티아 선왕 폐하의 허락을 받고 성검을 들어보는 프레이를 옆에서 부럽게 바라보는 펠젠 마법왕.

왜 펠젠 국왕 폐하가 이곳에 있는가 하면, 왕비가 된 엘리시아 씨가 레굴루스 황제의 둘째 딸이기 때문이다. 즉, 펠젠 왕과 엘리시아 씨, 이 두 사람은 아시아에게는 이모와 이모부에 해당한다. 그리고 나에게는 처형과 형님에 해당한다.

단, 조카인 아시아보다 언니인 프레이와 마음이 더 잘 맞는 듯하지만. 둘 다 무기 마니아이니까……. 그보다도 성검을 가져오면 안 되죠, 선왕 폐하. 그건 라인하르트 형님 거잖아요?

그 모습을 어이없다는 듯이 바라보는 사람은 소녀의 엄마 힐다와 왕의 아내 엘리시아.

"뭐라고 하면 될까요…… 이제 익숙해졌어요."

"나도."

그건 두 사람의 취미에 익숙해졌다는 걸까? 아니면 이런 상황을 말하는 걸까.

일단 이번에는 레굴루스 황제 폐하, 황태자인 루크스 형님,

제2황녀였던 엘리시아 씨, 그 남편인 펠젠 국왕, 레스티아 선왕 부부, 현재의 레스티아 기사왕인 라인하르트 형님, 선선왕인 갸렌 할아버지, 이렇게 프레이와 아시아의 혈족을 브륀힐드로 초대했다.

사실 루에게는 또 한 명, 엘리시아 씨의 언니인 펠리시아 씨라는 분이 계신데, 이분은 자국 레굴루스의 공작 가문 사람과 결혼을 했다. 신하와 결혼을 해서 세계회의와는 관련이 없는 분이다 보니 이번에는 초대하지 않았다. 나도 결혼식 때 딱 한 번 만났을 뿐이니까. 갑자기 성장한 조카를 만나면 괜히 당황하게 될 뿐이잖아. 아시아도 말하길, 미래에서도 거의 만난 적이 없다는 모양이고.

"허허허. 설마 이렇게 빨리 증손주를 만나게 될 줄이야. 수명이 또 늘었구먼."

프레이를 스마트폰 카메라로 촬영하는 갸렌 할아버지. 이 사람, 미래에서도 아주 정정하다고 한다. 꽤 기분이 좋아 보이는데, 앞으로 10년 이상이나 더 살아 있다는 사실을 알게 돼서 그런지도 모른다. 에로 파워는 장수의 비결인가?

루와 아시아가 직접 준비한 요리를 입식 형식으로 먹으면서, 다들 저마다 미래에서 온 어린 두 방문객과 즐겁게 대화를 나누었다. 자연스럽게 받아들여 줘서 다행이다.

"미래에서 조카가 오다니……. 이건 정말, 우리의 상식은 대체 뭐였을까 하는 느낌이 들어."

"네, 그건······ 죄송합니다······."

크게 한숨을 내쉬는 라인하르트 형님에게 일단 사과해 두었다. 모두 자연스럽게 받아들이지는 못했던 모양이다.

"이제 와 새삼스러운 얘기지만. 그보다도 그 사건 말인데, 레스티아에서도 일어났어. 남단에 있는 에브라라는 어촌에서."

라인하르트 형님이 말하는 그 사건이란, 우리가 목격했던 그 반어인을 말한다. 그게 '사신의 사도'라는 자들의 짓이라면 같은 일이 다른 곳에서도 일어나리라 생각했다. 전 세계의 임금님들에게 연락해 보니 역시 몇몇 비슷한 사례가 있었던 듯했다. 레스티아에서도 일어났었나.

"에브라는 작은 어촌인데, 갑자기 반어인 세 마리가 나타나 마을 사람들을 습격했다더군. 그 시점에 사망자는 나오지 않았지만, 몇 명인가 '감염'된 모양이야. 저주로 인해 습격한 자들과 똑같은 반어인으로 변한 뒤, 함께 바다로 돌아갔다나 봐."

반어인에게 물린 사람은 반어인이 된다. 어딘가의 좀비 영화 같은 느낌이지만, 무시무시한 이야기다. 괴물로 변한 마을 사람은 반어인에게 바다로 끌려간다.

놈들의 목적은 뭐지? 그 자식들이 빼앗아 간 크롬 란셰스의 '방주'는 잠수함이다. 바다 어딘가를 거점으로 삼고 있을지도 모르지만, 사람들을 반어인으로 만들 필요가 있나?

사신은 사람의 부정적인 감정을 양식으로 삼는다. 공포와 절망이 그 대표적인 감정의 하나인데, 반어인이 된 사람들은 틀림없이 그런 감정을 느꼈을 것이다. 전 세계에 저주를 퍼뜨려 사람을 공포와 혼란에 빠뜨리고, 더욱 많은 부정적인 감정을 모으려는 걸까?

아무튼 어촌, 어항(漁港), 연안 도시에는 주의하라고 당부해 둬야겠어. 큭, 사신일 때는 황금 해골, 이번에는 반어인이라니.

다행히 브륀힐드에 바다는 없지만 던전섬에는 있다. 있다는 정도를 넘어 섬이라서 바다에 둘러싸여 있다. 그곳은 섬을 지키는 소환수 크라켄들에게 조심하라고 명령해 뒀으니 괜찮지만.

생각에 잠겨 있던 내 귀에 아이들의 웃음소리가 들려왔다.

"할아버지. 이 요리도 건강에 좋답니다."

"오오, 먹음직스럽구나! 그래, 아주 맛있어……!"

"그래서?! 어떻게 됐어?! 선조님은 어떻게 됐는데?!"

"성검 레스티아를 든 선조님은 용의 보금자리를 찾아가……."

어느덧 손녀들에게 푹 빠진 레굴루스 황제 폐하와 레스티아 선왕 폐하의 모습을 보고 나는 쓴웃음을 지었다. 손주는 귀여워 보인다는데 아무래도 정말인 모양이다. ……그러고 보니 우리 할아버지도 날 참 귀여워해 주셨다.

나도 아시아나 프레이가 아이를 낳으면 이렇게 좋아서 어쩔 줄을 모르게 될까? 기대가 되기도 하지만 왠지 두렵기도 하다.

"아니지. 결혼시킬 생각 없으니 생각할 필요도 없잖아."

"우와, 벌써 딸 바보가 됐어."

옆에 있던 라인하르트 형님이 살짝 소름 돋는다는 목소리로 말했다. 시끄럽네. 딸을 가지면 다 이렇게 돼요.

"그런데 라인하르트 씨네는 아직 아이 소식 없나요?"

"응. 지금은…… 아직이야."

레스티아 기사 왕국의 국왕인 라인하르트 형님에게는 약혼 자가 있었다. 국왕으로서 이름을 날리기 전에는 결혼을 하지 않겠다고 약속을 했다는 모양인데, 사신 토벌 전에 라인하르트 형님이 레스티아에서 날뛰던 용을 잡아 드래곤 슬레이어 란 칭호를 받고 결혼에 골인했다.

나도 결혼식에서 딱 한 번 만난 적이 있는 그분, 소피아 씨는 오늘은 이 자리에 참석하지 않았다. 아무래도 며칠간 몸이 좋지 않다고 한다. 연약해 보이는 분이었으니까.

"아이는 정말 좋더라고요~. 특히 딸이 귀여워요."

"공왕 폐하도 사실 아직이면서……."

"그러네요. 아이들을 보고 있으면…… 열심히 노력해야겠 다는 생각이 들어요."

"맞아요! 헉! 응? 우왓, 황태자 전하?! 계셨어요?!"

갑작스러운 목소리를 듣고 내가 놀라 뒤를 돌아보았다. 그 곳에는 샴페인 잔을 든 레굴루스의 황태자, 루크스 형님이 여 전히 특징 없는 얼굴로 곤란한 표정을 짓고 있었다.

"처음부터 있었는데요……."

쓴웃음을 짓는 루크스 형님. 전혀 눈치 못 챘어……. 라인하르트 형님도 눈치채지 못했었던 모양이었다. 이 사람, 존재감이 너무 희박한 거 아닌가? 차기 황제보다도 밀정이나 잠입자가 천직이 아닐까 한다.

왠지 분위기가 어색해져서, 분위기를 전환하려고 루크스 형님에게 말을 걸었다.

"그러고 보니, 황태자 전하 댁엔 따님이 한 명 태어났었던가요?"

"네. 측실 아이긴 하지만요. 공왕 폐하에게 받았던 약 덕분에 겨우 아이를 얻을 수 있었습니다."

아~. 그 벨파스트 국왕이나 오르트린데 공작에게 건네줬던 정력제 말인가? 레굴루스 황제 폐하도 아들에게 주고 싶다면서 부탁하길래 준비해 줬었다.

그런데 이것으로 세 명째인가. 그 약, 정말로 효과가 있네……. 역시 판매를 시작하는 게 좋을까……?

"딸이 웃는 얼굴을 보면 행복한 기분이 듭니다. 이 미소를 지키기 위해 열심히 노력해야겠다는 생각이 들더라고요."

"네, 그럼요. 그 마음 알고말고요. 저도 그런 기분이 들어요."

"쳇. 둘이서 치사하게."

나와 루크스 형님이 신바람이 나서 이야기를 하자, 라인하르트 형님이 삐쳤다. 에구구. 너무 심했나.

문득 삐쳤던 라인하르트 형님이 품에서 스마트폰을 꺼내 화면을 열었다. 메시지가 왔나?

"아내한테서네. …………어?!"

갑자기 들린 그 목소리에, 방에 있던 모든 사람의 시선이 라인하르트 형님에게로 쏠렸다. 응? 왜 그러지?

"왜 그러냐, 라인하르트."

"아, 아버지……. 소피아가 회임했다고…….'"

"뭐, 뭐라?! 정말로?!"

"와아! 와아와아와아!"

"오오! 해냈구나, 라인하르트!"

"형님. 축하드립니다!"

순식간에 분위기가 달아오른 레스티아 가족. 소피아 씨한테 아이가 생겼구나. 정말 경사다. 이제 라인하르트 형님도 같은 아버지가 되는 거네.

레스티아 선왕 폐하가 샴페인 잔을 높이 들어 올렸다.

"정말로 경사스럽군! 두 번째 손주다!"

"아니야, 할아버지. 첫 번째 손주야. 나보다 비체 언니가 더 먼저 태어났으니…… 앗?! 에구구……!!"

"""""비체?"""""

실수했다는 듯 다급히 입을 막는 프레이였지만, 안타깝게도 그 말을 놓치지 않은 레스티아 가족의 시선이 서로 맞부딪쳤다.

"저어~. 그게요~. 아, 아버지~!"

어쩌면 좋을지 모르겠는지 프레이가 나에게 도움을 요청했다. 참……. 이 덜렁거리는 성격은 누굴 닮은 건지.

"토키에 할머니가 오시지 않았으니 말해도 괜찮은 거잖아? 그래서? 비체라니?"

"라인하르트 삼촌이랑 소피아 숙모의 딸……. 베아트리체 언니. 내 사촌이야."

그렇구나. 프레이에겐 라인하르트 형님의 아이는 사촌이었어. ……그보다 딸이라고 미리 말해 버렸네.

"베아트리체……. 베아트리체라……. 응. 나쁘지 않아. 딸인가. 내 딸인가!"

라인하르트 형님도 마음에 든 모양이니 문제없나. 잘 생각해 보면 그 이름을 지은 사람은 미래의 라인하르트 형님이다. 마음에 안 들 리가 없다.

"공왕 폐하! 미안하지만 먼저 돌아가 봐도 될까?!"

"네네, 그럼요. 가 보셔야죠."

"고마워!"

레스티아 왕궁으로 연결된 【게이트】를 향해 라인하르트 씨가 전속력으로 달려갔다. 그 마음을 모르는 바는 아니지만.

"저 녀석이. 이제 아버지가 되는데 침착하지 못해선."

"어머. 당신도 라인하르트를 얻었을 때는 뛸 듯이 기뻐했잖아요. 비슷한 부자네요."

"으윽……."

레스티아 선왕 부부의 대화를 듣고 모두 웃으면서, 태어나게 될 새로운 생명을 축복했다.

"흡!"

〈꾸웨엑?!〉

단숨에 빼내 정검을 휘두르자 메탈릭블루 비늘을 지닌 반어인이 쓰러졌다. 한 치의 틈을 주지 않고 습격한 두 번째 반어인도 야쿠모는 정검을 옆으로 휘둘러 베어 버렸다.

이곳은 서방 대륙. 갈디오 제국의 더욱 서쪽에 위치한 자간트 항구 마을. 지도를 보면 붕괴한 아이젠가르드에 속해 있는 마을이었다.

평소에는 조용한 이 항구 마을에 갑자기 바다에서 정체를 알 수 없는 반어인들이 나타나 혼란스러워하는 사람들을 습격하기 시작했다.

먼저 놀라서 쓰러진 노인을 습격하려던 그 반어인을 마침 그곳에 있던 야쿠모가 칼을 빼내자마자 단번에 두 동강을 내버렸다.

야쿠모는 마차를 갈아타면서 마공국 아이젠가르드의 중앙부로 향하고 있었다. 마공국…… 아니, 아이젠가르드 지방이라고 해야 될까. 이미 아이젠가르드는 나라의 형태를 잃고 각지방 도시가 모두 독립되어 있었다.

'사신의 사도'의 단서가 있지 않을까 생각해 야쿠모는 일찍이 사신이 내려선 땅으로 나아가는 중이었다.

야쿠모가 이전에 들렀던 라제 무왕국 근처의 아이젠가르드 마을에서 목적지까지 가려면 거리가 머니, 갈디오 제국 측에서 배를 타고 건너야 더 가깝다고 판단한 결과였다.

그리고 가는 도중에 들렀던 항구 마을에서 반어인들의 습격을 보게 되었다.

"음……?"

야쿠모는 베어 버린 반어인의 몸에서 흘러나온 야구공 크기의 수상하게 빛나는 딥블루색 정팔면체를 바라보았다.

직감적으로 야쿠모는 '그것'이 '나쁜 물건'이란 사실을 깨달았다.

그렇게 느낀 야쿠모의 행동은 매우 빨랐다. 야쿠모는 곧장자신이 애용하는 칼로 그 정팔면체를 부숴 버렸다. 그 행동에는 아무런 주저도 없었다.

야쿠모는 반신(半神)이다. 사신이 내뿜는 불쾌한 기를 감지하고 한 행동이었는데, 그 행동은 매우 올바른 판단이었다.

계속해서 습격해 오는 반어인 두 마리까지, 총 네 마리를 베어 버리자 남은 반어인들은 당황해서는 바다로 돌아가 버렸다. 야쿠모도 그 뒤를 쫓지 않고 검을 칼집에 넣었다.

다행히도 이 야쿠모의 활약으로 인해 '저주'로 인한 감염자는 한 명도 나오지 않았다.

"아무래도 또 묘한 일이 벌어지고 있는 듯하군요……."

야쿠모는 베어 버린 반어인들을 바라보며 눈을 가늘게 떴다. 황금의 약도 그렇고, 이 반어인도 그렇고. '사신의 사도'가 암약하고 있을 가능성이 컸다. 대체 무슨 목적으로……. 야쿠모가 생각에 잠겨 있다가 눈앞에 쓰러진 노인이 있다는 사실을 떠올리고는 다급히 손을 내밀었다.

"괜찮으신지요……?"

"그, 그래. 미안하군. 덕분에 살았네."

쓰러진 노인을 야쿠모가 손을 내밀어 일으켜 주는데, 골목 너머에서 철걱철걱 소리를 내며 기사 몇 명이 이쪽을 향해 다가왔다. 손에는 검을 들고 있었다.

야쿠모가 조금 허리를 내리며 검의 손잡이에 손을 댔다. 그런데 그런 야쿠모 옆에 있던 노인이 제지했다.

"걱정하지 말게. 이자들은 내 호위야. 잠시 물건을 사러 보냈었는데, 이거 참. 한 대는 남겨둬야 했는데 실수했군."

한 사람이 아니라 한 대라는 표현에 야쿠모는 조금 의문을 느꼈지만 문제는 없다고 생각해 경계를 풀었다.

노인이 야쿠모와 악수를 하려고 손을 내밀었다.

"나는 로저 윌크스. 세상 사람들은 '교수(프로페서)' 라고 부르네."

"네?!"

야쿠모가 놀라는 것도 무리는 아니었다. '교수(프로페서)' 는 정상급 고렘 기사로, 5대 마이스터 중 한 명이었다.

야쿠모는 고렘 기술에 관해선 잘 알지 못하지만, 그 이름은 질릴 정도로 여동생에게 많이 들었다. 여기에 그 여동생인 쿤이 있다면 열광적인 반응을 보였을 게 분명하다.

"그렇다면 이 기사는……."

"그래. '군기병(솔 다 토)' 이네. 인간이 아니야."

어쩐지 아까부터 한마디도 안 하더라니. 물론 말을 하는 고렘도 많이 있긴 하다. 야쿠모는 본가에 있던 늑대와 하얀색 고렘을 떠올렸다.

"5대 마이스터인 분이 왜 이런 곳에 계신지요?"

"흥미가 생겨서. 마공왕이 무식하게 큰 고렘을 부활시켰다고 하질 않나. 궁금하더군. 이미 부서졌다고는 하지만 부품을 하나라도 보고 싶어."

아이젠가르드의 마공왕이 부활시켰던 태고의 고렘, 헤카톤케이르. 본체는 야쿠모의 아버지인 토야가 파괴했지만, 그 잔해는 폐도(廢都) 아이젠부르크에 여전히 남은 채였다.

하지만 아이젠부르크는 사신의 일격을 받아 빈터가 됐을 텐데? 부품은 전부 사라졌을 것이다.

"그럴 수가……. 헛수고였던 건가. 아깝게 됐구먼."

"하나, 어쩌면 귀중한 부품은 에르카 기사가 회수했을지도 모릅니다."

"응? '재생 여왕' 아가씨가? 자네는 그 사람과 아는 사인가?"

"네에, 뭐……."

과거의 에르카 기사는 아직 만나지 못했지만, 미래의 에르카 기사라면 태어났을 때부터 아는 사이였다.

에르카 기사는 어린 야쿠모를 위해 어린이용 전투 고렘을 만들어 주기도 했다. 그것도 3일 만에 부서뜨리긴 했지만.

"크으으, 그 젊은 것이 아무 말도 없이……. 다음에 만나면 불평 한마디 해야겠군. ……그렇다곤 해도, 어차피 아이젠가르드가 어떻게 됐는지 한번 보고 싶었으니 괜찮아."

"지금 아이젠가르드는 위험합니다. 나라가 사라져 노상강도, 마수가 늘었다고 들었습니다. 어르신 혼자서 여행하기는 좀……."

이렇게 말하는 야쿠모도 몇 번이나 습격을 받았다. 물론 전부 베어 쓰러뜨렸고, 노상강도는 【게이트】를 열어 기사단 대기소로 보내 버렸지만.

"나에겐 이자들이 있지 않나. 괜찮아."

교수가 툭, 하고 옆에 있는 갑옷을 두드렸지만 야쿠모는 불안감을 씻어낼 수 없었다. 그럴 수밖에. 방금도 반어인에게 습격당할 뻔했으니까.

다른 사람도 아니고, 여동생이 존경하는 인물을 위험하게 놔둘 수는 없어, 야쿠모는 아이젠가르드까지 호위를 하겠다고 나섰다. 어차피 가는 방향은 같은 데다, '어르신에게는 친절하게'가 모치즈키 가문의 가훈 중 하나였기 때문이다.

"그런가. 그렇다면 고맙지. 그런데……."

"야쿠모. 모치…… 야쿠모입니다."

야쿠모는 집안의 이름까지 알려 주려다가 그만두었다. 세계에서 다섯 손가락 안에 드는 고렘 기사다. 스마트폰 정도는 아닐지 몰라도 통신 기기를 가지고 있다고 해도 이상하지 않다. 태평하게 이름을 말했다가 본가에 연락이 갔다간 아버지가 바로 자신을 데리러 올 테지.

아버지는 괜찮다. 함부로 돌아다녔다고 화는 내겠지만 설교 정도에서 끝나리라 생각한다.

그러나 어머니는 달랐다. 어머니는 설교 따윈 하지 않는다. 무작정 징계를 내리겠지. 구체적으로 말하자면 엉덩이를 때린다. 어릴 적부터 그랬다. 역시 이 나이에 엉덩이를 때리는 것만큼은 그만했으면 했다.

야쿠모가 본가인 브륀힐드에 돌아가지 않는 이유는, 처음에는 검의 수행을 위해서였다. 하지만 지금은 '사신의 사도'에 관한 단서를 하나라도 발견하지 않는다면 차마 돌아갈 수 없었다. 야쿠모는 어머니인 야에의 징계를 조금이라도 가볍게 하고자 하는 일념뿐이었다.

프로페서
교수가 품에서 지도를 꺼내 펼치더니 경로를 확인했다.

"여기서 아이젠가르드로 들어가려면 다음 마을에서 배를 타야 하네. 아직 배가 다니고 있을 게야."

"그럼 그렇게 하시지요."

이렇게 해서 소녀와 노인, 고렘 다섯 대의 기묘한 여행이 시작되었다.

후기

『이세계는 스마트폰과 함께.』제24권이었습니다. 즐겁게 읽으셨나요? 요즘 같은 시기에 잠시나마 시름을 잊는 오락이 되었기를 바랍니다.

이번 권에서는 (아직 합류는 하지 않았지만) 드디어 토야의 아들인 쿠온이 등장합니다.

정석적이라면 정석적이지만, 유미나의 아들입니다.

쿠온은 이름을 어떻게 할까 여러모로 고민했습니다. 토야의 아빠가 토이치로(冬一郎), 그 아들이 토야(冬夜)니까 겨울 동(冬) 자가 들어가는 이름이어야 하지 않을까 해서요.

토마(冬麻), 토우마(冬眞), 토리(冬威), 심지어는 토키치로(冬吉郎) 같은 이름까지 생각해 봤습니다.

또는 겨울 동(冬)이 아니라, 밤 야(夜)를 이어받아 시즈야(靜夜), 뱌쿠야(白夜), 신야(深夜), 요조라(夜空) 등, 많은 생각을 했지만 전부 마음에 와 닿지 않더군요.

결국, 에라, 할아버지의 이름으로 정하면 아무것도 안 이어받은 이름이라도 괜찮지 않아? 라는 생각에 쿠온이라는 이름으로 정하게 되었습니다.

이름의 울림이 좋아 마음에 듭니다.

이번 권에는 사쿠라의 딸인 요시노도 등장하는데 이 이름은 고민하지 않았습니다. 사쿠라는 벚꽃이란 의미이니, 벚꽃의 품종 중 하나인 소메이요시노에서 요시노만 바로 따왔습니다.

이제 스우의 딸인데, 아쉽게도 뒤늦게 등장합니다. 앞 권에서도 말씀드렸지만, 등장 페이스 조절을 잘못했습니다……. 초반에 너무 많이 나왔어요.

떠들썩해서 좋긴 하지만요.

그럼 감사의 인사를!

일러스트를 담당해 주신 우사츠카 에이지 선생님, 항상 감사합니다. 도련님 쿠온이 귀엽습니다.

메키닉 디자인을 담당해 주신 오가사와라 토모후미 선생님. 바쁘신 가운데에도 로스바이세의 등 디자인까지 신경 써 주셔서 감사합니다.

담당자 K 님, 편집부 여러분, 이 책의 출판에 도움을 주신 여러분, 항상 감사합니다.

그리고 읽어 주신 모든 분께 감사를.

후유하라 파토라

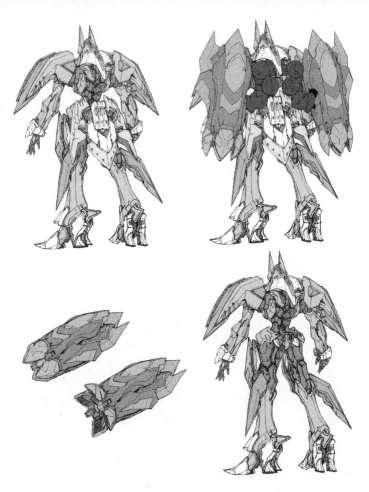

개발자: **레지나 바빌론**
정비 책임자: **하이로제타**
소속: **브륀힐드 공국 공왕 직속**
높이: **16.8미터** 중량: **9.8톤** 탑승 인원: **1명**
무장: **흉부 발칸포×2, 심포닉혼×2**

본프레임 개발자: **레지나 바빌론**
관리 책임자: **프레드모니카**
탑승자: **사쿠라**
메인 컬러: **연분홍색**

'창고'에서 발견된 신형 프레임 기어의 기본 설계를 바탕으로 만든 사쿠라 전용기. 발큐리아 시리즈 중 하나. 집단전 지원형 프레임 기어.

사쿠라가 사용하는 가창 마법을 등에 있는 심포닉혼으로 증폭해 넓은 범위에 전달하는 완전 지원형 기체. 아군 프레임 기어의 공격력, 기동력, 방어력 등을 큰 폭으로 상승시킨다. 또한 솔리터리 웨이브로 고유진 동수를 동조시키면 그 물질만을 파괴할 수도 있다.

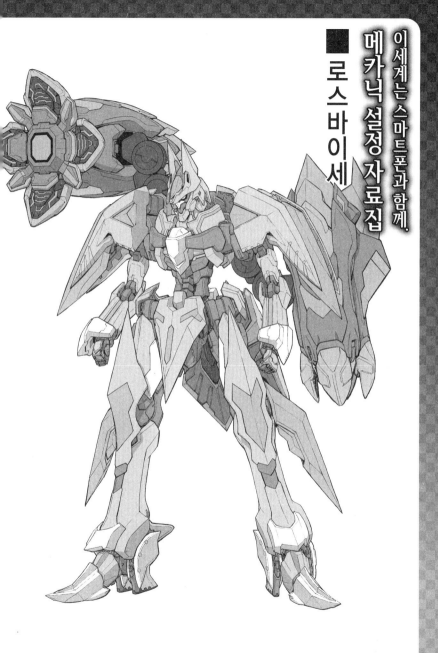

이 세계는 스마트폰과 함께.

메카닉 설정 자료집

■ 로스바이세

브륀힐드 성 아랫마을에 나타났다는 정보를 듣게 된다──.

아이들 중 한 명이

이세계는 스마트

후유하라 파토라 illustration□우사츠카 에이지

마 도 열차가 완성되어 개통식이 열리게 되었다.

식전도 문제없이 진행되는 가운데

폰과 함께. 25

이세계는 스마트폰과 함께. 24

2022년 05월 20일 제1판 인쇄
2022년 05월 25일 제1판 발행

지음 후유하라 파토라 | **일러스트** 우사츠카 에이지

옮김 문기업

발행 영상출판미디어(주)
등록번호 제 2002-000003호
주소 21315 인천광역시 부평구 부평대로 283 A동 702호
전화 032-505-2973(代) | FAX 032-505-2982

ISBN 979-11-380-1303-1
ISBN 979-11-319-3897-3 (세트)

異世界はスマートフォンとともに。 24
ⓒ Patora Fuyuhara
Originally published in Japan by HOBBY JAPAN Co., Ltd.

녹왕의 방패와 한겨울의 나라

1~2

방패로 환생한 내가 눈을 뜬 곳은
일 년 내내 눈이 내리는 어느 왕국의 보물 창고.
하지만 휘황찬란한 보물이 즐비한 가운데,
나는 '지저분한 방패' 소리만 듣고 아무도 거들떠보지 않았다.
그러한 나에게 손을 내밀어 준 사람은 나처럼 고독했던 마음씨 착한 어린 왕자.
'나와 함께 살아가 줘.' 라는 부탁에 나는 응했다. ──"내가 평생 지켜줄게!"
하지만 내게는 어떤 비밀이 숨겨져 있는 것 같은데──?!

푸니짱 지음 / 히하라 요우 일러스트

쌍둥이 언니가 신녀로 거둬지고, 나는 버림받았지만 아마도 내가 신녀다

1~2

'신에게 사랑받는 아이가 탄생했다.'

신탁을 받은 나라가 찾은 것은 항상 떠받들리는 언니와 항상 구박받는 여동생.
그렇게 언니가 '신녀'로 모셔지면서 가족들에게 버림받은 '레룬다'지만——
놀랍게도, 숲에서도 복슬복슬한 그리폰 가족과 함께 살게 되었습니다?!
"난 특별하지 않은데, 괜찮아……?"
마물과 살고, 수인과 교류하면서 신비한 힘에 눈뜨는 레룬다.
어쩌면 진짜 '신녀'는——?

이케나카 오리나 지음 / 컷 일러스트

유미엘라 도르크네스, 백작가의 딸, 레벨 99,
히든 보스가 될 수도 있지만 마왕은 아닙니다(단호).

악역영애 레벨 99
~히든 보스는 맞지만 마왕은 아니에요~
1~4

RPG 스타일 여성향 게임에서 엔딩 후에 엄청 강하게
재등장하는 히든 보스, 악역영애 유미엘라로 전생했다?!
그것도 모자라 초반부터 레벨업에 몰두해 입학 시점에서 레벨 99를 찍고 말았다!!
평화로운 일상은 바이바이~ 사람들은 무서워하고, 주인공 일행들은
아예 부활한 마왕이라고 의심하는데……?!

아무튼 내가 최강이니 아무래도 좋은 마이 페이스 전생 스토리!

Satori Tanabata, Tea
KADOKAWA CORPORATION

타나바타 사토리 지음 / Tea 일러스트

2021년 4월 애니메이션 방영!
나도 모르게 세계 최강이 됐지만, 그래도 슬로 라이프를 삽니다!!

슬라임을 잡으면서 300년, 모르는 사이에 레벨MAX가 되었습니다

1~15

회사의 노예처럼 일하다가 죽고, 여신의 은총으로 불로불사의 마녀가 되었습니다.
이전 생을 반성하고, 새로운 생에서는 슬로 라이프를 결심해
돈에도 집착하지 않고 하루하루 슬라임만 잡으면서 느긋하게 300년을 살았더니——
레벨99 = 세계 최강이 되어 있었습니다?!
그 소문이 퍼지고, 호기심에 몰려드는 모험가, 결투하자고 덤비는 드래곤,
급기야 나를 엄마라고 부르는 딸까지 찾아오는데 말이죠——.

모리타 키세츠 지음 / 베니오 일러스트

영상출판
미디어(주)